新潮文庫

新任刑事

上巻

古野まほろ著

新潮社版

目次

新任刑事

上巻

——正義の神が操《あやつ》る時計の針は一廻りしてしまったのだ
（シェイクスピア『リチャード三世』より、福田恆存訳、新潮文庫、二〇〇四）

序章――美彌子

渡部美彌子《わたなべみやこ》は、いつものとおり出勤すると、バックヤードで身支度を整えた。

そこには、カレンダーがある。

すなわち、今は二〇一〇年（平成二二年）一月。

今年の正月休みは、短かった。

連休は、一月三日で終わり。彼女の店の上得意である公務員は、四日が御用《ごよう》始め。

もちろん、働き者でとおっている美彌子も、四日が仕事始め。

そのあと、成人の日をふくむ三連休も、休まなかった。むしろ書き入れ時だ。

そんなこんなで――

今日は、一月二六日、火曜日である。

今日も、いつものとおり、いつもの客が来るだろう。とりわけ夕方以降か。

――美彌子は店に出るための、ドレッシーともいえるスタイルに着換え終わると、ささやかに、けれど絶対に確認できる位置に置いてある、そのカレンダーを見た。もう一度、見た。

（……一月二六日、火曜日）

美彌子にとっては、一月も、二六日も、重要な数字だった。

それはこの十年間、かたときも、美彌子の脳裏を離れようとしない呪《のろ》いでもあった。

もっとも、一月という数字には、二六日ほどの意味はない。

強いて言えば、それは、『あと三か月』を意味する時計の針だった。

先月はそれが『あと四か月』だったし、先々月はそれが『あと五か月』、その前ならば『あと半年』だった。

——そう、小さな方の、時計の針。

この短針は、来月、二月には『あと二か月』になり、三月には『あと一か月』になる。

（そしていよいよ、四月になったら……）

あとは、大きな方の針だけだ。

彼女にとっての、時計の長針。

カレンダーが日々刻んでゆく、月初から月末までの、いちにち一日。

——渡部美彌子はずっと、この長針に、呪われ続けてきた女だ。

月が来て、月が終わり。また新たな月が始まって……

三一日が、一日に変わる。

すると短針も、ガチャン、と音を立てるように、ゆっくりと数字をふやす。

(けれど今日は、まだ、二〇一〇年一月二六日)

次に短針が変わるまで、あと一週間はある。しかも、短針が変わったなら――

――また彼女は、長針を指折り数え始めるのだ。二月なら、一日から、二八日まで。

(……この国には、この県には、いろいろな職業の人がいる。

時間に追われている人も、そうでない人も)

けれど……

(私ほど、時間を追っている人間も、そうはいないだろう)

そうだ。

美彌子は、時間に追われ、時間に急《せ》き立てられているのではなかった。

(私は時間を追い、その尻《しり》を蹴《け》り飛ばしたいほど、時の流れをはやめたいのだ)

もし彼女が神の悪戯《いたずら》で、時間を早送りすることができたなら。彼女は何を犠牲にしてでも、今すぐにでも、三か月ちょうど分、時間を吹き飛ばすだろう。

そう、二〇一〇年四月二六日まで――

(正確には、四月二五日がちょうど終わるその刹那《せつな》まで、だけれど)

四月二六日。今年二〇一〇年の、四月二六日。

その零時零分零秒、渡部美彌子は生まれ変わる。

これまた正確にいえば、今年の四月二五日が終わるその瞬間、なのだが。ただそれは、あまりに数学的なので、実際上の意味がない。現実的にも、ミリ秒以下の問題だ。だから、ハッキリと美彌子が生まれ変わるのは、四月二六日が始まったその瞬間。

『四月二六日』『四月二五日』という数字は、美彌子にとってそれほど死活的だった。

――美彌子は鏡を見ながら、営業スタイルを整える。

そのとき、あの夜も、鏡を見ながら大きな決意をした自分を、改めて思い出した。

(……二〇〇〇年、四月二六日。二十世紀最後の年。ミレニアム・イヤーの春。

あのときは……十年前のあのときは、忘れもしない、水曜日だった)

だから、あの夜、あのひとを訪ねていったのだ。週末にさんざん悩みぬいた挙《あ》げ句《く》、月曜、火曜とふんぎりがつかず、そしてようやくその家まで押し掛けた。だから、忘れるはずがない。あれは陰鬱《いんうつ》な、水曜日だった。

(しかも、大雨がふっていた)

涙雨、というには激しすぎるほど。

それは、あのときの自分にはぴったりだったし……

……何らかのかたちで、あのときの自分を、救ってくれたのかも知れない。

もちろん、そんな偶然だけではない。あのときも、そして今このときも、自分を救ってくれている人々がいる——その理由が憐憫《れんびん》であれ、打算であれ、あるいは保身であれ。

そうしたすべてが、今の自分を、自由にしてくれている。

たとえそれが、様々な思惑と駆け引きの結果だとしても。

いまこうして、渡部美彌子は自由でいられる。店で働くことも、コンビニで買い物をすることも、その気になれば、旅行を楽しむことすらできる。

(けれど。だけど)

……それは、足枷《あしかせ》のついた自由、呪われた自由だ。

もっといえば、いつ爆発するか分からない——美彌子をふくめ誰も知らない——時限爆弾を懐《ふところ》に温めながらの、そんな、ギリギリの自由だ。だから美彌子は痛感していた。自分は、あの日以来、おそろしい鎖《くさり》に縛られ、呪われてしまったと。

あの日。二〇〇〇年、四月二六日。

彼女の運命は、大きく変わった。

この日。彼女は留置場だの、刑務所だのの囚人になることを免《まぬか》れ……

（……けれど、社会という、得体《えたい》の知れない監獄の囚人となった）

人生に、やり直しはない。

だから、どちらの囚人がよりしあわせであったかなんて、分かるはずがない。

ただ、美彌子が断言できることがあるとすれば――

――美彌子は、鏡のなかの自分を見遣《みや》った。そして、嘆息《ためいき》とともに頬《ほほ》にふれた。

（十年は、ながすぎる）

人のこころを、魂を蝕《むしば》むには。

まして彼女は、世間から逃げ隠れする身の上。その容姿も、十年で変わり果てた。

県都・愛予《あいよ》市いちの名花とまでいわれた美貌《びぼう》は、もうどこにもありはしない。また逆に、あっては困るのだが。

（この顔にも、もうすっかり慣れた。というか、かつての私の顔を、もうキチンと思い描くことはできない……）

そして、やがて彼女の運命を変える日・二〇一〇年四月二六日が来たとしても。

（二八歳の私は、もうどこにもいやしない。

たとえこの顔を、姿を、すっかり元にもどせたとして……）

もちろん、そんなことは不可能なのだが。

（……私のこころ。私の魂。私が、身もこころも捧《ささ》げたあの時季。そして、あのひと。なにひとつ。なにひとつ帰ってくるものはない）

そうだ。

十年は、あまりにながすぎる。

正直、彼女は後悔していた。いや、この十年ずっと、後悔してきた。

十年前の、あの夜。

誰が何と言おうと、いさぎよく名乗り出ていれば。

あれは恐ろしい事故だったと、なにもかも正直に話していれば。

（パソコンを叩《たた》けばすぐ分かる。まさか、懲役一〇年以上の刑罰とはならない。その可能性は、二〇％を遥《はる》かに下回る。正直に話したことが、きちんと認められれば、執行猶予《ゆうよ》が認められた可能性も、けっして少なくはない。ならば実質、懲役零年だ）

――この十年、美彌子は懸命に勉強し直した。それは、その立場からして必然だった。だから、美彌子の刑事訴訟に関する知識はもはや、同僚・客といった一般市民の比ではない。もちろん、かなり分野はかぎられる。それでも、こうした数字を弾《はじ》き出すには充分だ。

（懲役零年だったかも知れない。ううん、たとえ懲役一〇年以上だったとしても――

それがどんなにつらくて、屈辱的だったとしても。

この嘘《うそ》と絶望に塗《まみ》れた十年間が、それよりマシだったなんて、言えるのかしら？）

……ただ、あの夜。

背を押してくれた人々がいるのは事実だが、最終的に決断をしたのは、美彌子自身だ。

年老いた母。真っ当な生活をしている姉。そして、諦《あきら》めきれないあのひと……

美彌子の思考は、ここで、ひとつの結論にゆきつく。

（そう。

これは必然だったのだ……私が私であるかぎり、私はこれを選択しただろう）

そしてカレンダーを見ては、また後悔と、在りえた現在を考え続ける。

それが渡部美彌子の思考のループであり、それが彼女の十年間だった。

——いつしかカレンダーを四月までめくっていた美彌子は、ふっ、と自嘲《じちょう》の嘆息を零《こぼ》すと、もう一度一月二六日を睨《にら》みつけ、そして踵《きびす》を返した。今日の仕事が始まる。

渡部美彌子。傷害致死の罪で愛予県警察から指名手配。十年の時効完成まで、あと三か月。

序章――東《あずま》

二〇一〇年（平成二二年）、一月二六日。

愛予《あいよ》県警察本部の十階大会議室では、『県下警察署長会議』が開催されていた。

署長会議は、年明けの定例行事だ。

愛予県に置かれた十九の警察署、その署長が制服を脱ぎ、管轄《かんかつ》区域を離れ、警察本部に集まる。愛予県の場合、いわゆる『小規模県』なので、雰囲気はどちらかといえばアットホームだ。ただ、県下の全支店長が集まるセレモニアルな重要行事。それゆえ、本社である警察本部の課長以上も、いってみれば、主役の十九人ではないが、裁判の傍聴人のように列席する。だから大会議室は、それなりの熱気につつまれる。

――やることは、例えば銀行の支店長会議と、さして変わらないであろう。

社長である警察本部長が、まず訓示をする。つまり経営方針を示し、檄《げき》を飛ばす。以下、副社長である警務部長を始め、刑事部長、警備部長といった担当役員が、担当分野の細目を指示してゆく。これが段取りだ。さすがに『署長』と『課長』は同格だから、ごく稀《まれ》なケース以外、課長の指示というものはない（だから傍聴人なのだ）。

――愛予県警察は、社員二、〇〇〇人規模の、牧歌的ながらも団結力ある会社だ。

そして、おなじ小規模県のうちでは、実績的にぬきんでている。

こうした伝統は、不思議に引き継がれてゆくもので、愛予県警察自身も、『大・中規模県なにするものぞ!!』という気概《きがい》を持っていた。ここで、第一線の現場を評価する警察庁は、キチンと実績を上げ続けている府県警察を、かなり大事にする。それは、やはり公務員の世界なので、予算、定員、組織そして人事といった手法を駆使して、大事にする。ゆえに実際、愛予県警察は、小規模県としては、かなり優遇されていた。

そのようなわけで。

まず開口一番、檄を飛ばしたキャリアの警察本部長は、四六歳にして同期初の警察本部長に抜擢《ばってき》された、いわばバリバリの能吏《のうり》であった。ちなみに警察庁で『能吏』というのは、ただ単純に文治《ぶんち》のプロというだけではない。ハイジャックから人質立てこもりまで何でも来い――という、生粋《きっすい》の武人であることも求められる。そして今の警察本部長は、指揮官としての定評もたかかった。こうした『当たり籤《くじ》』が回ってくること自身、愛予県警察が、警察庁から大事にされている証《あかし》である。もちろん赴任する側も、『当たり県』の社長に任じられたと、意気に感じてやってくるというわけだ。

したがって。

こうした当たり県の場合、『警察本部長の檄』といっても、それはセレモニアルなものである。実際、本部長の口調は、英国紳士のごとき温厚さと老獪《ろうかい》さにあふれていた。例えば、頭の残念な国会議員センセイを丁寧に、けれど確実に身方《みかた》につけるときのような――

それはそうだ。様々な統計、様々な施策《せさく》、様々な事件検挙。どのジャンルをとっても、愛予県警察は今、小規模県としてトップクラスの実績を上げている。叱《しか》り飛ばす理由など、どこにもない……

……たったひとつの、懸案《けあん》をのぞいて。

そして警察本部長の訓示が、その唯一《ゆいいつ》の懸案、愛予県警察の喉元《のどもと》に刺さった棘《トゲ》に触れたとき。

大会議室にいる誰もが、社長の、なみなみならぬ意気込みを感じた。

もちろん、副社長＝警務部長である、東岳志《あずまたけし》もだ。

（本部長、気合い入っているなあ）

東は、もうすっかり諳《そら》んじている自分自身の訓示案をとん、とんと整えながら――

次は彼の番だ――やはりすっかり諳んじている、警察本部長の台詞《セリフ》に聴き入った。

東は、四二歳。

警察庁の理事官ポストから、この愛予県警察に赴任してきたキャリアである。愛予県警察は小規模県なので、社長は警視長、副社長は警視正になる。警察署でたとえるなら、東はいわば副署長、オフクロだ。警察本部長を支えつつ、他の役員以下すべての職員を引っぱってゆく立場である。

その東警務部長が、率然《そつぜん》と口調を変えた本部長の訓示に、改めて耳を傾ける――

「最後に、当県警察における、目下の最重要事項を申し述べます。

それは、いうまでもなく、世間にいう『愛予市警察官殺し』。我々でいう『愛予県清《し》水町《みずまち》地内における警察幹部傷害致死事件』であります。

署長各位も御案内のとおり、発生は平成一二年、四月二六日。

これも重々御認識のとおり、傷害致死の公訴時効が完成するのは、十年。すなわち今年、平成二二年四月二五日の満了をもって、犯人を処罰することが不可能となる。

この日付については、現在の情勢に鑑《かんが》み、我々にとって微妙かつ厳しいものとなっておりますが――」

東は、そのニュアンスをたちどころに理解した。

いや、訓示を聴いている誰もが、嫌というほど痛感している運命の悪戯だろう。

（我々レベルでは、もはやどうにもならないが）東は目蓋《まぶた》を押さえた。（犯行日が五月に入ってから、いや、せめて四月のもっと末ならば。警察にとって、まるで違う盤面《ばんめん》となったろうに……まさしく微妙で、厳しい。

さてどちらが、誰が、これで笑うことになるのか。ほんとうに、皮肉だ）

しかし、東は思わず首をふった。自分は雛壇《ひなだん》に座っているのだ。副社長の表情というのは、それだけで政治的意味をもつ。とりわけ、閉ざされた部分社会である警察においては。

（いかん、いかん、他人事《たにんごと》のように思っていては。

俺にもまた、恐ろしいほどの責任があるのだからな。

何せ俺は、あの事件当時……）

……東のこの物思いのあいだも、本部長訓示は続いている。

「――どのような事情・逆境があるにせよ、我が愛予県で発生した事件の犯人は、何に代えても、我が愛予県警察が検挙すべきこと、論を俟《ま》たないのであります。

たとえこれが、警察官殺しであるということを措《お》くとしても。

犯罪を犯した者をみすみす取り逃がし、のうのうと時効期間を過ごさせ、とうとう刑罰を免《まぬか》れさせるなど、我が愛予県警察、末代《まつだい》までの恥辱であります。これについては、のちほど刑事部長からも指示がありますが、私からも、署長各位に強くお願いしたい。断乎《だんこ》たる決意と、不屈の粘りをもってして――」

東は、自分も決裁した、本部長訓示案を思い起こした。

（最終的にフィックスされたペーパーには、ここまでの言葉は入っていなかった）

副社長の自分が知らないのだから、それは確実だ。すなわちこれは台詞でなく、社長自身の、いわゆるアドリブである。

（それだけ、懸けるものがあるということか……）

社長の任期は、おおむね二年。もちろん傷害致死発生当時の社長は、別人だ。だから、この犯人をとうとう取り逃がしたとして、今の社長にどれだけの責任が発生するかといえば……

（実際上は、責任論などほとんど出ないだろう。

ただ警察庁は、時効寸前となった今、指揮官の才覚に期待するところ、大だ。その期待を裏切ることは、自分の将来というより、自分のプライドが許さないのだろう）

……そして、もうひとつ、特殊事情がある。

今の社長と、東が、オヤジオフクロとして組まされたことだ。

東自身は、客観的に、自分もまた、能吏タイプだと思っている。すなわち役人のプロであり、しかも名現場指揮官だ。それは、警察庁内ではもちろん、例えば、他県の刑事部長といった役職で証明してきたし――

（何よりも、俺が名を上げさせてもらったのが、この愛予県だ）

実は、東警視正は、その昔……そうまさに平成一一年当時、『東警視』として、この愛予県警察に赴任していた。役職は、今の部長ポストのひとつ下、課長ポスト。東は当時、愛予県警察本部・捜査第二課長であった。

（ここで汚職《サンズイ》を三件、続《つづ》け様《ざま》に挙げたことが、俺の評価と職業人生を決めた――）

警察部内の相場でいうと、サンズイ三件というのは、二階級特進ものの功績だ。もちろん、キャリアにそんなものはありえないが、よほどの実力と運に恵まれなければ、なせるものではない。それは、東の功績であったし、もちろん、愛予県の功績であった。

（その愛予県の大恩《たいおん》によって、俺は刑事警察に認められ、刑事局での地位を固めた。またこの愛予の次は、刑事局に返り咲くだろう）

いってみれば、東は、どちらかといえば稀《めずら》しいキャリアの『出戻り組』――すなわち、愛予県勤務は二度目である。そうした例は、無くはない。課長・部長・本部長と、同県を三度経験するキャリアも、いなくはない。だが、そこには人事部門の特定の意志がある。

そしてこの場合、その特定の意志、とは……

(もちろん、愛予に男にしてもらった以上、ガッチリ恩返しをしてこい——という意志だ。

さらに刑事局の階段を上りたくば、本部長と一緒に、死んでも犯人を検挙してこい——

——という強烈な意志)

またそうでなければ、『出戻り人事』は組まないだろうし、『能吏タイプ』をセットで赴任させることも、ありえないだろう。人事の実際として——これはとりわけ都道府県の現場がよく知っているが——社長が能吏なら副社長はボンクラ、社長がノホホンなら副社長がビシバシ、というのが、まあ通例だからだ。

(もっとも俺は、当時というなら捜査二課長。まさか傷害致死を担当してはいなかった。現在というなら警務部長。刑事部長じゃあるまいし、やはり傷害致死に直接の責任はない)

……それはそうだ。もし傷害致死が捜査二課の担当だったなら、十年前、東こそが最大の責任を問われ、刑事局に認められるどころか、永遠にその敷居《しきい》を跨《また》がせてはもらえなくなったろう。傷害致死が、捜査一課の担当だったからこそ、ある意味、東は『憂慮《ゆうりょ》する局外者』でありえたし、『傷害致死の捜査本部を尻目にサンズイで名を上げる』ことができたのだから。そして売り上げだけを――直参《じきさん》の捜査二課員とともに、だが――掻《か》っ攫《さら》い、勲章つきで、愛予を去ることができたのだから。

(あのとき、まさか、この事件が十年も尾を引くとは、誰も思わなかったろう……

そして当時を知る俺が、また副社長で帰ってくるなどということも。

これらを要するに、だ)

警察庁の意志。

本部長の誇り。

東岳志の、清算……

……本部長訓示は、締めに入っていた。

「――被疑者は、なんとしても、指名手配を打った胴元《どうもと》である我々が、そう愛予県警察が検挙する。その必検《ひっけん》の気概を、全職員にもう一度、徹底されたいのであります。万々が一にも、時効成立の折、被疑者が自署管内において発見された暁《あかつき》には、署長以下腹を切って県民にお詫《わ》びする。もちろん指揮官である私も腹を切る。その覚悟をもって、残り三か月、死力を尽くしていただきたいのであります。

被疑者・渡部美彌子を検挙するその日まで、警察本部にも警察署にも寧日《ねいじつ》はない。署長各位の最後の奮励努力《ふんれいどりょく》を期待し、私の訓示といたします。以上」

——人柄からは想像もつかぬ檄を飛ばした本部長が、東の隣に帰ってくる。

朴訥《ぼくとつ》な愛予人に、火がつくのが分かる。愛予人は、おだやかだが芯《しん》の強い人々だ。

そしてやがて訓示をする刑事部長が、この火に、もっともっと燃料を注ぐだろう。

刑事部長は地元組のノンキャリアだから、なおさらだ。

（さて、俺の番だが……こうなれば、副社長の俺からは淡々《たんたん》とでよい）

それは、当初の訓示案どおりでもある。それに、いささかトーンを抑えていた方が、『当時を知る副社長』の覚悟のほども、伝わろうというものだ。

——東は立ち上がりながら社長に黙礼した。社長が温厚に礼を返す。

登壇した東警視正は、そう、当初の予定どおり、淡々と告げた。

「警務部長の東でございます。私からは大きく五点、指示がございますが、それに先立ちまして、ただいまの本部長訓示の趣旨を、もう一度だけ強調させていただきます。

渡部美彌子。

渡部美彌子に片を付ける。

渡部美彌子を、もう楽にしてやる。そう、我々の手で。

私もこれを強く念じて、愛予県にやってまいりました。さあ、終わらせましょう。

これについては以上です。

では第一点、監察機能の強化でありますが……」

四二歳のキャリアともなれば、訓示など寝ながらでもできる。

副社長として、担当業務に関する指示を飛ばしながら、東岳志はその顔を浮かべた。

（愛予市いちの名花、か。

それがどれだけ変わっているか、想像できる者はいないだろう）

だから、十年を逃げ延びているのだ。

（今頃、どんな顔をしているものやら……）

序章——亜梨子《ありす》

愛予県警察には、十九の警察署がある。

もちろん、県内の主要な地域にふりわけられている。

これが大規模県ならば、四〇署、五〇署ということもある。しかし二、〇〇〇人規模の愛予県警察ならば、十九署でも、やや多い方といえるかも知れない。

どの警察署も重要だ。どの警察署も、特有の課題をかかえている。

それは例えば、犯罪者が、犯罪を犯す場所を選んではくれないからだ。署員三〇人未満の警察署の管内でも、もちろん殺人事件は起こる……

しかし。

どの府県にも、特別な位置付けの与えられる警察署がある。

それは第一に、警視正が署長となる署だ。

ふつう、警察署長は、警視である。そこに、役員たる警視正をもってくるとなれば——その警察署は規模・位置付けともに、その府県にとって、とても重要だということが解《わか》る。

また、第二に、いわゆる筆頭署《ひっとうしょ》にも、特別な位置付けが与えられる。

これは、たいていは、県庁所在地、あるいは県庁の直近に置かれる警察署だ。そして『筆頭』だから、一しかない。また、とても重要であるから、当然、警視正が署長となる。

言い換えれば――

一般ルールとして、警視正が署長となる署は複数ありうるが、筆頭署はそのうちの一つ。そして、いずれも役員をトップに戴《いただ》く支店だが、やはり、筆頭署長にいちばんのステイタスがある。だから筆頭署長は、地元警察官の最終ポストか、最終ポストのひとつ前。それが、慣例だ。

これを、愛予県警察について見ると――

筆頭署は、県都・愛予市に置かれた、愛予警察署である。

もちろん、筆頭署だから、署長は警視正で、地元組だ。

ただ……
二、〇〇〇人クラスの小規模県となると、しかも県下に十九署しかないとなると、この署以外に、役員を置くべき署というのは、実は考えにくい。おまけに、法令で、警視正の数というのも、厳しく制限されている。

た。

と、いうわけで。

愛予警察署は、愛予県の筆頭署であり、かつ唯一、警視正署長をいただく署であった。

――さてその愛予署には、もちろん、幾つかの課がある。お役所の常だ。

愛予署についていえば、生活安全課、地域課、交通課、刑事一課、刑事二課、警備課などがあり、これらが警視正署長に、そして警視の副署長に、統括されている。

それぞれの課長は警部だが、その上に――つまり副署長の下に――『調査官』という警視ポストが置かれていて、実際上は、この調査官が、各分野の責任者をやっている。

だから――

いま、上内亜梨子《かみうちありす》巡査部長があわてて警察電話をとった大部屋は、愛予署の『刑事一課』。

大部屋の奥に座っているのは、警部の『刑事一課長』。

その奥に個室が用意されているのは、警視の『刑事調査官』。

大部屋だから、課長の姿はいつも見えるが、個室にいる調査官の姿はよく見えない。

そして大部屋だから、上内巡査部長以外にも、学級が編成できるほどの警察官がいる。

　それらがすなわち、刑事一課員だ。

　それは、上内巡査部長が属する『強行係《きょうこう》』の警察官でもあったし、お隣の『盗犯《とうはん》係』の警察官でもあったし、はたまた『鑑識係』の警察官でもあった。ここにいるのは――鑑識活動服なり出動服なりを着ている鑑識係をのぞけば――いわゆる私服の、い、わ、ゆ、る刑事たちである。

　それが、市役所の大部屋とまったくおなじように、幾つかの、デスクによるシマを形成している。

　シマの頭に、ひとりでデン、とデスクを持つのは、今度は係長だ。

　これまた、上内巡査部長が属する『強行係』でいえば、警部補の『強行係長』となる。

　もちろん係長なので、亜梨子の眼前でぴろぴろ、ぴろぴろと切ない電子音を立てている警察電話に、出るようなことはない。係長が出るのは、自分の卓上の警察電話だけだ。

　亜梨子を呼び立てている、強行係用の警察電話は、係の全員が二、三台を共有しているようなもの。それは個人を特定せず、強行係を呼び出すための電話だ。もっとも、個人を特定したくても、係長未満には内線番号が与えられていないのだから、どうしようもない。

と、いうわけで。

強制わいせつの被害者から調書をとり終え、調べ室の掃除まで終えて大部屋に帰ってきたばかりの亜梨子は、警察文化として当然の行動をとった。

すなわち。

無意識に駆け足のスタイルをとり、強行係のシマへ、ゆえにぴろぴろ鳴っている警察電話へ肉迫し、3コール目が響き始めてしまう寸前に、受話器をかっさらった。

自分より目上の者に電話をとらせること。2コール以内に警察電話に出ないこと。

これらは警察文化として、いきなり怒鳴られてもおかしくない大罪である——

また、というわけで。

上内亜梨子はすっかり油断していた。

彼女は、警察文化として、あまりにナチュラルなコードをなぞっただけだったから。

そしてまた、いわゆる刑事として、あまりにナチュラルな口調を用いただけだったから。

「はい強行係扱い上内ですが!!」

『ああ上内巡査部長。土居《どい》だが』

「ドイぃ？」

彼女は取調べを終え、被疑者の身柄を房《ぼう》に返し、さらには調べ室の掃除まで終えたところである。実を言えば、他にも、これから仕上げなければならない実況見分調書もあれば、引いておかなければならない死体見分の図面もある。捜査関係事項照会を打たなければならない先もあれば、小うるさい検事のため修正しなければならない被害者調書も、まとめておかなければならない捜査報告書も腐るほどあった。そればかりではない。もうじき夕方の五時なのだ。刑事一課で最年少の、しかも女性警察官である上内亜梨子には、昭和時代のＯＬもびっくりの、湯呑《ゆの》みを下げるだの洗うだの、ごみ箱の中身をポリ袋に回収してまわるだの、とにかく『下っ端《したっぱ》』としての見習い仕事が、幾らでも用意されている――

（確か今のコール音は、内線の奴《やつ》だったわね）

警察電話は、その呼び出し音で、外線からか、内線からかを識別できる。だからこのドイさんとやらは、愛予署員だ。内線を使っているから。

（部外の事件関係者、というならまだしも――このクソいそがしい時に、係も名乗らずどこの誰様？）

——自然、彼女の口調はさらに強行係っぽいものとなった。

「こちらは強行係ですが、いったいどちらのドイ様？」

『ああ、すまなかった』嫌味のない失笑。『そうだな、強行はいつもバタバタしているからね……そんなとき、大変申し訳ないのだが』

「謝罪は結構です。チャキチャキ用件をどうぞ」

『では私に一〇分、時間を貸してくれないか？』

「かなり無理ですね。勤務時間外であれば——ていうか何課の、何の用務です？」

『署長の土居健一《けんいち》という者だが』呵《か》々大笑《かたいしょう》が響いた。『ちょっと茶飲み話をしたい。いわゆるナンパだ……もちろん、私は時間外でもかまわないよ？』

「りょっ了解しました!! 直ちに!! 三〇秒後に参ります!!」

パンプスの音もたからかに、上内亜梨子は刑事部屋を飛び出した。

共用の警察電話が載っている回転台が、舞台効果のようにくるりと一回転する——

（なんてこと。署長の名前をスルーしちゃうなんて）

——刑事一課から署長室は、実は近い。徒歩三〇秒、駆ければ一〇秒でゆける。

愛予警察署の、おなじ二階にあるからだ。

ただし、上内巡査部長と、土居警視正の距離感は、まさか徒歩三〇秒ではない。

呼び出されでもしなければ距離は無限だし、話し掛けられでもしなければ永遠に縮まらない。それはそうだ。上内亜梨子はなりたて巡査部長、つまり新任の主任さんであり、実態論としては、刑事部屋のギルドの末端構成員。他方で、土居健一警視正といえば、この愛予警察署の全能神であり、県下十九署の筆頭署長であり、もちろん県警の役員であり、もっといえば、警備公安ギルドの長《おさ》であった。上内亜梨子が突然、心神喪失《しんしんそうしつ》におちいって刺殺でもしなければ、確実に次は地元最終ポスト――ラスボス・刑事部長に御栄転なさる御方《おんかた》である。

すなわち、土居署長が温厚な人格者でなかったなら、さっきの口の利《き》き方ひとつで、彼女はまた交番に逆《さじ》もどりだったろう。それはそうだ。警察署の誰をどこに配置しようと、警察署長の匙《さじ》加減ひとつなのだから……

亜梨子は素直に歯嚙《はが》みした。

(あれだけ署長宛《あ》てに捜報《ソウホウ》を書いてるんだから、まさか署長の名前なんて、忘れるはずがないのに。刑事部屋の柱にだって、デンと貼《は》り出してあるほどなのに)

警察署長の姓名、というのは、それだけ署の公務に必要な、いわばテンプレのひとつだ。

(ただまさか、警視正からの直電《チョクデン》だなんて思いもしないし。私、ただの主任だし。

『ど』一文字で単語登録しちゃったのが、よくなかったかなあ……）

——彼女は二階、副署長室に駆けこみながら、無意識のうちに礼式どおりの『止まれ』をした。そのままリズムをとり、奥のデスクに鎮座する副署長へ、呼吸を整えつつ歩みよる。さいわい、決裁などで、副署長席を塞《ふさ》いでいる署員はいなかった。

「副署長失礼致します。刑事一課上内です。たった今、土居署長から……」

「ああ上内。話はオヤジから聴いている。息を整えてから入れよ」

「も、申し訳ありません」

ゲートキーパーの許可が出た。

亜梨子は副署長室すぐ近くの、署長室の扉をノックする。もちろん、話は通っているし、そもそも扉は開いている。けれど、開いている扉をノックすることも、また警察文化だ。

——息を整え終わり、スナップを利かせて、コン、コン!!

しまった備忘録を忘れた、と気付いたときは、もう儀式を止められなかった。

「署長、失礼致します。刑事一課上内巡査部長、命《めい》に依《よ》り出頭しました」

「ああどうぞ。待っていたよ」

署長室の奥の方から声が掛かる。ここで初めて、亜梨子は緋《ひ》色《いろ》の絨毯《じゅうたん》を踏んだ。

まるで辞令交付のように、カクカクと室内に侵攻する。

するとすと緋に映える純黒の応接セットと、とても大きな署長卓が視野に入ってくる。

「いそがしいところ」土居は悪戯っぽく笑った。「すまなかったね」

「とんでもないことです」亜梨子は土居を直視できなかった。「失礼な口を利きました」

「なに、刑事一課のべらんめえ調は、まさかあんなもんじゃないだろう……」

土居署長はもう署長卓を離れ、応接セットの、自分の定位置に座っていた。

「さ、掛けてくれ」

「上内巡査部長、座ります」

亜梨子は、はてしない居心地の悪さを感じた。

もちろん、それは土居署長のせいではない。この警備公安ギルドの長が、いかにもそれらしく、温厚な人格者であること、また刑事ギルドに反感をいだいていないことは、末端の亜梨子でも知っているほどだ。土居は、不公正でも意地悪でもない。そういう噂《うわさ》は、末端にまで共有されるものだ。しかも、その見映え。筋肉質の痩身《そうしん》だが、禿頭《とくとう》のダルマ頭に銀縁眼鏡——

だから、亜梨子の感じた居心地の悪さというのは、『なりたて主任』の自分が、客用の応接ソファに座っていることから来る。警察文化として、これはありえない。この応接セットは、市長だの県議だの消防署長だの防犯協会会長だの、とにかく来賓《らいひん》のためのものだし、少なくとも、警部以上の幹部のためのものだ。その警部以上の幹部だって、シンプルなハンコポン案件なら、まさかソファに座ることなんてない。せいぜい、大きな署長卓の前にちょこんと置いてある、何の変哲《へんてつ》もない丸椅子《まるいす》に腰掛けるだけだ――

「一緒の署にいるのに、話すのは久々だね。最後に話したのは、あれは――」

「はい署長」亜梨子は慎重に言葉を紡《つむ》いだ。「刑事に登用されるとき、署長の面接を」

「あっは、そうだった、そうだった」

「……け、結果として、署長の御期待に応《こた》えることができず」

「いや、私はそんなことは気にしない。自分の道は、自分で拓《ひら》くものだ。

ただ正直、君を交番から署に持ってくるとき、できれば警備に入れたかったが……

君の刑事に懸ける熱意に負けたよ。それに刑事は、捜査手続の元締《もとじ》めでもあるしね」

――上内亜梨子、巡査部長、刑事一課主任、二八歳。

大卒警察官として、今年で六年目になる。

もちろん、最初は巡査だ。警察学校を出て、交番の巡査になる。

そして男性警察官ならば、何年も交番で修行をする。そのあいだ、自分の入りたいギルド——刑事とか警備とか交通とか——を決め、いってみれば、そこへ就職活動をする。実は警察では、階級を上げることと同様に、『どのギルドに入るか』が、立身出世とか、やりたいことを実現する力を決めるのだ。だからギルドに顔を売り、そのギルドにアピールできる実績を上げ、スカウトを待ったり、登用試験を受けたりする。この登用試験は、昇任試験とはまったく別物だ。刑事なら刑事が、交通なら交通が、独自に開催するもの。そして、ギルドにとって優秀な後継者を青田刈《あおたが》りするもの……

男性警察官なら、このギルドへ——警察では『専務《センム》』という集団へ——入るのに、まさか待ち時間一年二年だけということはない。絶対にない。そもそも交番の実務だって、一年二年で極められるものではない。交番で地道に実績を上げながら、交番を幾つも変わりながら、何年もアピールし続けて、ようやく登用試験が受けられる。しかも、いよいよ登用試験に合格したからといって、ギルドに空きポストがなければ、また待ち時間となる。

(ところが、おんなには、裏口登用がある……)

亜梨子自身が、まさにそれだ。

裏口、といっても、卑怯《ひきょう》な手段を使うわけではない。男性警察官からすれば、逆差別に見えてしまう、というだけだ。

というのも――

例えば、痴漢の被害者の調書を巻くとき。例えば、覚醒剤《かくせいざい》の女性被疑者の採尿をするとき。いくらでも例は挙げられるが、要するに、『おんなでなければやらせられない』という実務が、実は警察には多い。そして、女性警察官のパイは、拡大し続けてはいるけれど、愛子県警でいうなら、まだ七・九％しかない。

（だから、どの専務《センム》も、女性警察官はほしい。喉から手が出るほど。だから、どの専務も、女性警察官なら、なんと半年でギルド入りさせることもある）

……亜梨子自身は、さすがに、そこまでの超特急ではなかった。

それでも、交番経験は、たったの一年半。

それですぐさま、幾つかの面接と、先輩の推薦と、上《ウエ》の思惑とで、専務入りしてしまった。二四歳の秋のことである。そして、いま二八歳。階級もひとつ上げ、巡査部長。刑事実務三年強。もうすっかり、末端ではあるけれど、刑事ギルドの一員になった。

（これで、おとこの反感を買うなという方が無理だわ……それをいったら、あのとき

選に漏れたおんなの先輩・後輩もだけど）

裏口登用、などと呼ばれるこれが理由だ。なんといっても、警察署の捜査員＝私服と、交番の外勤員＝制服とでは、歴然としたステイタスの違いがあるから。これは昭和の時代からの、警察文化で悪癖だ。

これまで亜梨子が、どれほどの嫉妬《しっと》と反感とやるせなさに襲われたことか……ただ、亜梨子は土居署長のいうとおり、自分で専務入りを決断した女である。しかも、土居署長に叛《さか》らって、土居が陰に陽に勧める警備ギルドではなく、刑事ギルドに入った女。

要するに、一筋縄でゆくタマではない。

それを裏付けるように、土居がいった。

「刑事一課長から、君の勤務ぶりは聴いている。まさにエース、水を獲《え》た魚のようだとね」

「とんでもないことです。まだまだ諸先輩がたのケツにくっついて、じゃなかった、見取《みと》り稽古《げいこ》をさせていただいている段階です」

「そう謙遜《けんそん》するものではない。私は君の所属長だ。いよいよ警察本部の捜査一課が、君をスカウトしようとしている事くらいは聴いているよ——だからますます思うわけだ、優秀な後継者を、みすみす刑事部門にくれてやってしまったとね、あっは」

土居はひとしきり、明るく笑った。

そして卒然《そつぜん》と話題を切り換えた。それは、どう考えてもシナリオどおりだった。

「それで、だ上内巡査部長」

「はい署長」

「率直なところを教えてほしい」

「……と、おっしゃいますと」

「若くして専務に入ったこと、後悔してはいないかね？」

「全然」

「風当たりは強くないか？」

「刑事部屋では全く。刑事部屋では、そして捜査手続には、おとこもおんなもないので」

「刑事一課以外からは？」

「それなりに。

ですが、最初から覚悟していたことです。仕事で見返せばいいだけです」

「あのときと一緒だ、小気味よい。では仮にだ、上内巡査部長。

君のように、いきなり専務入りする――かも知れない、後輩なり同期なりがいるとする」

「はあ」

「君は応援するか、それとも止めさせるか？」

「……と、おっしゃいますと？」

「君とおなじ境遇に、そう刑事部屋に、後輩なり同期なりを置きたいか――という質問だ」

「それは本人の決意次第……」

「身上書類の記載によれば、本人は是非《ぜひ》ともやってみたい、と志願している。もっとも上内巡査部長、君のケースとはさかしまで、警備入りを熱望しているのだがね」

「……立ち入ったことを伺いますが、話の流れからすると、ならそのひとを刑事に」

亜梨子は若手署員の顔を、ざっと思い浮かべた――

（いま交番から動かせる女性警察官は、年次的にも経験的にも、いなかったはずだけど。

ただおとこであれば、待機者リストには、名前があふれているはずだ）

ここで亜梨子はナチュラルに、刑事ギルド員としての思考をした。もう、彼女は構成員である。

（いきなり交番《ハコ》から動かしても、二、三箇月は使い物にならない。まあ、頭数はあってあり過ぎることはない、か。ただ署長は何故《なぜ》、そんな人事《ヒトゴト》案件を私に相談するのだろう？）

「そのとおりだ、上内巡査部長」土居はにこやかに続けた。「まさに『刑事入り』させようと考えている……正確には、決める一歩手前だ」

「私ごとき兵隊が申し上げるのも僭越《せんえつ》ですが、もう登用リストに載った方であれば、すぐにでも来て頂きたいと思います。率直に申し上げて、刑事一課の……とりわけ強行係の人数は、少なすぎますから。あと三人、いえ二人は」

「理解している。愛予市ともなれば、日に変死が三件入っても何も不思議ではないからね」

「あとは、これも正直に申し上げれば、『渡部美彌子《わたなべみやこ》ローラー』にもかなりの時間が」

「それも理解している。

渡部美彌子の指名手配を打っているのは、まさに我が署だ。本部長からもそれは熱心に、追及捜査の現状を問われている。昨日の署長会議でも、それは悲壮な決意を述べておられた……私の頭も、ほら、このとおり禿《は》げ上がってしまったよ、あっは」

ぺちん、と土居が頭を叩く。亜梨子は、笑ってよい所かどうか真剣に悩んだ。

「そして、だ。その渡部美彌子は傷害致死犯。その直接の担当は我が署の刑事一課であり、もちろん強行係――

日々の業務に加え、『渡部美彌子ローラー』が大きな負担になっている。それも充分、承知している。それゆえに、まずは強行係を増強しようと考えたところだ」

「それが、新たな方を刑事入りさせようという……」

「そうだ。

そして実働員である君の瞳《め》からすれば、人員は喉から手が出るほどほしいと」

「それは調査官なり課長なりが決めることですが、実働員としては、ホンネでそうです」

「いきなりの専務入りで、君同様、苦心することとなろうが」

「それは確かに……おそらく御案内のとおり、刑事部屋はヤクザなところですから、仕事を憶《おぼ》えてゆくのも大変です。まして、私は裏口登用でしたから、プレッシャーが。……あっ、これも差出口《さしでぐち》ですが、その方は、きっと女警ではないですよね？」

「そのとおりだ。

というのも、いま愛予署の女警といえば、もう専務入りしているか、交番に入ったばかりだからね。

そう、意中の人物は、男性警察官だ」

「それならば……繰り返しになりますが、登用リストに載った、待機組の方となれば、裏口でも何でもないですし、交番でかなりの実績を上げた先輩でしょうし」

「、、、ところが、意中の人物は、待機組どころか、登用試験にすら合格してはいないんだよ」

「えっ男性でそれは。登用試験すら通っていないなんて。そんな人事が」

「極めて異例だと考える。だから副サンとも、刑事調査官とも、むろん刑事一課長とも議論した。

だから先刻、『決める一歩手前』だと言ったのだよ。

最後の一歩を進めるために、意中の人物をよく知る、現場の子の意見を聴きたくてね」

「意中の人物を、よく知る？　私がですか？」

亜梨子は四階級上の、もう父親といえるほどの上司を、思いっ切り怪訝《けげん》な瞳《め》で見詰めてしまった。

（なら異例の、おとこの裏口登用をされるほどの人材とは、私の知り合い？）

……誰のことだかまったく想像できないが、なるほど、そういうことなら、この奇妙な面談の理由が解る。

（だって、警視正が巡査部長と膝《ひざ》を詰めて検討なんて、我が社ではありえないもの）

「そうだ上内巡査部長、当該人物を熟知する、君の意見を求める。

というのも、年齢・階級・経験からいって、君が面倒をみることになるだろうから」

「そんな若手——!!」

「愛予駅西口交番の、原田貢《はらだみつぐ》巡査長。警察学校の同期だったね？」

亜梨子は絶句した。

署長の頭が禿げ上がったのも、ほんとうにノイローゼのせいじゃないかと思った。

序章――貢《みつぐ》

愛予県警察本部は、独立の庁舎をかまえている。

警察本部というのは、いちおう、知事の下に置かれているが、局なり部なりとしては、ユニットとして大きすぎる。また、法令上、知事の指揮監督を受けはしない。さらに、諸々の秘密を――特徴的なのは、捜査上の秘密だが――かかえている。そんなこんなで、最近は、都道府県庁とは別に、独立のビルをかまえているのが一般的だ。

もっとも、愛予県警察は、小規模県。

だから、その警察本部も、まさか警視庁A型庁舎や、大阪府警察の黒川紀章《くろかわきしょう》庁舎ほどの規模はない。ワンフロアの面積だったら、郊外型のスーパーに負けるかも知れない。ちょっとした市役所。ただ顔つきがどことなくキツい。そんな感じの、四角四面な、十階建てビルである。有名な新宿警察署、渋谷警察署の方が、ひょっとしたら大きい。

ただ。

さすがに地元有数企業の本社だけあって、機能は充実している。

総警務、生活安全、刑事、交通、警備といった各専務の執務フロアは、ビルの外見から想像されるより、ずっと奥行きや幅がある。公安委員会室、警察本部長室、各部長室、大会議室などは、それぞれが愛予城を眺められる、情緒と機能をかねそなえたものだ。また独立庁舎だけあって、地下の駐車スペースも、それなりに余裕がある。

しかし――

いま原田貢巡査長に必要なのは、そうしたコワモテの施設ではなかった。

原田巡査長は、警察本部の地下一階にいる。

地下一階は、実は、福利厚生《ふくりこうせい》スペースだ。警察官御用達《ごようたし》の売店があったり、いわば社員食堂があったり、百貨店のように催事会場があったり。果ては、病院のようにベッドを列《なら》べた『仮眠室』とか、シャワースペースとか大浴場があったりする。そうした福利厚生の施設が、口の悪い言い方をすれば、地下鉄の薄暗い売店街みたいに、みっちり詰まっている。何でも、十年ほど前のキャリアが、『警察本部の勤務員が（徹夜も当直もあるなど、それなりに激務で）あまりに可哀想《かわいそう》だ』ということで、せめて最低限の施設は庁舎に入れさせてほしい――と、愛予県庁と愛予県知事に直訴までしたとか。

だから、コンビニ感覚、カプセルホテル感覚で、大抵の用を足せる施設が、いちおうできた。このフロアで用が足りないのは、まさに文字どおりだが、トイレくらいのものだ。予算不足なのか、誰も指摘しないのか、男性用しかないし、しかも個室はいつも壊れている。そのあたり、なんとなく、警察という役所を象徴している。

――そこには、いま原田巡査長がいる、いわゆる床屋もあった。

正確には、原田巡査長が今カクン、と躯《からだ》を崩しすぎて、鋏《はさみ》を頭に突き刺しそうになった床屋だ。原田貢は、散髪のときの常として、爆睡《ばくすい》していたのである。

「おっと」じゅるり、と垂れた涎《よだれ》をあわてて拭《ふ》く貢。「ごめんマスター。すっかり寝入っちゃったよ」

「もうミッグったら、派手に寝過ぎよ。まあいつものことだけど」

オカマさん言葉を返したマスターは、それでも初老の域に入るだろう。貢が見たところ、六〇歳、いや六五歳は確実に過ぎている。さすがに身形《みなり》、身のこなしは、この業界人として洗練されているが……あまりにも黒々としすぎた髪は、あきらかに染めたものだし、オールバックの髪のボリュームだって、ゆたかに整い過ぎていて、かえって不自然だ。スラッとした瘦身《そうしん》との、アンバランスさがどこか哀《かな》しい。

(ただ、それを言うのも無粋《ぶすい》だしなあ……腕は衰えてないし)

――いちおう三席ある、この床屋。

貢が初めてここを使ったのは、警察学校を卒業して、愛予署に――正確には、愛予署の愛予城交番に配置された頃だった。二三歳の春のことだ。ちなみに今、貢は二八歳である。

(もう五年かあ……けどここ、全然変わってないな。交番の先輩に訊《き》いたら、十年だか二十年だか、とにかく開店当初から、まったく変わってないみたいだけど)

時の止まった、床屋。

確かに、ぜんぜん今風ではない。パリッとしたお洒落《しゃれ》さとかは、全然ない。なにせ『週刊新潮』『ゴルゴ13』『火の鳥』が置いてあるほどだ。それらの位置というか山も、全然変わらない。もちろん内装など、昭和レトロとして、博物館に移設できそうな感じだ。

貢の定位置は、店舗入ってすぐの席。というか、それがマスターの定位置でもある。これは、この床屋におっかなびっくり入った五年前から、いっさい変わっていない。

(警察本部の地下の床屋だから、かなり緊張したし、もっと混み合うのかと思ってたけど)

最初は、予約を入れた。このマスターが、気持ちいいオカマさん口調で受けてくれた。けれど、そこには意外そうな、悪戯《いたずら》そうな響きもあった。

その理由は、三度通ったときに解った。

というか、マスター自身が、人懐《ひとなつ》っこい会話のなかで教えてくれた――『この店に、予約をしてから来る警察官なんていないのよ』と。

それは、タテマエ的にいえば、客の仕事ゆえだという。なるほど、警察官は二四時間三六五日、たとえ非番・休日であっても非常呼集《ひじょうこしゅう》のおそれがある。予約を入れるのは、あまり合理的ではない。空き時間にスッと入る。大丈夫そうなタイミングを見計らって入る。それが自然だろう。ましてここは、仮にも、本社施設のなかである。

(ただ、この床屋に予約がいらないのは、もっと違う理由もある――)

それは、どちらかといえば小心者の貢が、この店を好む理由でもあったが。

実は、この床屋を使う警察官は、圧倒的少数派なのだ。

もっといえば、この床屋は、道楽でやっているんじゃないかと思えるほど、客がいない。

(これほどガラガラだってのは、ホント、意外だったなあ)

もちろん、仮にも本社施設にあるのだから、飛びこみ客はある。それどころか、常連客もいる。それも、貢が鉢合《はちあ》わせて膝《ひざ》をガクブルさせてしまうような常連だ。なんと警務部長、刑事部長、警備部の参事官、あと捜査一課の管理官――

（さすがに警視、警視正のお隣ってのは、勘弁してほしいよなあ……）重ねて、貢は巡査長である。（……まあ、本社の偉い人は、やっぱりいそがしいんだろう。あの四人は、よくいる。といって身分が違いすぎるから、マスターにこっそり教えてもらわないと職名と顔が一致しないし、そもそもその顔すら直視できない。同じ常連でも、ほとんど赤の他人みたいなもんだ）

いずれにしろ。

この床屋の常連なんてそれくらいのもの。そしてマスターいわく、飛びこみ客も、急な事情で髪をこざっぱりさせたい人ばかり。お店を愛用する人たちではない。

せっかく警察本部の地下にあるのに、警察官に愛用されない理由は――

これもマスター自身が教えてくれた。

（要は、『髪を切るときくらい、職場と縁のないところにしたい』という警察官が大多数だからだ）

ここで、警察本部警察本部といっても、県庁の近くにあるくらいだから、まさか住宅街に建ってはいない。それどころか、愛予市の官庁街にある。だから、警察本部の警察官は、自宅なり官舎なりから、ここへ通勤をしてくるのだ。まさか、近くに住んでいるわけではない。そして、自宅なり官舎なりの近くには、もっとこう、普通の、それなりに洗練された、若い理容師がやっている床屋がいくらでもある。

おまけに、最近は公務員への締め付けが強くなっている。まさか勤務時間内に、地下一階におりて髪を刈るわけにはゆかない。それをするなら、時間休を取得しなければならない（床屋なら、どう考えても『一時間の年次休暇』を取得しておかないと、バレたとき懲戒処分は免《まぬか》れない）。すると上司のハンコが要る。めんどうくさい。かといって、勤務終了後にゆくかというと、残業を終えたあとでゆく気にはなれない。そもそも、地下一階の商業施設は閉まってしまう。この床屋も、律儀《りちぎ》に、一九時にはクローズドになる――

そんなこんなで。

警察の本拠地にありながら、実は、この床屋を愛用する警察官はとても少ないのだ。

（この時代、カット＋顔剃《そ》りで三、四〇〇〇円だというのになあ。

ホント、穴場だよなあ）

他方で、貢はといえば――

今は、愛予駅西口交番に勤務している。住まいは、愛予署の独身寮だ。もちろん愛予署からも遠くないし、愛予署は筆頭署だから、警察本部とも遠くない。そして、交番のおまわりさんだから、よほどのことがなければ、三日に一日は、休みだ。日中堂々と、床屋にゆける。安さも魅力。そんなに髪型にこだわりがないから、昭和レトロでも何でもいい。同期とも同僚とも鉢合わせない穴場は、むしろ気が楽だ——だから、貢はここの常連になった。

だからもう、貢も、月イチの散髪のとき、マスターに予約なんて入れはしない。入れなくても、確実に、定位置は確保できるからだ。

もちろん、マスターも確保できる。というか、いつも新聞か週刊誌を読んでいる。店のマンガは、さすがに読んでいない。

そして『マスターいつもので‼』と貢がいうと、新聞とか週刊誌をバックヤードにキチンと仕舞いながら、『あらミツグ、ちょっと伸ばしたわね。それだと特別料金三万四、〇〇〇円よ』と駄菓子《だがし》屋の婆ちゃん的なあいさつをする。そして、ちょっとだけ嫌そうにメガネをかけ、『コーヒー飲む？　煙草《たばこ》は？』とかいいながら、テキパキ、クネクネと、クロスを整え始める。

（ちょっとだけ嫌そうな顔をするのは、きっと、年寄りに見られるのに抵抗あるんだろうな……）

オネエ口調にふさわしい、つぶらな瞳が、レンズでぶわっとなってしまうと、さすがに年齢を感じさせるから。

それは、黒々としすぎた髪、量が整い過ぎた髪と一緒で、常連の貢でも、ツッコミというか話題にすることを遠慮する、ちょっとしたタブーだった。

(女性に年齢のこと話題にするの、失礼だしな)

そんなこんなで、五年。それが貢と、マスターの関係だった……

……もう一度涎《よだれ》を拭《ふ》きながら、シートの上で姿勢を直す貢。

するとマスターが、心配そうに訊いた。

「なーんか疲れてそうね、原田巡査長⁉」

「そうでもないよ。爆睡しちゃうのは、いつものことだろ」

「顔色も冴《さ》えないわよ。安心して。今日は警務部長も刑事部長も、参事官も来ない日」

マスターは、数多くない常連の『出勤日』を諳《そら》んじている。そして貢の立ち位置もよく知っている。それはそうだ。何年にもわたって、警察の本丸で店を出しているのだから。

貢がただの巡査長で、とても警務部長だの刑事部長だのといった警視正と口が利ける身分じゃない——ということは、ひょっとしたら、貢自身より熟知しているかも知れない。

例えば、『巡査長』は階級章があるのに階級じゃなく、ただの名誉称号だと最初に貢に教えてくれたのは、実はこのマスターなのだ。もちろん、貢が初々《ういうい》しい巡査のころ、まだ名誉称号をもらう前の話だ。そうでなかったら……さすがに貢は天然すぎるだろう。

天然すぎはしないが、どちらかといえばノホホンとした貢が、ノホホンと会話を続ける。

「確かに警察本部の部長が隣にいると、その、爆睡してても寝覚めが悪いんだよなあ」

「あんまりイビキがひどいと、警務部長に、離島の駐在所に飛ばされちゃうわよ？」

「それ洒落になってないよマスター。警務部長って、人事権者じゃん」

「それも、かなりの切れ者よ、今の人は。

むしろここで出会ったの、出世のチャンスよ!!

だってぶっちゃけ、ミツグもねえ、そろそろ巡査部長試験受からないと……でしよ？」

「うわー、いきなり夢見心地から現実に引きもどされる、このつらさ」

「ほら、誰だったっけ？ 同期のエース。女の子。

もう二年も前に、巡査部長になっちゃったんでしょ？」

「ああ、アリス」

「そうそう、可愛《かわい》い名前の女警さん」

「名前みたいに可愛い性格だったら、どれだけよかったか……」

「あら、そういえば警察学校で、仲悪かったんだったっけ？」

「仲悪いっていうか……アイツ、デキすぎるんだよね」

「女警の方が優秀だってのは、よく聴く警察文化だけど」

全国的に、女性警察官は優秀であるとされる。それは、採用される人数がまだまだ少ないので、自然、試験が高倍率になるからだ。つまり、買い手市場ゆえの淘汰《とうた》の結果である。ただそれ以上に、あえて警察などというヤクザな稼業《かぎょう》に身を投じようとする女性は、もちろん正義感が強いし、そんじょそこらのおとこより、よっぽど気概がある――

「おんなはやっぱ、細かいし、しつこいし、粘るし、負けん気が強いんだよねー」

「いいことばっかじゃないの。ま、確かに、それはミツグには無いモノね、全然」

「……性格的に、正反対なんだよなあ。だから警察学校でも、レポートとか課題とか、コテンパンに詰められたし怒られたし。ゼミとかやっても、フルボッコにされたり」

「ええと、同期だから、同い年でいい？」

「うん」

「すると、二六歳のとき巡査部長ね。大卒でそのスピードなら、なるほどエースだわ」

「うぐっ、スミマセン、二八歳巡査長巡査で……」

「ぶっちゃけ、ヒラと主任さまだもんね。警察って、同期でそういうことがハッキリ出るから、しかも若い内から出るから、ちょっとえげつないわよね。

まあでも、巡査と巡査部長なら、まだ幾らでも追い越し・追い越されがあるわ。だいたい、警視とか所属長になる人だったら、ライバルとは熾烈《しれつ》な追い抜き合戦、しているもんよ。そう、いいライバルに恵まれたと思えばいいわ!!」

「いいライバル、かあ……アリスにしてみたら、同期いちのダメダメ君だろうなあ」

「そこまで卑屈《ひくつ》にならなくても」

「そもそもアリスは卒業首席だよ？

絶対に将来、女性署長、いや女性警視正になる」

「だったらミツグは刑事部長になればいいわ、地元組最終勝者!!」

「それもアリスで決まりだよ。

だって僕、例えば、まだ独りでシャブ、挙げたことないんだよ？」

「うっ……あ、諦《あきら》めずに頑晴《がんば》っていれば、いつか実績はついてくるわ。バッターボックスに立つことが、そう、立ち続けることが尊いのよ。その姿がもう神よ。それに、そう、オウムとか指名手配犯でも検挙すれば、一発逆転ホームラン。警察本部長賞に、ああ警察庁長官賞だって夢じゃないわ!!」

「いやそれ、マジメに考えるんだよね。ウチの署でも重要手配犯、抱えてるからさ」

「ああ、確かもうじき、公訴時効が完成しちゃうとか」

「うん、いわゆるギリギリ事案。こんなの当てたら、特進でもおかしくないんだけどね。ま、それこそ宝くじだから、そこはもっと現実的にコツコツ、自転車とかシャブとか、狙《ねら》っていかないといけないんだけどさ」

「そうね、公訴時効の犯人云々《うんぬん》はともかく……

職務質問で覚醒剤が挙げられないの、つらいんですってね」

「そのムリゲーを、アリスは一年半で六回、いや七回かな、クリアしてるんだ」

「あらそれもすごい!!　あっそうか、その表彰加点で、昇任試験にブーストが」

「もっともアイツの実績、シャブだけじゃないんだけどね。

交通切符でもチャリパクでも二三五でも。アイツはすごいよ。何でもできる」

「でも、そういう娘《こ》が上司だったら、ちょっと大変ね」

「じょ、上司？」

「だってそうでしょ。ミツグは、愛予駅西口交番のおまわりさん。同い年の、そのアリスちゃんだって、どこかの交番のおまわりさんでしょ？ それで巡査部長さんなんでしょ？」

「ああ、そういうことか――

それが違うんだ、マスター。アリス、実はもう刑事さんだから。おまわりさん、卒業しちゃってる。そこでも全然、差をつけられちゃった」

「あっ、そうか、女警さんかあ。女警の、いわゆる裏口入学って奴ね？」

「……まあアリスにかぎっていえば、裏口スタイルだけど、実力勝負でもなれたよ、絶対。だから、『おんなだから刑事入りが超特急』って言われるのは、確かに事実だけど、すっごく悔しいだろうな……実力を証明するチャンス、無理矢理奪われた感じで」

「ミツグ、優しいのね」

「そんなんじゃないよ。ただ、頑晴ってる奴が見当違いな叩かれ方するの、好きじゃない。

キチンと頑晴ってる奴は、キチンと上に行けるし、行かなくちゃいけないんだ」

「なるほど、その子頑晴ってるわね。二八歳で、もう専務入りして、私服の刑事さんで、巡査部長……

嬉《うれ》しいこともあれば、苦しいこともあるでしょう……まして、おんななら」

「ただ、マスターの方が知ってると思うけど、警察で生き残ってゆくためには、どうしても『階級を上げる』ことと『専務に入る』ことが、必要だからね」

「それは車の両輪よね。まず昇任試験で、ミッグなら巡査部長に上がる。さらに専務の登用試験で、ミッグなら……あれ？

アタシこの話は訊いてなかったわ。ねえ、ミッグって、どの専務に入りたいの？」

「うーん、正直、拾ってくれるならどこでも……

やっぱ、外勤のおまわりさんを卒業して、内勤の『署員』になるってのが、警察人生で、かなり大事なステップアップだから」

「そうなのよねえ。おなじ『愛予警察署員』でも、実は外勤のおまわりさんって、変に差別されてるっていうか、ぶっちゃけ『署員』とは認められてないようなとこ、あるものね」

「そうそう、あれは刑事ドラマが正しいよ。交番のガイキンは、私服の署員に使われる身さ。まあ、ガイキンは出張所の何でも屋だし、私服の署員はプロ集団だから、どうしても変な上下関係、できちゃうんだけど……

例えばこないだも、まさに僕、アリスに呼び出し喰らっちゃって。非番で帰ったあと」

「よ、呼び出し？　同期の娘《こ》に？」

「ああ、よくあるんだよ。

交番は何でも屋だから、被害届とか、カンタンな調書とか、実況見分調書とか、つくる。でも何でも屋のやることだから、署のプロから見れば、ヌルいとこ分かっちゃうんだよね」

「それって、例えばミスを怒られる、みたいな？」

「いやホント、まさにそう。もう先生が生徒を叱《しか》る感じかな。

だから『呼び出し』になるんだよ。アリス先生だったら、アイツ刑事だから、刑事部屋に呼び出すんだ。それで、附箋《ふせん》のいっぱい着いた書類、突っ返されるわけ。

これがネチネチ系の先生だったら、腐るほど嫌味いわれるし、オラオラ系の先生だったら、鉄拳《てっけん》制裁かも知れない。でもそうした書類は、作成者しか直せないし、たいていは急ぐ。だからヒイヒイ言いながら、『御指導』を受けて、直す。ほとんど補講、補習、追試」

「それで、よりによってアリスちゃんに、気合いを入れられたと」

「附箋が十八、あったかなあ。『警察学校からやり直したら？』とか、『アンタの書類って、文字より訂正印の方がおおいんじゃない？』『朱肉フェチなの？』とか言われたよ」

「…………」

会話をしているうちに、シャンプーまでが終わった。

顔を拭くタイミングだったからか、貢を哀れんだか、マスターはしばし絶句している。

しかし、貢は実際のところ、何も意に介してはいなかった。

同期とはいえ、もう、アリスとは住む世界が違うと本気で思っていたからだ。この点、貢はいじけた人間でもなければ、うじうじした性格でもなかった。悪く言えば、あまり物事を突き詰めて考えない、サッパリした、天然なおとこだった。他人の努力とその結果を、素直に応援できる人間――そう、素直なのは間違いない。

だから、カラッと、自分から会話を続けた。

「そういうガイキン扱いがずっとだと、かなりつらい。だから、拾ってくれるなら、どこの専務でもいいし、はやく内勤に——『署員』になりたいけど」

「けど？」

「上《ウエ》に出す書類には、いちおう、『警備を熱烈に志望してます!!』ってなことを書いたよ」

「警備公安ね。それってテロ対策とか、スパイ対策とか、災害対策とかよね？」

「そうそう。正直、どうしてもってわけじゃないけど、将来のこと、書かないといけなかったから。

それに、僕、どっちかといえば地道に巡回連絡とかやってたんで——」

「——ああ、おまわりさんの家庭訪問」

「そうそう。それで、いろんな報告書、それこそバッターボックス立ちまくりで上げてた。そしたら、『地域実態把握功労』とか何とかで、一回だけ、警備の表彰もらったんだよ。あそこ秘密主義だから、どの報告書の、何がウケたのか、今でも解らないけど。

だから、どっちかといえば、ガチの犯罪捜査じゃない分野で頑晴った方が、生き残れるのかなあって。ちょっと動機が不純っていうか、あいまいだけど」

——マスターが、貢の髪を乾かしていると。

バックヤードからひょっこり、年配の女性が顔を出した。二八歳の貢からすると、かろうじてお婆さんでないおばさん、である。もちろん貢は彼女を知っていたし、さらに、このタイミングで顔を出すであろうことも知っていた。ここは、時の止まった床屋である。

「あら原田くん、どーもー」

「奥さん、いつもどうもです、お世話になってます」

確かに、いつもお世話になっている。というのも、マスターが『コーヒーでもどう?』と言ってくれたとき、バックヤードからコーヒー缶を――冬はホット――差し入れに出て来てくれるのは、この奥さんだからだ。マスターがいわゆるオカマさんなのは別論として、亭主関白《ていしゅかんぱく》なのは間違いない。というのも、髪を切り終えて談笑をしているときでさえ、コーヒー係は奥さんだし、会計でお金をやりとりするのも、必ずこの奥さんだから。貢が見たところ、他の常連についても、まったくおなじだ。

「今日は非番?」

「いえ休務です」

「じゃあまた明日は泊まりね。三交替って、大変ねえ――

ああこれ、お客さんからいい鯛《たい》をもらったの」

なんと奥さんは、スチロールの箱に入った鯛を見せてくれた。すごく立派なものだ。

「警察さんでいう釣果《ちょうか》。警察さんってゴルフと釣り、大好きよねえ。よかったら」

「あっアンタ」マスターが奥さんに言った。「ちょっと代わってて頂戴《ちょうだい》。アタシお手洗い」

「まさか大きい方じゃないでしょうね？」

「ちょっとアンタ、ミッグの前ではしたない。小さい方よ、小さい方!!」

──マスターがそそくさと出てゆく。奥さんは手馴《てな》れた様子で、ドライヤーとブラシを使い始めた。ミッグは訊いた。

「いいんですか、こんな立派な鯛？　一尾しかないけど」

「やあねえ。ウチの分はちゃんと二尾、もう食べちゃってるから大丈夫よ」

「あっ嬉しいです。頂戴します」

「じゃあいつものとおり、持って帰れるように、お土産にしておくからね」

──そのあと、チョコレートの詰め合わせ（いろんな種類のものを、駄菓子屋的にセルフで詰めたもの）とか飴玉《あめだま》とか、またいろんなものをくれる。このあたり、いかにもなおばちゃんだ。

「さっき聴こえたけど、時効が終わっちゃう犯人、狙ってるんだって？」

「いやいや冗談……て言ったら署長に殺されちゃうけど。それこそ三億円当てる感覚だから。僕、引きの強い方じゃないし」

「時効が終わっちゃうと、もう逮捕とかしても意味ないの？」

「うーん、意味ないことないけど、処罰ができなくなるんだ。刑罰が科せられない、っていうか。だから裁判もないし、そもそも裁判してくれって言えなくなるんだよ」

「殺人だと、何年逃げればいいの？」

「逃げられちゃ困るけど、二十五年だよ」

「じゃあカレンダーで、三六五日、一日一日数えるのね。けっこう計算、大変そうねえ。だって閏年《うるうどし》もあれば、一箇月のながさも違うものねえ」

五分十分して、帰ってきたマスターは言った。

「あらミツグったら、お話盛り上がってるけど、気を付けなさいよ」マスターがいつもの夫婦漫才《めおとまんざい》を始める。「ウチのワイフったら、幾つになっても、若いおとこに目が無いんだから。嫌ね、おんなって」

「そりゃそうよ。もうあたし、このヅラ亭主、老眼亭主とはウンザリなんだから」

（さすがに奥さんともなると、誰もが言えないこと、ズバッというなあ……）

貢は、この奥さんも大好きだった。その時折漏らす喋《しゃべ》り方が、どこかとても懐《なつ》かしいのだ。確か、大阪の出だと言っていた。貢は小中学生の頃、親の都合で大阪に住んでいたことがあるので、それで親しみを感じるのかも知れない。そう、その頃に強い聴き憶《おぼ》えのある抑揚が、貢のこころを強く動かすのだ。この喋り方は学校の先生のものだったか、お隣の婆ちゃんのものだったか、はたまた、それこそ当時の床屋のおばちゃんのものだったか、それともそんな人々とは全く関係なく、ここ愛予県のどこかで、例えば交番勤務の折に聴いた喋り方だったか……いずれにしろ奥さんが興奮してくると、いよいよ貢の記憶が、いい感じで揺すぶられる。だから、それを聴きにくるのも、貢がここを愛用している理由だったかもしれない。

奥さんの実家は大阪だそうで、実家の羽曳野《はびきの》市のことをよく話す。ぶどうがどうとか、古墳がどうとか、聖徳太子が建てた大学があるとか。ダルビッシュの出身地だとか、PL学園で有名だとか、藤井寺球場が近かったとか。ちょっとした喫茶店にも、車で行くのだとか。郊外型のお店が多くて便利だけど、まだまだ田んぼが多い、ひろびろとした田舎だとか。ただマスター本人は、奥さんの実家があるのに、それこそ亭主関白で興味がないのか、大阪のことをほとんど知らない。貢より知らない。唯一《ゆいいつ》、観光で行ったのか、あの仁徳天皇陵《にんとくてんのうりょう》の話だけは、持ちネタとして時々する。それも、まさに『一度行ったことがある』『ついでがあったから寄ってみた』という感じで、近くに警察署があっただの小学校があっただの、市役所がどうだの裁判所がどうだの、私鉄がみっつ使えただの——なんというか、まさに『一見《いちげん》さん』『観光客さん』『通りすがりさん』としての話をする。きっと、大阪に縁がある貢に、気を遣っているのだろう。

「あとアンタ。原田くんは数少ないお得意さんなんだから、余計なお仕事の話とか、しないの。ウサギにはウサギの生き方と苦労が、カメにはカメの生き方と苦労が」

「そしてアタシには、ワイフのために店を続ける生き方と苦労が」

「バカ言いなさんな、アンタこれ以外に生きてゆく道ないでしょうが」

そういう彼女も、床屋によくあるとおり、理容師だ。貢はそれもよく知っていた。

というのも、いま貢が座っているシートの隣で散髪をするのが、彼女の常だったから。そこが彼女の定位置だ。マスターは入口側。彼女はその隣。ここは、時の止まった床屋である。

「じゃああたしお風呂行ってくるから、来ないとは思うけど、お客さん来たら待たせといて」

「行ってらっしゃいませ奥様。警察本部大浴場で、こころゆくまでのデトックスを」

警察本部の地下一階には、大浴場がある。もちろん職員用だけど、マスター夫妻ともなればベテラン職員みたいなものだ。そして床屋と違って（!!）あっちは人気施設で、それなりに大きいし、それなりにキレイだ。スーパー銭湯みたいなもの、といってもいい。

だから貢が知っているかぎりでも、奥さんはよく大浴場へゆく。『タダで大風呂なんて最高』といいながら。他方で、マスターは貢の知るかぎり、一度も使っていない。いつか、何気にその話をしたら、マスターは『男風呂に入るか女風呂に入るか、それが問題でしょ？』『それこそ逮捕されちゃうから、絶対に行かないわ!!』とマジメに答えた。貢はその真剣さに、『お、おう』と頷《うなず》くしかなかった。そして思った。マスターは筋鋼《すじがね》入りだなあと。そして納得した。奥さんはいつも手ぶらにサンダル、いつでもどこでも風呂場に行けるようなスタイルなのに、マスターはいつもタートルネックにウエストポーチ、そして、ガッチリとしたスニーカー。そう、ふたりとも、いつもだ。貢はもうふたりの絵すら描けるだろう。つまり、ここは時の止まった床屋。出演者の衣装すら変わらない。

――その奥さんが出てゆき、夫婦漫才が終わった。

いよいよマスターが、貢の髪をバッチリ整えようとすると。

貢のジーンズのポケットで、スマホがぶるぶる震えた。

（何だろう？　まさか、またアリスじゃないだろうな。もう怒られるネタは、出し尽くしたはずだけど……いや、アイツはしつこいからなあ）

貢はクロスをまさぐって、震え続けるスマホを採り出した。ディスプレイに表示される、その番号は――

（うげえ、やっぱり）

警察署の警察官なら、まさか、自署の代表番号を忘れはしない。そもそも、全国標準のテンプレで、署の番号の末尾は、〇一一〇番である。

「ま、マスター、ちょっとゴメン」

「ああいいの。お仕事でしょ？　アタシは気にしないで。急いで出てあげて」

貢はクロスを被《かぶ》ったまま、なんとなくシートを離れ、店の入口近くに立った。入口のガラス戸に躯《からだ》をむけ、スマホの受話ボタンをスライドさせる。

「もしもし地域二課原田です」

『ああ原田巡査長。土居だが』

「お疲れ様ですっ」

『悪いが、急ぎ伝達したいことがあってね。差し支えなければ、すぐに来てくれないか』

「原田巡査長了解です。ええとですね、それで、何課の何係に出頭すればよろしいでしょうか?」

『――――――――』

絶句のあと、スマホから大きな笑いが響いた。やはり同期だな、という言葉も。

このとき、貢にはその意味が解らなかったし――

――ようやく三分後に、髪も整えないまま、奥さんのコーヒー缶も受けとらないまま、代金も支払わないまま入口を飛び出し、すぐそばの男子トイレを越え、すぐそばの非常階段を駆け上がってタクシーを呼び止めたときも。

これから三箇月、自分に何が起こるかは、やっぱり解らなかった。

第1章　三箇月前

第1場

署長室なんかに入るの、ほんとうに久しぶりだった。
(そりゃそうだよな。僕、ただの巡査長だし。署長は役員で、支店長だし)
まして、僕は交番勤務員、出張所のぺーぺーだ……
いや違う。
僕は交番勤務員、だった。
過去形になってしまったのは、たったいま、その支店長から辞令をもらったからだ。
(ここらへん、警察も役所で、カイシャだよな)
警察署は、ひとつの支店、ひとつの所属《ショゾク》。
署長をオヤジと呼び、副署長をオフクロと呼ぶ、ひとつの家族でもある。
その家長、いわゆる所属長が、土居健一署長だ(きっと生涯、名前を漢字で書けるだろう……)。

署長は、だから、家族を、どうとでも動かすことができる。

極端なことをいえば、アリスをいきなり、署長専属秘書にすることもできるし(しないだろうけど‼)──

──たった今、したみたいに、僕を刑事一課に入れることもできる。言葉ひとつでできる。警察署長は、警察署の全能神だから。

ただ、さすがに署長秘書は冗談にしても、刑事一課に入れるとなると、それは大事《おおごと》だ。

もちろん土居署長にしてみれば、将棋の『歩』を動かすだけ。

けれど僕にしてみれば、いきなり『と金』にされてしまったようなもの。

床屋のマスターとも話したけど、交番のおまわりさんと、内勤の私服の署員では、実際のところ、位置付けにすごく大きな違いがあるからだ。

だから、土居署長にとっては、儀式・形式・けじめとして。

僕にとっては、運命を変える瞬間として。

『辞令交付』が、たった今、行われたというわけだ。

──辞令交付だから、アタリマエだけど、辞令をもらう。

署長室で、カクカクと警察礼式どおりに受けとった、A4ヨコのちょっと厚い紙。

そのあと、すぐ外にデスクをかまえている、副署長に御覧いただく紙。

そして副署長同様、これからすぐさま、刑事の幹部のもとへ脚を搬《はこ》び、確認と指示を受ける儀式を、行わなければならない紙――

人事異動発令書
愛予県巡査　原田貢（愛予警察署地域第二課）
愛予警察署刑事第一課（強行係）勤務を命ずる。
愛予警察署長　警視正　土居健一　公印

（改めて考えると、とんでもないことになった……）

――あの日。床屋に署長から直電《チョクデン》をもらった、あの夕方。

非常階段まで使って、床屋を飛び出て。タクシーつかまえて、愛予署に飛びこんで。

遅いぞ何してた、と副署長に怒鳴られて。

出勤スタイルとしてはかなりヤバいジーパンを、チャラい六、〇〇〇円のダッフルコートで必死に隠しながら、署長室にコンコンと入って。

ニコニコした土居署長から聴かされた、この人事異動。そして、諸々《もろもろ》の指示。

(もうビックリしたの、何のって)

まず、出張所のヒラ職員が、トップの役員と『御懇談《ごこんだん》』させてもらうなんてことも、警察文化としてはビックリだけど。そんなこと、警察学校を出て、この愛予署に配置されたときにもなかったし、もちろんそれ以降も、まさかありえなかったけど。

(よりによって、裏口入学の話とは……しかも、行く先は刑事部門‼)

……けれど、土居署長は。

まるでホントの父親が、デキの悪い三男に、嚙《か》んで含めるように、自分の考えと、いろいろな心構えを、しっかり教えてくれた。そして最後に、こういった――

『原田巡査長。君が警備部門を志望していることは、このとおり充分承知している。そして警察の誰もが知っているとおり、刑事は、特に強行係は、激務だ。とりわけ今は。

だから。

人事《ヒトゴト》としては異例だが、君に、拒否権を与えたい。

すなわちこの異動、断ってもらってかまわない。

そしてもちろん、断ったからといって、君に一切の不利益を与えない。将来、例えば警備部門に入ることにも、何ら影響しない。させない。それは私が、署長としての名誉に懸けて約束する。

……このことと、これまでの私の説明を聴いた上で。

それでも私の発令案に同意してくれるなら、週明けから、君は刑事だ』

そして僕は……

頷《うなず》いていた。そしていった。

『署長の御配慮に感謝します。週明けから、頑晴《がんば》ります』

『ありがとう』こんな言葉も、所属長としてはありえない。『頼むぞ、原田』

こうして、わずか二時間未満で僕の刑事入りは決まり。

いよいよ今日の、儀式というか、辞令交付になったというわけだ。交番部門の地域二課から、刑事部門の刑事一課に移籍するのだから、やっぱり紙と儀式は要る。それがカイシャだ。

（そして、この紙と儀式だけで、それだけで）

たった今から、僕は刑事だ。

昨日までは、交番のおまわりさんだった。愛予駅西口交番で、制服を着て、二十四時間勤務をしていた。三交替制だ。朝の八時半から交番で立番《りつばん》・見張・警ら・巡回連絡――次の朝八時半まで、いわば外回りの営業。泊まりの次は非番で寝て、翌日はお休み。そしてまた泊まりの日が来て、外回りの営業で……僕はそれを、五年近く、ずっとやってきた。五年近く、出張所のガイキンを、ずっとやってきた。

たった今から、内勤になる。

制服は基本、着ない。勤務は日勤で、タテマエとしては週休二日だ。これまたタテマエとして、朝の八時半から夕方の五時一五分までの勤務を、月火水木金と続ける。やることは、警ら・巡回連絡といった、おまわりさんの外回り営業じゃなく、まさに捜査員としての仕事。僕はそれを、刑事部門から見切られるまで、続けることになるだろう。

（けれど、そういった違いよりも。そういった、仕事の中身が変わることよりも）

……いよいよ『愛予警察署員』になった、という緊張の方が、遥《はる》かに大きい。

それは、勤務場所ひとつとっても、ハッキリしている。

というのも、交番のおまわりさんにとって、正直、警察署というのは、そんなに縁が深い建物ではないから――これは意外なようで、事実だ。

（交番勤務員の城は、それぞれの交番。泊まりの二十四時間をずっと過ごすのも、交番。実は、警察署というのは、交番勤務員にとっては、着換えと装備品受領と、訓

示・指示を受ける場所――といった意味合いしかない）

もちろん、僕がアリスに怒られたように、『恐い専務に、気合いを入れられる』場所でもある。というか、そのイメージはかなり強い。

（だから、僕のような小心者は、とりわけ専務のエリアには、近づかない……

はやいうちから専務入りする野心があって、顔つなぎ・顔売りをしたい優秀な奴は違うけど）

これまた、アリスがそういうタイプだ。嫌味じゃなくて、そうだ。

自分のやりたいことが、最初からハッキリ決まっていれば。そして『就職したい先』が眼の前にあれば。そこへ顔を出し、必死でアピールする方が合理的で、立派だろう。交番のおまわりさんにとって、専務の敷居《しきい》をまたぐのは、かなりの覚悟がいるけれど、そこで物怖《ものお》じするようなら、専務の側だって、いらない子だと思うだろうから。

ただ、アリスのようなエース型を、のぞけば――

（交番勤務員にとって、専務のエリアは、鬼門《きもん》だ。どうせバカにされてるって、なんていうか、僻《ひが》みみたいなものも確かにある。だからなるべく近寄らない。だから自然、専務ばかりが入っている警察署そのものも、どことなく、縁の遠い建物になってしまう……）

だからぶっちゃけ、専務は、ガイキンのおまわりさんを、『署員』とは見ていない。もっといえば、『仲間』とは見ていない。『使う相手』か『デキない奴』か……だから。

（いよいよ交番から吸い上げられて、専務入りしたとき。そのとき初めて『仲間』だと、『署員』だと見られる。仲間のうちの、新人だと。ルーキーだと）

そう。

警察学校を出て、最初に交番に配置されるのが、新任巡査なら。

交番を出て、最初に専務に配置されるのが、いってみれば、新任署員だろう。

（そう、まさに新任署員。ふりだしにもどる。二八歳で、また新人だ）

警察学校を出ても。

交番を出ても。

そして、ひょっとして、ありえないこととは思うけど、警察署すら卒業して、警察本部にスカウトされる日が来ても。あるいは、そうしたことと連動して、階級を上げられる日が来ても。

（警察官でいることは、実はいつも、新しい事への挑戦だ――

新しい職場、新しい仕事、新しい仲間。そして、新しい自分。

そう、階級を上げることも、専務で在り続けることも、自分から諦《あきら》めてしまわないかぎりは)

――副署長室まえの廊下で、運命を決める辞令を見ながら、そんな物思いをしていると。

バシン!!

備忘録に使うバインダ式ノートで、うしろから、思いっ切り頭を殴られた。

「なっ――――!!」

「変わってないわね、原田貢」

「あ、アリス」

「ここは警察署の廊下。しかも署長室・副署長室の前。所属の最重要動線《どうせん》よ。そんなところで巡査長が、なに立番《りつばん》してるのよ。まだおまわりさん気分が抜けないの? それとも西口PBに帰って、またトボけたガイキンを続けたくなった?」

「そ、そういう言い方、ないだろ。

それに前から言おう言おうと思ってたけど、そういう如何《いか》にもな刑事っぷり、よくないよ。交番には交番で、大事な仕事があるんだから。

アリスだって、東口PBに一年半もお世話になってるだろ」

ここでアリスは、ふっと笑った。それは、どこか懐《なつ》かしさを感じる嘆息《ためいき》だった。

「ミッグ、アンタも……

そう、あんたが刑事部屋で三箇月、生き残れたら解るわ。

自分がお世話になって、心底愛していた職場を、ガンガンに怒らなきゃいけない悲しさがね。というかミッグだってそうよ。クソみたいな捜査書類ばっか上げてきて。

私達には、私達の仕事が、ウンザリするほどあるの。そんななか、一円のバイトにもならないのに、クソみたいな被害届の赤ペン先生させられる専務の身にもなってみなさいよ」

「く、クソみたいな被害届」

「まあそうはいっても、ミッグのはまだクソくらいですむわ。ついさっきも『死ねば？』っていう実況見分調書、チェックさせられたばっかりだから」

「――――――――――」

「辞令交付、終わったんでしょ？」

「あ、ああ、うん」

「だったら、とっと刑事部屋に来る。一円のバイトにもならないけど、あたし、アンタの引きまわし役を命ぜられているから」

「引きまわし役？」

「このバカ」ああ、警察学校のときのノリだよ……「辞令交付の瞬間までのあたし同様、今は、アンタが刑事部屋のいちばんの奴隷《どれい》、いちばんのぺーぺー、いちばんの末端構成員なのよ。

　もっといえば、刑事部屋どころか、この警察署内でいちばん身分が低いのはアンタなの。

　自分の立ち位置、まさか解っていないとか？」

「そ、そんなことは」

「だったら‼」上内亜梨子巡査部長は、ハッキリと苛立《いらだ》った。「まずは刑事部屋のお偉方、強行係の諸先輩に、すぐさま挨拶《あいさつ》回りするのが人の道ってもんでしょうが‼ それが終わって、急ぎの仕事がなかったら、生安・交通・警備の各部門にも顔見世《かおみせ》興行《ぎょう》にゆく。仁義を切る。

　刑事は犯罪捜査の元締め。他部門に舐《な》められたら終わりよ。まして新人が挨拶にも来ないなんてことになったら、刑事一課も強行係も赤っ恥だわ。アンタ着任早々、ウチの古株を怒らせたら、三箇月どころか三日でデスクなくなるからね。これ脅しじゃないわよ」

「……ごめん、アリス」

「え」

「気を遣ってくれて。アリスいそがしいのに。バカは放っておけばいいのに」

「そ、そんなんじゃないわよ。あたしが困る。それだけの話……さあ駆け足前へ、進む!!」

第2場

——愛予市内、高砂町《たかさごちょう》。某アパート、一〇三号室。

マスターの床屋以上に昭和を、いやひょっとしたら戦前を感じさせる、超レトロなアパートだ。

「さあ下ろすぞ!!」

「よっこい、しょっ!!」

機動隊の、あの出動服姿《ワッペン》の僕は、越智卓《おちすぐる》巡査部長と一緒に――もっと正確には、さらにアリスと三人掛かりで――ヒトの躯《からだ》を下ろしていた。

若干の、いや、かなりの説明がいる。

まず、下ろしている躯というのは、中年男性のものだ。

しかも、御遺体である。お亡《な》くなりになっているのは、間違いない。このうえなく。

いま触れているのは、いわゆる首吊《つ》り死体だから……

「よし、アリス、ロープ処理。交叉《こうさ》部と結び目、採証《さいしょう》頼む」

「越智部長、そこまでやります？　この御遺体、非犯罪死体でガチですが」

「おっと、まさかできないんじゃないだろうな、刑事部屋のエース女警？」

「それこそまさか」

「だよな。捜査一課からスカウトが来るくらいだからな。

だったら原田にガッチリ見せてやれ。絶対に役に立つ」

「ああ、そういうことですか」

「で、原田は俺と死体見分だ」

「りょ、了解しました!!」

――ざくっというと、病院以外で、人が死んでしまえば。

まず、警察の出番になる。

これもざくっといえば、『殺されたのでは？』という疑いは、警察官が視《み》ないかぎり、絶対に否定できないからだ。たとえ今回のように、一目瞭然《いちもくりょうぜん》に自殺だと分かる首吊りであっても。

というか、『一目瞭然』という外観を、まず疑ってかからないといけない。犯罪や殺人犯を、警察の勝手な『一目瞭然』で見逃してしまうことが、あってはならないからだ。

これは、川で溺死体《できしたい》が上がったときも、電車に人が飛び込んでしまったときも、ビルから飛び降りがあったときも、人が乗ったままの自動車が全焼したときも、そうだ。はたまた、極端な例では、『それまで駅を独りで歩いていた人が、突然、バタリと倒れて死んでしまった』『介護されていた寝たきりのお爺《じい》さんが、とうとう息を引きとった』なんて、ストーリーとしては極めてナチュラルな事案でも、やっぱり、警察官が臨場することになる。いや、しなければならない。犯罪かどうかを、しっかり調べるために。

（そして、その、臨場する警察官っていうのは……）

刑事だ。

もっと正確に言えば、強行係の刑事だ。人死《ひとじ》には強行の、代表的な仕事だから。

そして今や、僕らだ。僕はもう、強行係の刑事だから。

（刑事部屋に挨拶に行った途端《とたん》、変死の一一〇番指令が入ったのには、ビックリしたけど）

それは、愛予署管内の、某《ぼう》アパートの大家さんからの通報だった。部屋を貸している中年男性が、なかで首を吊って死んでいると。

――変死の無線が警察署を直撃すれば、強行係はすぐ立ち上がる。

最悪、殺人事件となれば、時間との勝負になるからだ。だからあっという暇《ま》に、デスクワークスタイルの私服から出動服に着換え終わり、そのまま強行係のセダンか、ワゴンを飛ばして現場臨場する。

と、いうわけで。

挨拶の『あ』の字も口にできないまま、僕もアリスに蹴飛《けと》ばされながら着換えをして、越智巡査部長との三人チームで、この高砂町のアパートにやってきた。

――これが、僕の、いま置かれている状況だ。

そしてこの状況は、頭では理解できる。理論的なことを、警察学校でいちおう学ぶから。

けれど。ところが。

(ぶっちゃけ、変死を扱うのなんて初めてだ。

交番勤務員はガイキンだから、こういう、プロの眼が必要な仕事はしない。だから、経験がない。実際、さっきまでアパートの玄関あたりに立ってた、東口交番の初老の先輩は、僕らが臨場したとみるや、サッと、そう意気揚々《いきようよう》と引き上げてしまっている……)

その後ろ姿を見遣《みや》る、アリスのどこか物悲しい瞳《ひとみ》。

――アンタ立ってただけなの？　何か自分でもできること、考えないの？

そんな気持ちがビシバシ伝わる、でもおとこの先輩をどこかで思いやる、そんな瞳。

(気付かなかったけど、僕も、刑事からこういう瞳《め》で見られてたんだ)

……外勤と私服は、やっぱり、難しい。

「おい原田、ボサッとするな。ひょっとして死体、駄目なタイプか？」

「あっすみません越智部長。いえ僕は大丈夫です。

警察学校名物・『最初の解剖見学で倒れるタイプ』じゃないです、さいわい」

「いや、駄目だったら駄目でいいんだ。他にも、ここでやることは腐るほどあるからな。

死体との相性ばっかりは、これは生理的なものだ。気の強さ弱さとは一切、関係ない。だから。

「いえ、気を遣ってくださってありがとうございます。ホント、それは気になりません」

「了解だ──マル変は初めてか？」

「初めてです」

「いい返事で、いい脚本だ──すなわち指導部長の腕が、さっそく問われている」

「は、はあ」

越智巡査部長。刑事一課強行係主任。三三歳。

最近巡査部長に合格して、愛予警察署に異動になったとか。

だから昇任は、実はアリスより遅いけど（アリスが先任部長になる!!）、刑事になったのは、アリスより先だ。そして警察では階級が大事だけど、ギルドでは年季がモノをいう。

よって、アリスのやや上の同僚にして、僕の遥か上の先輩・上司──ということになる。

だから、僕の『指導部長』の役割を、担《にな》ってくれている。

これは文字どおり、ギルドの新人を指導してくれる巡査部長、という意味だ。わざわざこんな役職があるほど、警察は、ヒトの教育には熱心である。ちなみに、アリスは新人どころか、もう中堅レベルなので、『指導部長』なんか必要ない。というか、自分が巡査部長だから、ひょっとしたら僕の指導部長になっていても面妖《おか》しくはないのだ。さいわい、それは誰かが（あるいは本人が）ストップしてくれたんだろうけど。

（……越智部長は、市役所の福祉係にいそうな、丸顔の、穏やかなひとだ。

ただ時折見せる鋭い瞳は、そうだな、肝《きも》が据《す》わった税務署員みたいな感じかな）

そして、さっきからの会話で感じられる範囲では、べらんめえ調でもヤクザ調でもない。交番では、刑事一課だの強行係なんてのは、それこそ暴力団事務所と変わらないと聴いていたけど、少なくとも越智部長からは、ドラマの刑事みたいな渋さと落ち着きを感じる。

（といっても三三歳。僕と五歳しか違わないんだよなあ）

その越智部長が、ちょっと恥ずかしげに、講義口調でいった。

「──マル変でいちばん大事なのは、もちろん事件性の有無を判断することだが」

「はい」

「刑事として……いや人間としていちばん大事なのは、死者への思いやりを忘れないことだ。だからこの部屋に入ったとき、原田にも合掌《がっしょう》してもらった。また署に搬《はこ》んだときも、黙禱《もくとう》して弔ってもらう。

礼を失さない。実はこれ、法令上の義務でもあるんだが、そんな御託《ごたく》以前に、人の道だ」

「了解しました」

「ただ、数をこなしてくると、うっかり忘れちまう事がある……

そりゃ確かに死体はモノだ。それに、いきなりの洗礼で分かったと思うが、筆頭署ともなれば、マル変なんて日に三度、四度入電しても、まったくおかしくない――ぶっちゃけ、『日常業務』なんだよ。時間割りに入っている、といってもいいくらいだ。ランダムだけどな」

「お、多いんですね」

「まったくな。ただそれに溺《おぼ》れて、感覚が麻痺《まひ》しちまうと、『ケッ、またマル変かよ』ってな、ゴンゾウ刑事になってしまう。それは、ソイツ自身のことを考えても、殺伐《さつばつ》とした、悲しいことだ。

そして、今回は独居中年だから、現場に家族がいないが、もちろんマル変の現場には、家族親族がいることもあるわな。餅《もち》詰まらせて死んだとか、雪掻《か》きしてて落ちたとかだったら、まず家人《かじん》がいるだろ？」

「なるほど」

「そうすると……」越智部長は、照れたように。「……なんちゃって指導部長として、最初の偉そうを言うとな、原田。

　刑事って商売は、ヒトを相手にする商売で、かつ、それだけだ。

それはつまり、いつも、必ず、誰かの、年齢分の人生を背負っているってことだ。新生児でも、独居中年でもな。そして死体見分なり検視なりは、その人生の締め括《くく》りを任されたってことだ。ほら実際」

　ここで越智部長は、取り回しがいいようにバインダに挟《はさ》んだ、行政書類を僕に見せた。もちろん、まだ未記載のカラの書式だ。タイトルは――『死体見分報告書』。

（署長決裁欄どころか、社長決裁欄まであるんだ。大事《おおごと》なんだなあ、人が死ぬってことは）

「この書式の――そう、ここの部分を見てくれ、四枚目だ」

「ええと、『生前の言動』、『死亡の状況（事件性判断要素等）』とあります」

「『生前の言動』の方は、できるかぎりヒトの〈最後の足〉、死に至る直前の事実を、認定するところだ。

今回は独居中年だから、今ここで家人から話は聴けないが、親なり縁者なりから、物語を訊《き》き出さなきゃいけない。御近所さん、同僚、いれば友達、あるいは行きつけのコンビニとか——まあ、関係者総動員で、カーテンが下りる直前の再現をしてもらうわけだ。しかも、それがホントかどうか判断する舞台監督は、俺たち刑事だ」

「なるほどです」

「そして『死亡の状況（事件性判断要素等）』だが。

これはまさに実況見分そのものだ。警察的にいえば、五感の作用で外界のありのままを認識する云々《うんぬん》って奴《やつ》だな。現場はこうで、姿勢はこうで、部屋はこうで、配置はこうで……

今回だったら、そうだな。アパートの外回りから描写して、鍵《かぎ》が掛かっていたかとか、窓はどうかとか……あるいは部屋の描写に移って、間取り、ロープが架かった梁《はり》、ロープの巻き方、死体の様子、それぞれの位置関係・高さ関係と……ああ、首吊りだから、使ったイスの状況なんかも必要になってくる」

「侵入盗《ノビ》の見分はかなりやりましたが、さすがに気合いというか、細かさが違いますね」

「窃盗でも殺人でも痴漢でも、見分の重要性に変わりはないが——死体見分は、いちばんやり直しが利《き》かない上、『誤認』がホント恐いからな。『誤認見分』『誤認検視』はいくらでもありうる――俺たちがサボれば。すると、殺人犯が胸を撫《な》で下ろす。だから徹底的にやる。微《び》に入《い》り細《さい》を穿《うが》ち、駄目押しに駄目押しを重ねる。だから細かい。

おっと原田、ちょうど、アリスがその細かいことをやっているぞ」

「え」

「今回の主役のひとつ――ロープだよ」

――遺体の傍《かたわ》らのアリスを見る。アリスは、基本どおり二重に嵌《は》めたゴム手袋のまま、とても器用に、首吊りに用いられたロープを、何やら整えていた。

「スルッと流したんで、気付かなかったかも知れないが――俺たちが遺体を下ろすとき、まさか結び目をほどいたり、あちこち縄をブッ切りにはしなかっただろう？」

「あっ、それはそうです、そうでした」

まったく意識していなかった。けど、考えてみればアタリマエだ。すごい証拠だから。

「おまけに、だ。

遺体を下ろしてからも、首回りから縄外さなきゃ、ロープも調べられない。その下の首に残った痕《あと》――いわゆる索溝《さくこう》だって、見られないだろ？」

「た、確かに」

「そこでまあ、いい機会なんで――さっきの会話のとおりアリス巡査部長殿は愚図《ぐず》ったが――ロープの結び目の切り方・固定の仕方・保存の仕方を、実演してもらっているわけだ。

刑事をやってゆくなら、すぐにでも役に立つ。よく見ておけ」

……僕は改めて、アリスのやっていることを観察した。

なるほど、よく見ると、ある程度の知識と職人芸がなければ、できないことが分かる。

結び目に触れてはいけないし、新しく締めたり緩めたりしてもいけない。だから、切断箇所も慎重に決めないといけないし、どこを切断したのか、ハッキリさせておかないといけない。アリスはそのために、テグスのようなものを器用に使って、切り離した輪っかをいつでも再現できる仕掛けをつくっていたし、結び目そのものも、それ以上動かないよう、上手く固定してしまっていた。くどいようだが、二重ゴム手袋のままで、だ。

「これで、写真も撮影する。まあ、写真は他にも、幾らでも撮影するんだが——いずれにせよ、これで主役のロープのこと、首の痕《あと》のこと、梁《はり》の跡のことが書ける」

「梁の跡——」

「梁には埃《ほこり》が積もる。ロープを渡せばそれが崩れる。その跡とロープを比較すれば、ほんとうに首吊り自殺なのかどうか、判断材料がひとつふえる」

「な、なるほど」そうか。「そして首の痕のことっていうのも、ええと、さ、索溝とロープを比較するため。判断材料を獲《え》るため」

「そうだ。だからこの欄には『事件性判断要素等』とわざわざ書いてあるんだ——さっきの『生前の言動』では、幕が下りる直前を描く。というか認定する。

他方でこの『死亡の状況（事件性判断要素等）』では、人生の幕が下りたその瞬間を描く——

それがホントにそうでした、と言い切ってしまうのも、舞台監督である、俺たち刑事だ。

だから、刑事ってのは、人の人生を背負ってく稼業《かぎょう》だが、どう背負うかっていえば、『徹底して観《み》る』ことで背負うんだよ。観察して、物語を見極める。ヒトの物語を。

それがホントにそうでした、と言い切れるまで。だから人生が背負える。いい刑事ってのはな原田、いい眼をした刑事、バカみたいに観察する刑事だと俺は思う――

――おっと、講義が長引いたな。そろそろ実技の時間だ。

ってアリス、それくらい、

「可愛《かわい》い同期にやらせてやれよ」

また僕がハッ、とアリスを見ると、なんとアリスは遺体の服を、もう脱がし終えるところだった。それこそ裸に剝《む》く、という感じで。もちろんアリスはおんなで、遺体は中年男性のもの……

(アリスは物に動じないタイプだけど、ここまで事務的に、おとこの裸を)

「強行係の仕事は無限にありますから。すぐできることは、すぐ終わらせてしまわないと」

「アリス、僕がやるよ」

「もう終わったわ」

「警察学校でも、講義はあったと思うが。

死体見分は、もちろん現場のありのままの状態からスタートする。ただ、絶対に遺体は裸にする。外表検査の徹底、って奴だ。全裸にしてやる。男でも女でもな。

そして俺は、アリス巡査部長殿の、華麗なる男性遍歴《へんれき》は知らんが……」

「越智部長。強行係では最初から死語ですけど、それいちおうセクハラですから」

「……男性との健全な交友関係については情報を獲《え》ていないが、三年以上の強行刑事経験で、どれだけ男のキンタマだのサオだのケツの穴だのを触ってきたかなんて、もう数え切れないくらいだろう。まあ、それをいったら俺もそうだが。

おっと、原田。

アリスが裸に動じていないことより、アリスが着衣を上から順に脱がせたこと、あと遺体の着衣をキチンと観察してメモってるの、見ておけよ。着衣が何か、着衣の状況はどうかも、この死体見分報告書に書かなきゃいけないからな」

（裏から言えば、アリスはもうテンプレとして、この報告書の記載内容を憶《おぼ》えてるんだ）

「今回は首吊りだから、まさか刃物の傷はない。ところが出刃包丁で刺されました、ってな事案だったら、今度は着衣そのものの実況見分が必要になる。着衣とか所持品だけ、独立してな」

これまたアリスは、着衣に入っていた所持品を、手頃なサイズのポリ袋に入れている。

「しかしながら首吊りとか、あるいは絞殺だと、また違う意味で、着衣が重要になってくる——

まあ着衣というか、その何だ」

「ミッグ、警察学校でやったでしょ。失禁《しっきん》・脱糞《だっぷん》・漏精《ろうせい》よ」

（二八歳のおんなが……まあ、二八歳ならアリか。まして、アリスだからな……）

このとき、しみじみして、緊張が解けたんだろう。

にわかに、その……匂《にお》いを感じた。感じ始めると、かなり強く思える。

「そう、下を脱がせば、出るものが出ているってわけだ」

「越智部長」アリスは顔色も変えない。「チェック、一緒にお願いします」

「了解ですっ、アリス巡査部長殿——」

原田はよく見とけ、すぐ自分でやってもらうことになるからな。いちおう総論だけ言っとけば、死体観察の鉄則は『上から下へ』『毛髪から爪先《つまさき》まで』だ」

「りょ、了解しました」

「越智部長、とりあえず硬直からいきます」アリスは遺体に触れてゆく。「顎《がく》、これだと……中です」

「ガク、チュウ」

「肩関節、中」

「カタ、チュウ」

肘《ひじ》、中。腕、中。手の指、弱。股関節《こかんせつ》、弱。膝関節《しつかんせつ》、弱。足関節、無。足の指、無。

（……書式をずっと持ってるのは、越智部長だ。アリスはポイントを暗記してる。それだけじゃない。呪文《じゅもん》みたいに唱えてるのは、これまた、死後硬直の強さだ。アリスには、それが認定できるんだ）

「続いて死斑《しはん》、これは……中。指圧《しあつ》で退色《たいしょく》……スル」

「アンシセキ？」

「はい、アンシセキ」

（暗紫赤色《あんしせきしょく》、かあ……）

「アリス、部位をくれ」

「死斑部位、ええと、腰部《ようぶ》と下半身全体でいきましょう。あ、忘れてました、皮膚はソウ」

「皮膚は蒼《そう》、と。顔面鬱血《うっけつ》――」

「――ナシです蒼白《そうはく》。次の口腔粘膜《こうくうねんまく》もオナジク蒼白」

「蒼白にマルして、と。じゃあピンセット君の出番だな」

いわれるまでもない、とばかり、アリスがピンセットで遺体の瞳を開ける。

「左から。眼瞼結膜《がんけんけつまく》。溢血点《いっけつてん》アリ。上、ええと……針先大が5。下、針先大が3」

「了解。眼球結膜《がんきゅう》いってみよう」

「溢血点アリで。針先大……ああ数えるの無理。『多数』で願います」

「角膜《かくまく》──」

「──透明」

「瞳孔《どうこう》──」

「う─ん……正円《せいえん》でいいです。径《けい》が」アリスは銀の物差しを使った。「六㎜」

（すごく息が合ってる。ていうか、二人に任せっきりで、警察学校の生徒みたいに、ボケッと見てるの、かなりつらいなあ……でも何にもできないし……）

ところが。

口腔粘膜《こうくうねんまく》、舌先とメニューが終わったところで、思いがけず出番がやってきた。

アリスが、中学校の理科室にありそうな、かなり長い温度計を手渡してくる。

「はいこれ」

「あっ、今の室温、計るの？」

「……あたしにも眼はあるわ。この温度計も、さっきからずっと出してある」

「た、確かに、一六度」

「その記載欄はとっくに埋まってもいる」

「スミマセン……そうすると、小職《しょうしょく》の任務は」

「あんた刑事部屋の奴隷未満のくせして、なに寝惚《ねぼ》けたことほざいてんのよ。死体見分で温度計ときたら、直腸温《ちょくちょうおん》に決まってるでしょうが」

「あっ直腸温、確かに、学校で聴いた、ような」

ドラマでもよくある、『死後経過時間』の関係だ。

ヒトは死んでしまったら、アタリマエだけど死体になってしまうので、冷却が始まる。だから、死体の周りの温度と、死体の温度の違いを計算することで（そして、ぶっちゃけ早見表とかを調べることで）、お亡くなりになってから、どれくらいの時間が過ぎているか、割り出すことができる。

それはもちろん、『ホントはいつ死んだか』を見定めるため。それがやっぱり、事件性があるかどうかの判断に使える。もちろん、事件性があれば、捜査に使える。だから、死体の温度として、直腸温を計る。これは、講義で勉強した。

だけど……

「お腹に押し当てるとか?」

「もう!!」

バインダが顔面を直撃した。ひどい。

「こうやって、お尻の穴から、ほら!!」

「ええっ」

「仕事でしょ。公務でしょ。見分でしょ。あんた御遺体にキレイもキタナイもあると思ってんの? アンタほんとに刑事?」

それに、とアリスはささやいた。僕らはもうしゃがんでいたから、ギリギリ越智部長には聴こえない、はずだ。

(ミツグ我が社でいったい何やってきたのよ? この会社の鉄則、二八歳にもなってまだ身についてないの? 『いちばん下の者が――』)

(うっ、『いちばん下の者が、いちばん気配りする。下の者はいつも〈一歩前へ!!〉』)

(あたしはこの際どうでもいいけど、アンタ上司の、巡査部長に下働きさせて平気なの?)

(それはマズい、絶対に、明日からデスクがなくなる……っていうかまだ座ってもないけど)

(じゃあさっそく男見せてよ、じゃなかった刑事見せてよ)

(ぐ、具体的に、どんな感じで)

(教科書どおりよ、忘れてるだろうけど。

五㎝以上お入れした上、約一〇分固定。そのあたりで数値が落ち着くから)

(じゃ、じゃあ、あの、その、ゴメンナサイ、失礼します)

──ふう、と嘆息《ためいき》を吐《つ》いてアリスが立ち上がる。そのまま何もなかったように、『死体見分報告書』を埋め続けていた越智部長に、テンポよく語りかけた。

「肛門《こうもん》は、シマルです」

「肛門締まるに、マルっと」

「脱糞あり」

「脱糞も、マル──おい原田、サオとタマあたりよく見とけ。失禁・漏精な」

「あ、失禁アリ、漏精……アリ、です」

ようやく仕事に参加できた。アリスも最初、こんな感じだったんだろうか。

「アリス、チアノーゼは？」

「チアノーゼは、両手足の爪床《そうしょう》に……顕著《けんちょ》、です」

「顕著にマルと──よっしゃ。テンプレはこんなもんかな。死体関係では、あと直腸温まちだ。

もうじき、署から小西《こにし》係長も来るだろう。死体見分は、ホントは警部補じゃないとマズいからな……

ああ、そういえば家族と連絡がとれたってメール、入ったよ。同僚にも当たれそうだ」

「じゃあ、もう報告書、小西係長にお名前入れてもらうくらいですね。

もちろん最終的な『自殺』『窒息死』『縊死《いし》』の判断も、ですけど――」

「上内亜梨子検視官ドノのお視立《みた》てなら、土居署長もハンコポン、一発だ」

「なんですかそれ。ぜんぜん御世辞には聴こえないんで、パワハラの真似事《まねごと》か何かですか？

――でもまあ、確かに、強行ひとすじ十五年の小西係長にお出ましいただく現場じゃないです。そもそも、お医者先生すら呼ばない事案ですし」

「だよな。小西係長もぼやいてたよ。またトラック搬送《はんそう》要員かって」

「ただ、今は我慢していただくしか……」

「……そうだな。例の放火殺人の捜査本部で、実質三人、動けやしないからな。

まあいいじゃないか。新しく原田が来てくれた。一箇月もすれば、これくらいのこと、ひとりでもできるようになる。それだけで、かなり救《たす》かる……」

「あっあの、越智部長」

「ん？　何だルーキー」

「ちょ、直腸温、三四度で願います」

「お、おう、ありがとう。この会話の流れで、そうきたか。お前、なかなかおもしろいな。

せっかくだから、心臓血・尿・髄液《ずいえき》の三点セット、採ってみるか？　意外にこれ、アリスが下手クソなんだわ」

「さ、最近は上達したと思います!!」

……人の死。首吊り。自殺。警察官。死体見分。

それらがミックスされた現場で、さすがに和気藹々《わきあいあい》とでもないし、笑い声も立てないけれど、オフィストーク全開な感じの会話が、自然に続いてゆく。そのノリだけは、交番で、メシを食っているときと全然変わらない。

（これが、強行刑事の世界……の一部）

「おっと、あの音は我が署のトラック。小西係長、臨場だ」

越智部長は、煙草《たばこ》パケを採り出すと、玄関から出て行った。なるほど、さすがに現場で煙草は吸えない。

　そして現場には、アリスと僕が残される――

「ねえアリス、このあとどうなるの？」

「……とりあえず、その温度計、お清めしよっか。あたしいちおう女だし」

「おっとゴメン!!」

「ほら、キットのなかに、ペーパータオルとかウェットティッシュとか色々あるから、舐められるほどキレイに整えておくのよ。イジメじゃないわよ。この次の一分に、また変死の一一〇番が入電するかも知れないでしょ？　そしたらこのまま転進よ。だからよ」

「なるほど、原田巡査長了解です」

「あと、アンタすっかり見物人やってたから、図面はあたしが引いといた。窃盗の実況見分と一緒よ。現場の図面。あと今回だったら、遺体の図面と、首から上の図面が必要になる。お絵かきの才能なら、それなりにあったわよね？」

「そっか、アリスは僕の実況見分調書、よく添削《てんさく》してくれたもんね」

「これからは、アンタが外勤の書類を添削する方に回るの。こんな図面なんて一時間で終わらせなきゃ、とても書類仕事、こなしてゆけないわよ」

「解った、ありがとうアリス。教えてくれなかったら、データ無しで図面を起こさなきゃいけないバカになるとこだったよ」

「それじゃあ捏造《ねつぞう》よ、懲戒《ちょうかい》ものよ」アリスは苦笑しながら。「じゃあ今度からは、せめて図面はお願い――」

さて、小西係長が来たら、最後の詰めをして、御遺体を署に搬ぶことになる。

もちろん、あたしたちが下働きよ。

署では御遺体のお清めと、そうね、浴衣《ゆかた》を着てもらうわ。お線香も炷《た》いて。御家族なり、同僚の人なりに見せてあげられるように。そこまでやってようやく一段落――

あとアンタ、ゴム手袋が一重だけど、それ絶対に止《や》めて。死んじゃうから。とりわけ肝炎なんて、変死事案ではめずらしくもないんだからね」

「りょ、了解」

「……この、死体取扱い。

検視官が臨場する事案だったり、解剖までする事案なら、一回につき三、二〇〇円」

「え」

「そこまでゆかない、こうした山ほどある死体見分なら、一回につき一、六〇〇円よ。

派手な殺人事件の方が、経験としてはよかったかも知れないけど——

強行刑事の日常というなら、まずこれよ。だから」

「だから？」

「改めて、ようこそ刑事へ原田ミツグ。アンタがへばるまで、よろしく」

第3場

——その日の夕方、愛予警察署。

ようやく、刑事一課の執務室に帰ってきた僕は。

大部屋の奥にある、会議室のような資料室のような、とにかくバックヤードの倉庫的なスペースで、出動服《ワッペン》を脱いでいた。

脚が折りたためる、会議用の茶の長机《ちょうき》が組み合わさって、中央に大きなシマをつくっている。ただその上には、様々な段ボール箱や糸綴《いとと》じの書類が、デンと置かれていた。ホントに会議をしようとすれば、大掃除が必要だろう……

書類というのは、もちろん事件の書類。横書きのもあれば、縦書きのもある。

しかも、長机に載っているの分だけじゃない。

長机のシマの周囲は、剛毅《ごうき》なスチール棚《だな》になっていて、無数のドッチファイルと、やはり糸綴じ・厚紙表紙の記録がブチこまれていた。図書館もビックリだ。

（おまけに、それだけでもない!!）

スチール棚の上には、いろいろなラベルが貼《は》られたり、いろいろなマジック書きをされたりした段ボール箱が、ドサドサと積まれている。地震がきたらヤバそうな感じで。そこには、ガサ入れシーンで見る『愛予県警察』の文字が入った箱もあれば、コンビニからちょっともらってきたような、かなり適当な感じの箱もあった。

（――要するに、ここは魔窟《まくつ》だ。刑事部屋の奥の、魔窟）

すると、煙草パケを出動服のポケットに仕舞いながら、越智部長が入ってきた。喫煙所から帰ってきたんだろう――などと思っているうちに、さすがは警察官、ものの一分未満で、スーツ姿になってしまう。

早寝早飯早グソ……一つ一つのタスク処理をはやくするのは、警察官の基本だ。

「お、お疲れ様です越智部長」

「汚い部屋だろ？」

「えっ？　は、はあ」

「ここにあるのは、愛予署の刑事一課が……まあ何時《いつ》からあるのか知らんが……取り扱ってきた事件の記録だ。ひょっとしたら、戦前の奴だって引き継いでいるかもな」

「それでこの量なんですね」僕は〈図書館〉を改めて見遣った。「しかも、ブツまである」

「大抵の記録は、公判が終わってる奴だ。つまり有罪無罪、シロクロついている。その警察側の――というか署の手控《てびか》えだな。

アリスがほとんど読んで、暇《ひま》さえあれば真似してノートをとっている、大事な遺産だ」

「えっ」

「今は部内用に、いいマニュアルが幾らでも出ているが――そう警察本部の売店で幾らでも買えるが、やっぱりマニュアルはマニュアルだ。ナマの事件の、ナマの一件記録にはかなわない。

だからアリスの『真似』というのは、ここの記録の真似でもあり、係長や課長が作る書類の真似でもある――

確か、原田はアリスの同期だったな？」

「はい」

「アイツの筆跡、よく見てみな。ここだけの話、小西係長と瓜二《うりふた》つなのが分かる」

「刑事にはよくあることだ。ギルドだからな。師匠の真似を腐るほどしている内に、言い回しどころか、筆跡だの字間だのまで瓜二つになってくる。それは、そうだなあ──俺たちみたいな、拝命《はいめい》したときからパソコン調書がアタリマエの世代でも、やっぱり変わらない。手書き調書は、刑事の基本だからだ──

新人は書類のコピー、腐るほど撮らされることになるだろ？

そのとき、まあ管理と処理さえキチンとやってくれれば、何部写そうと誰も困りゃしない。それを真似しようがメモしようが、仕事さえやってくれれば、誰も文句言いはしない」

（……越智部長は、やっぱり優しい人だ）

わざわざ初日に、『僕が暇さえあればやるべきこと』を、ぼそっと教えてくれている。

「ありがとうございます」

「礼を言われるようなこと、言ってないぞ」

そういいながら、照れ隠しのように、越智部長は幾つかの糸綴じ書類を採り出した。

それらを、ドサドサ、と長机の上に載せる──

「それに、とりわけ今は、これが燃えているからな。アリスが入ってきたときより、自分の時間は無いかも知れん」

「これは……」

「さすがに知ってるよな？」

そう、さすがにド新人の僕でも知っている。というか、糸綴じ書類の紙表紙に、捜査本部の戒名《かいみょう》みたいな墨書《ぼくしょ》で、タイトルも書いてある――

「これは、あの『渡部美彌子』の」

「そうだ。もっとも、まさかホンモノの一件書類じゃない。それは、もっと厳重に保管してある。なんたって現在進行形の事件だからな。もし美彌子検挙に至れば――至るんだが――超特急で最後の仕上げをして、検察官に送らないといけない。ホンモノは、そんな書類だ。

だからこれは、愛予署の、刑事一課の手控え。

ただもちろん、事件の端緒《たんちょ》から最新の捜査情報まで、流れが分かるようにしてある」

「そうか、渡部美彌子はまさにウチが、愛予署が指名手配をしているから」

「そうだ、全国指名手配だが、手配の胴元はまさに愛予署。それはむろん、事件発生地が愛予市だからだ。しかも、これ罪名知っているだろ？　交番でも、鵜《う》の目鷹《たか》の目《め》で追っ掛けている賞金首のはずだ」

「はい、罪名は傷害致死です。確か、警察官殺しとか……

『美彌子とっ捕まえたら、署長がハワイ旅行賞出してくれる』って、マジメにそんな噂《うわさ》、流れているくらいです」

「土居署長は冗談で言ったんだろうが――ただもし検挙できたら、よろこんでポケットマネーからハワイ賞出すし、よろこんで二週間分の年次休暇のハンコ、押してくれるだろうな」

「それほどですか」

「時効まで、あと三箇月だぜ？　次の四月の二五日が終われば、奴は自由の身だ。

……土居署長は警備畑のひとで、ああ見えてなかなかの策士だが、どうやら万策《ばんさく》尽きたらしい。愛予署でも、他の課ではそれは分からんが、刑事一課ならそれが死ぬほど分かる。

何故《なぜ》なら」

「あっ、傷害致死だからですね。まさに刑事一課のタマ」

「まさしくそのとおり。指名手配の胴元は愛予署。そして愛予署のなかの胴元は、まさに我が刑事一課。しかも我が強行係というわけさ。

だから俺は、ひょっとしてお前が、美彌子狩りの秘密兵器とかかと睨《にら》んでいたんだが」

「そ、そんなこと‼」すごい流れだ。「秘密兵器どころか、何をどうやって捜査するのかも」

「いずれにせよ、とりわけ美彌子の記録だけは、頭に叩《たた》きこんでくれ。胴元の捜査員が『週刊誌以上のことは知りませ〜ん』じゃあ、ハワイ旅行どころか懲戒処分だからな」

「りょ、了解です」

「渡部、美彌子さん――」

越智部長は煙草を咥《くわ》えかけ、あわてて仕舞った。今や警察署内は禁煙だ。

「――美彌子は、いずこ」

「あっ、それ地上波の特番で聴いたことあります。手配ポスターのキャッチも、それだった」

「実は、もっと有名な逃亡犯のキャッチの、二番煎《にばんせん》じなんだけどな。さて我らが美彌子さん、今頃どこの空の下で、何をしているのやら」

そこへ、パンツスーツ姿のアリスが入ってきた。女警には女警の更衣室がある。

「越智部長、ワッペン願います」

「おう、いつもすまんなアリス」

「ミッグ……あんたまだ着換えてないの⁉　それとも次の変死、予知でもしてるの？」

「あっいやゴメン、そういうわけでは」

「はやく脱いで。洗濯しちゃうから」

「えっいちいち洗うの？　それこそ次の死体が出たら？」

「……平成二二年の今では、乾燥機って便利なものがあるのよ。

それにアンタも遠からず遭遇するだろうけど、熟成された死体のアロマとか、ぷんぷんさせて臨場するわけにゆかないでしょ」

（あっ、それもそうだ。あれは確かにすごい。

交番勤務のとき、そう夏場に、腐乱死体の現場保存で、突っ立ってたことあるけど――髪の根元、ベルトの革の奥まで匂いが染《し》み着いて、しかもなかなか取れなかった）

そうか。

あのときは、現場の外側で立番していればよかった。

(けど、これからは自分で、あの匂いのなかで、刑事として死体見分をする……)

「ホラ愚図愚図しない。小西係長の分もある。それともあたしに脱がしてほしいとか?」

「あっいや、その……

アリス、洗濯機と乾燥機の場所、教えてくれないか。僕がやるよ」

「……い、意外な言葉ね。でもこれはあたしの仕事だから」

「アリス」越智部長が微笑《ほほえ》んだ。「お前も修行が必要だなあ」

「何のです」

「新任上司のさ」

第4場

みんなの出動服《ワッペン》を、署裏手の洗濯機に入れた。あとで乾燥機にもかけないとな。あっ、ひょっとしてアイロンが必要だろうか? こんなことでも、新人としては、アリスの手を煩《わずら》わさないといけない。せめて下働きくらいは、はやく憶えないと。

けど、とりあえず。

(ようやくスーツ姿で、刑事部屋の挨拶《あいさつ》回りをすることができる――

ええと、辞令は、どこに置いたんだったっけ?)

――僕は刑事部屋、初日だ。ここで分かるのは、自分のデスクの在処《ありか》くらい。

それは、刑事一課を入っていちばん右奥のシマにあった。

いちばん右奥のシマが、強行係のシマ。

そこに、八のスチールデスクが列《なら》べられている。四×二で、長方形をつくっている。

そのいちばん、なんというか下の、窓際《まどぎわ》がアリスのデスク。そのむかいが、僕のデスク。

要するに、係のなかで、いちばん末席だ。

さかしまに、いちばんの上席は、小西係長のデスク。

これは、長方形の頭に乗っかるかたちで、ひとつ、デン、と置かれている――

――自分に貸与されたデスクに初めて座り、抽斗《ひきだし》を調べた。

変死臨場まえに放りこんだ辞令は、天板下の抽斗にあった。

というか、この机には今、辞令と抽斗用の鍵しか入っていない。何の変哲《へんてつ》もない、市役所や町工場にあっても違和感のないオフィスデスクは、まさに空っぽ。上・中・

下段の、ありがちな組み方の抽斗にも、コピー用紙一枚、エンピツ一本入っていない。

このあたり、警察文化がよく現れている。

身辺整理は徹底的に。あるいは、立つ鳥跡を濁《にご》さず。あるいは、蛍光ペン一本、倉庫から借り受けるのにもうるさい……

（それにしても、抽斗に埃《ほこり》ひとつないのは、やっぱり専務だからだろうか、徹底している。

……ひょっとして、アリスが掃除しておいてくれたんだろうか？）

僕は対面《といめん》のアリスを見た。でもアリスは、デスクいっぱいに店を展《ひろ》げながら、パソコンと格闘している。きっと捜査書類だ。その姿はまさにＯＬで――警察でいえば、まさに専務員。内勤。

（アタリマエだけど、馴染《なじ》んでるよなあ。

ところが僕といえば、考えてみれば、警察官になって以来、自分のデスクを与えられたことがない。だから、そこにずっと座って仕事することも、もちろん経験がない）

交番のデスクは、係長でなければ原則共用だ。その係長だって、三交替制だから三人いる。だから実質、みんなが共用デスクだ。まして交番勤務は、外回りの営業。デスクにずっと座って書類仕事をするなんてこと、係長であってもありえない――

（一日のイメージすらわかないや。刑事のデスクワークって、何をするんだろう？

……おっといけない。辞令見せて、挨拶回りをしないと）

僕は癖になっている礼式スタイルで、腰に手を当てて軽い駆け足をした。しながら考えた。署長、副署長と終わっているから、あとは偉い順で――

すると、僕の躊躇《ちゅうちょ》が眼に入ったか、シマの頭から、カラッとした声が掛かった。

「オウ、原田、着任挨拶か!!」

「は、はい小西係長!!」

「すまん、アリスに引率頼んでたんだけどな――実はアリス、いま強猥《きょうわい》の調書でテンパってるから。代わりに俺が引き回してやるよ」

言うがはやいか、やはり自分もパソコンと格闘していた小西係長が、スーツの上着を手に採った。そのまま率先して、刑事部屋の中央、大部屋ではいちばん大きなデスクの下へ歩み寄る――

「上甲《じょうこう》警部ドノ、起きておられますかッ？」どちらかといえばチャキチャキした、そう、越智部長とはまたキャラクタの違う小西係長は、なんと課長に軽口を叩いた。

「ほら、あれ、なんだ、そう原田。期待の新人。着任挨拶」

「挨拶ぅ？」

デスクに負けず劣らずデンとした体躯《たいく》の、上甲課長がもそり、と身を乗り出す。

（熊《くま》だ……）

熊といっても、かなり引き締まった熊だ。柔道だろうか、躯《からだ》が鍛《きた》え上げられている。

そして熊といっても、お腹を空《す》かせて山から下りてきた感じではない。いわば、プーさん系。基本、あまり動かない。というか動じない。あえていうなら、デザインをゴツくしすぎた縫いぐるみのようだ。満足しているようで、眠っているようで、修行しているようで、でも獲物をロックオンしているようで……とにかく、不思議な熊。

その熊というか上甲課長が、耳掻きを置きながらいった。

「着任挨拶ゆうたら、あれか、辞令見せて回る奴か？」

「いちおう、調査官とか」小西係長は飄々《ひょうひょう》と。「上《ウエ》に、仁義切っておかねえと」

「そんなん、いらん」

ほとんど高校の同級生の、体育館裏喫煙トークである。

（刑事には、いろんなキャラクタがいるんだなあ）

交番にいると、それはなかなか分からない。

そもそも、同期とか元の同僚とかじゃなかったら、口を利く関係じゃないからだ。

（指導部長をしてくれてる越智部長は、肝《きも》が据《す》わった感じだけど、福祉課のひとみたいな穏やかさがある。そしてその上官の小西係長は、大工の棟梁《とうりょう》……いや違うな、魚屋の大将みたいに、そう気《き》っ風《ぷ》がいい）

――そのあいだも、魚屋の大将と、熊の縫いぐるみの不良トークは続いている。

「いや課長がいらねえったって、原田が困るし。勤務評定とか、されちまうし」

「バカ、小西」上甲課長は眠たげに。「原田にバカがうつったら、どないすんぞ」

「あいかわらず、えげつないこといいやがる」

ここで、上甲課長は、熊のまえで硬直する兎《うさぎ》のような僕を見遣《みや》った。そしていった。

「オイ、原田ぁ」

「はい、課長!!」

「儂《わし》の裏の個室に、調査官いう人が座っとる」

「は、はい」

「俺の直属上司や」

「はい」

調査官警視―課長警部―係長警部補。確かにそうなる。

「たった今も、警察本部に、大事な電話をしておられる」

「はい」

「ああいうバカには、なるな」

「――――――――」

「まったく、課長は」小西係長が嘆息《ためいき》を吐いた。「原田にいっても、しゃあないでしょ。それに、課長の声はでけえっての。ぜんぶ聴かれてますよ」

「褒めるときは、でかい声。悪口は、もっとでかい声。刑事の基本やろ」

「そんな基本はありません」

「辞令、見せえ」

僕は一瞬、それが自分への命令だとは分からなかった。

――上甲課長が喋《しゃべ》るのをやめ、『眠たげに鋭い』不思議な瞳で僕を見詰める。もう一度、『辞令や』といわれたとき、僕は初めてヤクザになった不良のようなスピードで、署長からもらった辞令を差し出した。そう、親分に差し出した。

「ほ、本日付けをもって、愛予警察署刑事一課強行係員を命ぜら……」

「御託《ごたく》はいらん。これ、ミツグで、ええんか」

「はいっ、原田貢でありますっ」

すると上甲課長は、卓上の湯呑《ゆの》みに刺さった筆記具の群れから赤鉛筆を摘まみ出すと、なんと警視正署長が出した辞令に、赤を入れた。

　正確には——

『貢』という文字と、『刑事』という文字に、大きなマルをつけた。

　もちろん、こんなことをする文化は警察にはない。というか、世間でもないだろう。

　そしてそのまま、ん、と辞令を返す上甲課長。

　失笑を我慢しているような小西係長が、耐えかねて口を挟んだ。

「課長、原田これで刑事の子だし、ひとつ訓育《くんいく》、入れてやらねえとだし」

「御託はいらんのじゃ」

「課長いつも言ってるじゃないっすか、刑事の基本は、後継者育成だって」

「……偉《えろ》なったのお、小西。お前、儂に意見しよるんか」

「ほら、原田も期待して、待ってますし」

「……ほしたら、ミツグよ」

「は、はいっ」

「これまで、おまえが、何をやっとったかは知らん。そんなこと、どうでもいい。

　ただ、今日からお前は刑事じゃ。

　刑事のやることは、たったひとつ。そのたったひとつ、お前に解るか？」

熊の親分の瞳が、今度はハッキリと鋭く、僕の目を射る。

僕は必死で考えた。答えは幾つも浮かんだ。教科書的なものも、実務的なものも。

それこそ、さっき変死の見分で、越智部長が教えてくれたものも。

けれど――

不思議なことに、自分でもビックリする、意外な答えが口から出た。

「愛予署の刑事がやることは、渡部美彌子を検挙することです」

――上甲課長は一瞬、素でキョトンとした。

そして、これ以上なく呵々大笑《かかたいしょう》した。

第5場

――その夜。愛予署刑事一課、ワゴン。

勤務時間は午後五時一五分までだけれど、そして定時に上がれることもあるらしいけれど……もちろん事件事故は、時間を選んではくれない。

上甲課長の訓育が終わったあと、何と、僕にとって二件目の変死事案が入電した。

（日に三度、四度入電してもおかしくないって、ホントだったんだ）

季節柄、もう日は暮れている。というか、どっぷり暗い。

しかも今度は、さっきのような『日常的』なものではない、という話だ。僕も一一〇番指令で『溺死《できし》』という言葉は聴きとった。けれど、それがどうして日常的でないのか、それがどれくらいヤバいのかは、もちろん解らない。

ただ、上甲課長がすぐさま、強行係の現有戦力、四人すべてを臨場させた――

そんな事案であることは、確かだ。

「房子川《ふさこがわ》の、ええと――」

ハンドルを握っているのは、アリスというか、上内巡査部長。

さすがに僕は、今度はすぐ運転を志願したけれど、緊急走行したいほど急ぐということで（さすがにしなかったけど）却下された。そもそも道が分からないだろうと。なるほど、今度は交番のときと違って、愛予署が管轄《かんかつ》する全域で、スムーズに動けないといけない。きっと、刑事としての実務が解ってくれば、嫌でもあちこち、出回るようになるんだろうけど……

『上司』『先輩』しかも『同期』に下働きさせるのは、つらい。

「――三二六号をこのままで、橋の北の交差点を右だ、アリス」

「了解です、越智部長」

ワゴンに乗っているのは――

強行係を束ねる小西警部補、中核となる越智巡査部長、若手エースのアリス、そして僕。

実は強行係には、あと巡査部長がふたり、巡査長がひとりいる。それはそうだ。県都・愛予市の警察署――しかも筆頭署の強行係が、課長以下五人なんてことはありえない。

ただ、越智部長がちょっと話していたとおり、いま愛予署には『放火殺人』の捜査本部が立っている。そして強行係は、そちらに人出しをしているというわけだ。人出し、といっても、放火にしろ殺人にしろまさに強行係の仕事なので、特命、といった方がいいかも知れない。

どのみち捜本が立つと、そちらに専従しなきゃいけない刑事が絶対に出てくる。

そんなわけで、今、愛予署刑事一課強行係の実働員は、課長以下五人なのだ――

――だから、小西係長は、気苦労も体力勝負もおおいはずなのだが。

そんなことを微塵《みじん》も感じさせず、鯔背《いなせ》に喋った。僕に喋った。ランチトークのように。

「いやあ、ツイてるなあ原田は、一日未満でマル変二件か!!」

「つ、ついてますかね？」

「おっと、原田」指導部長の、越智部長がやんわりいった。「ツイているってのはな……ラッキーじゃなくって、取り憑《つ》く方の憑いている、だ」

「と、取り憑く」

「あっは、持ってる奴は、ホント持ってやがるんだよなあ!! 越智は嫌われてる方だな。越智の当直班なんて、瀬戸内海みたいに凪《な》いでるぜ。アリスは……どっちかといえば、好かれてるな？　それも、若い男にな？」

「そうですね小西係長」アリスはカーナビをいじりながら。「生きてる方が、どっちかといえば好みなんですけどね」

「原田もこれから、八日に一回、当直があるぜ。交番の泊まりの、署バージョンみたいなもんだ。ただ、交番は事案を当直に引き継げばサヨナラ。でも当直は、捜査なり処理なり、自分でしなきゃならない。マル変だったら、やっぱり臨場するわけさ。最近は交番も増長してやがるから、侵入盗《ノビ》だって、最初から丸投げされるかもな。するとひと晩で、被害届だって実況見分だって死体見分だって、どんどん貯《た》まってゆくってわけだ。逮捕事案だったら、とりわけ緊急逮捕事案だったら、もうお祭りだわな。

——それが昼間だったら、まあ強行係として、チームで対応できる。
ところが、当直ときたら、警務《けいむ》・生安《せいあん》・交通・警備、他部門ぜんぶとの混成チームだ。
するとルーキーの原田巡査長にあっても——」
「あっそうか!!」僕は自分の危機感のなさを呪《のろ》った。「そもそもこんな風に、係長も部長も、いらっしゃらないんですね。僕ひとりってことも、あるんですね」
「大当たり。夜にチームは無《ね》え。
まあ刑事は取扱いが多いから、当直に刑事が二人はいるようにしてるが、誰もが強
行刑事の経験があるわけじゃ、ねえしな……まして交通や警備に、死体の取扱いは難
しい。
すると原田が『指揮して』、交通や警備の当直員と一緒に、死体見分しなきゃいけ
ねえ。これは、次の泊まりからも、もうありうることだぜ」
「えっマジでですか……僕は、さっきの越智部長みたいな見分は、まだとても!!」
「いやいやいやいや」越智部長が冷静にツッコミを入れた。「小西係長、いちおう俺、
指導部長任されてますから。当直班も、しばらくは、原田とペアでやりますから。お
い原田、そんなに顔、真っ青にすることはないぞ」

「うわあ、優しいなあ、越智は」

小西係長は笑いながら、しかし、ちょっと遠い瞳《め》をした。そしていった。

「俺たちのころは、『星一徹《ほしいってつ》型』の指導だったからなあ。殴られる蹴《け》られる破られる、なんての、アタリマエだったぜ。湯呑みも飛んでくるしな。体育会系のシゴキってのは、どうしてああ陰湿になるんかねえ……」

「俺は、もう『山本五十六型』にシフトした頃の拝命なんで、昔のことは語れませんが」

相槌《あいづち》を打った越智部長は三三歳。ちなみに小西悟《さとる》警部補は四一歳。さらにちなみに、上甲正《ただし》警部は五四歳。

（アリスが僕と一緒で二八歳だから、偶然にも、全世代がそろってることになるな）

――その中堅の、越智部長が続ける。

「刑事の実務って、要はスキルじゃないですか。芸事《げいごと》といっても、道《どう》といってもいいですけど。

気合いで油絵を描けるようにはならないし、精神論で抹茶《まっちゃ》は点《た》てられないですよ。バタフライで一〇〇m泳ぐのだって、スキルを獲得したうえで、ようやく『頑晴《がんば》る気持ち』の出番になるわけで。

最初から頑晴る気持ちオンリーだったら、溺《おぼ》れて死にますよ。そう、房子川あたりで」

「越智らしい冷静さだなあ」小西係長は楽しそうに。「ま、旧世代としては、だ。『スキルを磨こう』っていう精神論は、絶対に必要だと思うけどな」

「それはそうです。けどそれは『スキルを磨きたい!!』っていう精神論と言い換えた方がいいでしょうね。お前には気合いが足らない、なんて感情論は、おたがい消耗戦《しょうもうせん》ですよ。怒るだけならバカでもできるわけで。よくいうじゃないですか――『何でできないか』を一〇〇挙げる奴より、『どうやったらできるか』を三つ挙げる奴が、いい刑事だって」

「いわゆる、あれだな越智。やってみて、言って聴かせて、させてみて」

「そうそう。褒めてやらねば、人は動かじ――警部補昇任試験で出ませんでした?」

「さすがにそれは無えけど、流行《はや》ってるよなあ、『山本五十六型教養《キヨウヨウ》』」

警察で、教養というのは、専門用語だ。教育訓練全般のことを、教養という。

（それにしても、刑事ってのは意外に喋るんだなあ。それも、議論みたいなことを）

交番で、刑事はがらっぱち、刑事はヤクザ、刑事は踏《ふ》ん反《ぞ》り返っている――ってことを散々、聴いてきた。そして、自分が現場で会うかぎり、それはほとんど正しかった。けれど、まだ一日も経っていないけれど、チーム入りしてみれば、また違った風に見えてくる。

——そんな僕の表情を見透かしたか、小西係長が、からかうようにいった。

「ま、我らが上甲班のなかでは、越智は軍師《ぐんし》役で、知将タイプだからな。なるほど新人教育には、ぴったりだ。ていうかお前さん、どうして強行なんかにいるんだよ？どう考えても知能犯むきだよな？」

「それ、よく言われますね。とりわけ、ウチの大将から」

「上甲サンは、強行ひと筋三〇年の、強行犯の生き字引だからなあ。ま、そうでなきゃ、筆頭署の刑事一課長なんて、まさか務まらないけどな」

「調査官とは、真逆のタイプ」

「あっ、それだ、それだ」小西係長は、指を弾きながら。「すまん原田、挨拶回りのとき、上甲の大将、バカなこと言ってたろ？　あのひと、ああいう人でな……警部にまでなって、あそこまで上を気にしない人ってのも、まあ、異例中の異例なんだが」

「上甲課長が、おっしゃったこと……

調査官には挨拶しなくていい、ってことですか？」

「大嫌いなんだわ、調査官のことが」

「しかしまあ」越智部長が苦笑した。「あそこまでハッキリ態度に出すかどうか、は別として――上甲の大将の気持ちは、俺にも解りますね」

「……まさか、このギリギリの殺所《せっしょ》、ギリギリの瀬戸際《せとぎわ》になって、敵前逃亡を図るとはなあ。文字どおりのクソ野郎だな。警視にまでなった癖して。刑事の面汚《つらよご》しだぜ」

「あっ、じゃあ!!」

ハンドルを握っているアリスが、声を大きくして会話に入った。

「あれ、ホントなんですね、調査官の噂《うわさ》。Xデーの四月二六日までに、春の異動で、警察本部に帰してくれって運動してるって」

「噂どころか!!」小西係長は、セブンスターを咥《くわ》えた。「警察本部の警務課、刑事企画課に電話ばっかかしてるからな、アホみたいな大声で。だから当然、大将にも聴こえちまう。そりゃそうさ、席、真ん前なんだもんな」

「けれど小西係長、越智部長。よりによって指名手配の胴元の、そこの警視が」

「時効完成直前に、他所属に逃げ切ろうだなんてな。

まあ、警察本部の側で、そんなことを許すとは思えねえが……元々、ウチの調査官は暴力畑だし、若い頃から警務に可愛《かわい》がられてきたからな。野郎にしてみりゃ、強行のケツ拭《ふ》きなんてとんでもねえ、渡部美彌子なんて知ったことか――ってな気持ちかも知れねえな」

なるほど。

ようやく僕にも、話の流れが解ってきた。

Xデーとは、もちろん、警察官殺しの傷害致死で指名手配を打たれている、渡部美彌子の時効が完成する日。

そして、上甲課長の上司のひとは、もう敗色濃厚だと――美彌子は捕まらないと踏んだのだ。

しかも、警察の異動は、とりわけ偉い人は、春のはやいうちから始まる。二月でもおかしくはない。まして、小西係長たちの話によれば、上司のひとは、元々、暴力係を専門分野にしてきた刑事。となると……強行係には愛着が薄いだろう。まして、『警務に可愛がられてきた』――すなわち、人事部門・管理部門に優遇されてきた幹部となれば、いろいろな工作もできたりするんだろう。

それが、あのいかにもな親分・上甲警部にとって、おもしろいはずがない。

「だからな、原田」小西係長は、僕らを避けて紫煙《しえん》を吐いた。「期せずして、お前は大穴を当てちまったんだよ。上甲の大将、面喰らってたぜ。嬉《うれ》しい誤算だってな」
「お、大穴？」
「なんだおまえ、自分で憶《おぼ》えてねえのか。
断言しただろ。愛予署の刑事がやることは、渡部美彌子を検挙することですッ――
て」
「えっミツグ、あんたそんな大胆なこと」
「でってもアリス、それは、その、なんだ、ホント大事なことだし、パッと浮かんじ
やったし」
「アリスは確か、上甲課長にアレやられたとき」越智部長がいった。「大将のモット
ーどおりの、そう『正解』を出したんだよな。あのときも、大将かなり面喰らってた
が、それは嬉しい正解だったからだ。ところが今回、原田は、正解の上を行った。な
かなかやるな」
「ち、ちなみに越智部長」僕は訊《き》いた。「その、上甲課長のモットーというか、『正
解』というのは。その、たったひとつの、刑事がやることとは」
「極めてシンプル――
すなわち、『刑事は事件をやるもんだ。事件をやらない刑事は、刑事じゃない』。こ

れがウチの大将のモットーだ。だから、食いつく。だから、諦《あきら》めない。そういう意味でも、渡部美彌子からケツまくろうとする上官は、許せないんだろうな」

「ああ、そういえば上甲課長、こうも言ってましたよ」

アリスがいよいよ、車を河川敷に入れ始めた。確か、現場は房子川だといっていた。

「悪い奴は、許さん。悪い奴は、捕まえる。それだけや。御託はいらんのじゃ——って」

「まあ、おなじことだよな」

小西係長がいよいよ、セブンスターにラストスパートを掛けた。降車準備だ。

「刑事は、事件をやる。犯人を捕まえる。犯人の処罰を求める——確かにカンタンだ。生安、交通、警備といったどの専務より、御託はいらないか、短くてすむ。

それでだ。

いよいよ現着《げんちゃく》するまえに、確認だけしとくぜ。下りたら、何が待ってるか分からんからな——

——越智よ。お前さん、原田に明日から何させるつもりだよ？」

「俺が持ってる傷害をふたつ、引き継がせます。

ひとつはまだ手を着けたばかり。それこそ各種照会から、必要な書類の判断まで、自分で組み立ててみるにはちょうどいい。ガサも必要になるでしょう。

もうひとつはさっそく調べがある。まず補助官で入れてみて、調書巻く訓練させます。もちろん被害者・参考人の分は、どんどん単独で巻いてもらいます」

「やっぱ考えてたか。これじゃあ係長いらねえなあ……

ただちょっとだけお仕事しとくと、だ。ほら、道場に立ってやがる捜査本部」

「放火殺人の？」

「ああ。あれが明日だか明後日だか、再現見分をやるらしい。ガソリン撒《ま》いたときの再現見分だ。こりゃ勉強になるぜ。俺が話つけとくから、しれっとギャラリーに入れてやれ。ホントは調べが見れりゃあ、野郎否認こいてるらしいから、もっと美味《おい》しいんだが……さすがに微妙なところだ、捜査一課がウンとはいわねえだろう。ま、大将に当たっちゃあみるが」

「越智巡査部長了解」

「あと、アリスの手持ちの強制猥褻《わいせつ》な。

共犯者の所在捜査がある。使用車両も割り出さなきゃいけねえはずだ。N、ジャーナル、カメラ……難易度はたかくないが、県をまたぐから足場が悪い。ちょうどいいから、原田にアリスのサポートをさせろ」

「引き続き了解ですどうぞ」

「最後に、俺が持ってるなかでは……

おお、趣味のいい奴があった。脅迫だ。器物損壊、建侵《けんしん》とかが着くかも知れんが。

消防署員が、ストーカーになった奴でな――被害者にバッサリふられて、脅迫ビラを腐るほど投函《とうかん》しやがった。凄味《すごみ》な電話の、録音テープもある。このテープとビラの証拠化。任提、領置、捜報、写真撮影……基本どおりでちょうどいいだろ？

あとどうせ身柄にするし、野郎のヤサにガサ掛ける。その疎明《そめい》資料、見取り稽古《げいこ》でつくってもらおうか。

――ほら、あれだ。やらせてみて、やらせてみせて、させてみて。なあ越智軍師？」

「小西係長、人の話聴いてましたか？　まあ趣旨了解です。

さあ原田、さっそく明日から仕事があるぞ。よろこべ」

「原田巡査長よろこびます!!」

これはホントだ。仕事のスキルは、実戦で憶えるしかない。背中を見て育てとか、ワザは盗めとか言われたら、どうしようかと思っていた。これだけ考えて、これだけ構ってくれる。ホントにありがたい。

――すぐにワゴンが駐《と》まった。そしてアリスがいった。朝イチのような声だった。

「さあ係長、部長、さっそく死体がありますよ、よろこびましょう」

よろこべるかよ。

先輩ふたりの声が、思わずそろった。

第6場

――翌朝、午前六時一五分。刑事一課大部屋。

刑事部屋の朝は、はやい。

というか、ここは二四時間、灯の絶えることがない。蛍光灯は、たぶん、三六五日消えることがない。当直に当たった刑事が、時折帰ってきては、自分の仕事をすることもある。そうでなくても、ここは、捜査書類の書式なら何でもそろっている。まして、大部屋の奥には、そう倉庫とはまた違う奥には、取調べ室がずらりと列《なら》んでいる。

そう、ここは署における、捜査の元締め部屋のひとつなのだ。

だから、何があってもすぐ使えるようにしてある。だから、まさか完全消灯して、ドアに鍵《かぎ》を掛けるなんてことはない。そのことは、交番勤務員だった僕でも知っている。刑事一課に引き継ぐ被疑者や書類を持って来たことが、何度もあるからだ。

（正直、敷居《しきい》のたかい部屋だ……部屋だった。

外勤のおまわりさんが、ギルドの職人に、おっかなびっくり仕事をお願いするんだから）

……ただ、今は僕が、そのギルドの職人なのだ。立場だけは、だけど。

そして、ギルドの新人なので、見習い奉公《ぼうこう》がたくさんある。

やはり基本は、掃除・お茶汲《く》みだ。

僕はいわゆる自由ほうき――あのながい柄《え》のブラシを使って、刑事部屋のゆかから掃除を始めた。強行係のシマのゆか。盗犯係のシマのゆか。鑑識係のシマのゆか。庶務係のシマのゆか……そのまま流れて、記録が図書館のように詰まっている倉庫。調査官の個室。そして、調べ室の群れ。ドアのすぐ外の、トイレ。

まさか、捜査書類だの証拠品だのを机に放置している先輩はいないので、勉強として『盗める』モノはない。けど、出勤二日目にして、配席はすぐ頭に入る。

机の上を拭き掃除して、同時にポットとコーヒーメイカーをセットしていると、アリスが出勤してきた。

「あっアリス、おはよう」

「お、おはよう、ミッグ」アリスはちょっとビックリしたように。「七時前でいい——って言わなかったっけ？」

「うん、それは聴いたけど。最初だし、要領が分からないから」

「あんまり最初から飛ばしすぎると、躯《からだ》が維《も》たないわよ……でもありがとう」

「今まで、これ、アリスが全部やってたんだ」

「そりゃそうよ、いちばんの新人だったから」

「ここ、無闇《むやみ》にひろいし、奥の院もおおいし、大変だよね」

「大変だけど、やり甲斐《がい》はあるわ。これぜんぶ、自分が面倒みてる自分の城だ——って愛着もわいてくるし。

あと越智部長、言ってなかった？

いい刑事は、いい眼をした、バカみたいに観察する刑事だって。

いい刑事は、『徹底して観《み》る』ことで、ヒトの物語を見極める刑事だって。

こうやって掃除をして、みんなのデスクとデスク周りを、観察する。

あそこのトイレ掃除でも、観察することは山ほどある。

そして、いま引き継いじゃうけど、それぞれの湯呑みにカップ。それぞれが、何を、どの温度で飲むか。それをすぐ憶えて、実際にどう飲んでいるかを、観察する。

それだけで、ほんとうに勉強になるわ。
誰の仕事が順調で、誰の仕事が壁に当たってて。誰の機嫌がよくて、誰がイラつい
てて。誰が外回りをするつもりで、誰が偉い人のハンコ、もらいにゆくつもりで。誰
と誰が喧嘩《けんか》してて。誰がホントは、仕事やってるふりして、サボってて――
観ようと思えば、いくらでも観えてくる。『ヒトの物語』がね。
それに身内のこと、観察しても分からない人間が、被害者や、まして被疑者のこと、
分かるようになるはずないわ。
……下働きの楽屋仕事ってのは、それをホントに教えてくれる」
(そういえば、越智部長がいってたな。
アリス、先輩の捜査書類を、暇《ひま》さえあれば余分にコピーして、暇さえあれば真似し
てるって。掃除も観察。お茶汲みも観察。そして実務も、やっぱり観察ってわけだ)
――『観ようとする気持ち』が大事。
アリスの真剣な瞳で、それが解った。
新人の楽屋仕事に、くだらないものはないのだ。
(いや、ちょっと違うな……
新人の楽屋仕事を、くだらない雑務にしちゃうか、スキルアップのチャンスにでき

るか。それが、鍵なんだ。そして、それを決めるのは、自分自身の気持ちひとつ。

それがアリスには、もうできてる）

「ああミツグ、お茶汲みだけど、これが調査官のカップ、これが上甲課長の湯呑み。調査官は、シュガースティックとコーヒーフレッシュをつけて。上甲課長はぬるめの緑茶、でも濃く淹《い》れて――」

アリスは、ひとつひとつ引継ぎをしてくれた。僕はあわててメモを採る。

出前と弁当屋のリストを確認したところで、ひと段落ついた。すると、アリスがいった。

「観察のチャンスは幾らでもあるし、観察しなきゃいけないことも、幾らでもあるわ」

「そうだね、ホントそうだ」

「例えばね、ミツグ。

あたし内勤になって、あのトイレを掃除するようになるまで、おとこのトイレが、そう、小さい方のときのトイレが」

「と、トイレ？」

「ああいう汚れ方をするなんて知らなかった」

「──まあそりゃそうだよね、入らないもん」

「今は親切に、交番にも女警用のトイレがあるものね。だからまあ、あんなシールが貼《は》ってあったり、あんな風に垂れたりするなんて、知らなかった」

「……それは別に、知らなくてもいいことのような気もするけど？」

「ううん、そうじゃない」アリスには確信があった。「知らなくてもいいことなんて、この世にない。とりわけ刑事にはない。なるほど、確かにこんな話は、くだらないことかも知れない。けれど、まずあたしに、『あたしがどれだけ物を知らないか』を教えてくれた。これは、すごく大きかった。そして、もっと大きいのは──

もしあたしが男のトイレの実況見分をするとすれば。

もしあたしが男のトイレで起こった殺人の調べを担当するとすれば。

これは、『くだらないこと』から『決定的な観察』に、変わってくるかも知れない。だって仕組みを、ホントを知らなければ、現場が異常かそうでないか、判断できるはずないわ。リアルを知らなければ、供述に矛盾があるかどうか、解るはずない。『そのヒトの物語に異常があるか、矛盾があるか』──これ、昨日のマル変でも嫌ってほど確かめたでしょ？　それこそ目蓋《まぶた》から爪《つめ》の色に至るまで」

「あっそうか、確かに!!

そう、まさに昨日の溺死体《できしたい》も――」

「――大当たり。小西係長以下、あたしたち四人の誰もが、判断できなかったわね。でも上甲課長と、警察本部の検視官は、判断できた。それは、『くだらないことかもしれない』ことを、『決定的な観察』に使うことができたからよ」

――昨日のマル変。僕にとって二件目の、死体見分。

あれは、ホントにビックリした。

増水した房子川《ふさこがわ》の河原に打ち上げられた、やはり中年男性の死体。

僕らがナムナムと弔意《ちょうい》を示して、投光機をセッティングし、現場の状況を確認し、できるだけ保存し――いよいよビニールシートの上の遺体から、着衣をとったとき。

うわあっ、と四人総員が奇声を上げ、誇張なく、数歩分うしろに飛び退《の》いた。

「あれは衝撃的だったなあ……」

「それは恥ずかしくないわ。あたしも初体験だったし。刑事の相場観からいっても、思わず逃げて当然といえる。ベテランの小西係長も、クールな越智部長も飛び上がってたもの。あたしたちにとっては、いい経験」

――遺体がいわゆる土左衛門《どざえもん》さんで、ぶよぶよだったのは問題ない。というか、僕もそれは覚悟していた。中学校の理科的な感覚からいっても、そこは覚悟できる。

けれど。

衝撃は意外なところからきた。

服の下の躯《からだ》は、虫刺されのような疱疹《ほうしん》だらけだったのだ。疱疹というか、正体の分からない斑点《はんてん》と膨《ふく》れ――それが、そう全身を蚊に襲われたかのように、ぶわっと蔽《おお》っていて。それが、もう全身にわたっていて。いかにも痒《かゆ》そうな、痛そうな、じくじくしたような、とにかくすごいことになっていて――

「でも、さすがは捜査一課の検視官だったね!!」

「それをいったらウチの上甲課長も、だけどね」

――あまりの異常さに、すぐさま警察本部の検視官の臨場を願うことになった。

というか正確には、こちらが無線を吹くまえに、もう検視官は警察本部を出ていたし、だから検視官が現着《げんちゃく》したのも、僕らが遺体を見て飛び上がった、実に数分後だった。

(超出前迅速。異常死体に対する刑事の立ち上がりは、それこそ『異常』にはやい)

それもそうだ。言葉は悪いが大当たりなら、即座に捜査本部を立ち上げるから。だから、マル変にすぐ対処するのは警察署の強行係だけど、検視の大元締め――警察本部の検視官は、独自の判断ですぐ臨場する。頼まなくても、頼まれなくてもやってくる。とりわけ最近は、誤認検視・誤認見分が問題になっているから、犯罪の可能性が一㎜でもあれば、何を措《お》いても駆けつけてくる――そう越智部長が教えてくれた。

（しかも検視官の臨場は、なんと、上甲課長と一緒だった）

なんでも、今週を担当している検視官は、上甲課長の同期らしい。そこで上甲課長が、検視官車を署に呼んで、乗せてもらってきたとか。何気にすごい話だ。というのも、検視官というのは警察本部の――本社の警視だから。それを警察署の――支店の警部が呼びつけて脚《あし》に使うというのは、カイシャでの関係からしても、階級からしても、ちょっとありえない。

（ところが、ここもギルドのおもしろいところで）

――ふたりは、同期だ。さらにいえば、刑事入りしたのも同じ年。こうなると、アリスと僕以上に、遠慮がなくなる。実際、現場でもタメ口・同期口だった。

『ありゃりゃ、こりゃまた可哀想《かわいそう》なことになっとるね。上甲サン、どう視る？』

『どうもこうも。御託《ごたく》はいらん。お前と一緒じゃ』

『アンタもこれ、視たことあるんか？』

『まあ、稀《めずら》しいことは、稀しいな……この三〇年で、二度目になる』

『おっと、それならワシの勝ちやね。ワシ五回は視とるもん。悔しい？　悔しい？』

『……おまえ、検視官、ながかろうが。儂《わし》はお前と違て、地べたで刑事、やっとるけん』

『アンタ地べた大好きやろ。こっちはいい迷惑や。アンタが警視になってくれたら、ワシも検視官、引退できるのに――』

これなあ、週ごとの当番なあ、五四歳にもなるとキツいんよ？　呼び出し呼び出し、また呼び出し』

『ゴタゴタいうな。一課の宿命じゃ』

『まさしく宿命。

さて、どのみち解剖は、せんといかんけど……どうです？　久々に、一緒にやってみます？』

『……えらい挑戦的やな。ええやろ。諏訪《すわ》署で組んで、それ以来やな』

『ほしたら行きましょか。おーいパソコン大丈夫やな？　入力開始や――

硬直、顎《がく》』

『中』

『肩関節』

『中』

——なんと強行係の超ベテランふたりは、検視班の幕僚《ばくりょう》も、愛予署の僕らも使わず、あの首吊《つ》りで越智部長とアリスがやった死体見分を、チャキチャキと終わらせてしまった。

僕は越智部長に、思わず訊いてしまったほどだ——検視官と課長が、御自分でやるんですかって。そしたら越智部長はいった。刑事は生涯、刑事だからな、と。実際、俺たちの眼の億倍はスグレモノだからな、と。

そしてニヤニヤしながら、それでも鋭い瞳《め》を投げていた小西係長もいった——このふたりの域に入れば、自分の観察がいちばん信用できるからなあ、と。

もちろん小西係長自身も、この超ベテランふたりと死体を、職人として観察していたのだろう。そう、アリスが、先輩たちの捜査書類を、必死で真似《まね》しているように。

——そして検視班のパソコンで、死体見分報告書の項目が埋まり終わるころ、その小西係長が訊いた。

『上甲課長ッ、勉強させてもらいました。それでこれ、いったい何です？』

『バカ、小西、おまえ、何年刑事やっとんぞ。アトピーの、重い奴じゃ。水に浸《つ》かると、こうなる』

——上甲課長の断言を思い返しているうちに、みんなの出勤時間が近づいてくる。

「検視官と課長には、最初から分かってたんだね。殺人の可能性は極薄《ごくうす》だと、事故か自殺だと」

「それでも予断《よだん》は持たないし、徹底的に見分を——観察をするけどね。だって病気を持ってる人が、さらに他殺されないとは断言できないし」

「なるほど。でも上甲課長とか、人生で何体、死体を視《み》てきたんだろう？」

「あっは」

「……何か面白いこと言った？」

「あたしも、まだまだ修行中の身だけど。二〇〇までカウントして、数えるの止めたわ。それこそ首吊りから、燃えたの、溺《おぼ》れたの、爆《は》ぜたの、轢《ひ》かれたの、中毒したの、飛び下りたの、割腹《かっぷく》したの、飛びこんだの、凍ったの、腐ったの、白骨化したの——法医学の教科書の、そうね、九〇％以上のパターンは、嫌でも取り扱えるから。

安心して、ミツグもすぐに経験、積めるわ」

「……あ、安心したよ」

一瞬引いてしまったけど、考えてみれば、医者が死に接するのと一緒だ。それは、悪い意味でなく、日常業務のひとつ。〈カウントする〉なんて考えすら、浮かばないだろう――

――やがて、七時半を回ると、ぽつぽつと、先輩たちが出勤してくる。

おおむね、年齢が若い順だ。イレギュラーなときは、たいてい、刑事入りが若い順。最下層がアリスと僕だとすれば、越智部長は、この七時半過ぎの層に入る。

八時を回ると、いよいよ古参の巡査部長や、警部補が出勤してくる。

小西係長や、放火の捜査本部に上がっている巡査部長の先輩が、この層に入る。

いよいよ八時一五分を過ぎれば、ノシノシ、と上甲課長が大部屋入りする。この時間ともなると、もう大部屋は、ホームルーム前の学級みたいなものだ。

さっそく店を展《ひろ》げ、パソコンと格闘している刑事がいる。同僚と雑談している刑事も、喫煙所にゆく刑事もいる。一件書類を繰りながら、額《ひたい》に手を当てている刑事もいれば、悠然《ゆうぜん》と朝刊をひろげている刑事もいる。要は、自分のやり方で、一日を始めている。

僕はアリスのアシストをもらいながら、お茶汲みルールに遵《したが》って、それぞれにカップや湯呑《ゆの》みを出していった。新人なので、係が違うと、『ん？』という顔をされることもある。何せ、まだ二日目で、もっといえば、実は最初の朝だ——

キーンコーンカーンコーン。

学校の鐘のような音が放送されると八時半、勤務開始。

僕は自分に与えられた、まだ空っぽのデスクに座りながら、ちょっと悩んだ。

（とりあえず、何をすればいいんだろう？　小西係長も越智部長も、もうメニューを組んでくれているけど、さてどう動けばいいのか——）

——ところが。

ド素人《しろうと》の僕にとってさいわいなことに、その悩みはたちまち解消された。

小西係長の大声が、刑事部屋じゅうに響いたからだ。ものすごい剣幕《けんまく》だ。

「なんだってぇ!!

オイ冗談じゃねえだろうな!!　間違いねえだろうな!!」

越智部長、アリス、そして僕が、強行係のシマのトップを見る。その奥にいる上甲課長すら、眠り熊のような躯《からだ》を起こして、訝《いぶか》しげな瞳《め》で係長を睨《にら》む——

小西係長は、警電で喋《しゃべ》っていた。というか怒鳴っていた。係長には、専用の電話がある。

「そうか……指紋かよ……じゃあ文句無しだなチクショウ!!

もう一度だけ訊くぞ、その紋《モン》、絶対に間違いねえんだな⁉

いや解った、そうだよな、すまねえ……ただな、まさか膝元《ひざもと》に……

いや、すまなかった。むしろ、ありがとうだ。よく教えてくれた。借りは必ず返す」

がちゃり。

最初に聴こえた怒鳴り声の、そう一〇〇分の一の音量で、小西係長が受話器を置く。

そして、一瞬だけ遠い瞳をして――

――すぐにデスクを起《た》ち、上甲課長の机の前に直立した。それは、昨日僕がずっと接してきた小西係長じゃなかった。飄々《ひょうひょう》としてもいなければ、べらんめえ調でもなかった。それは、あえていえば、敗戦投手のようだった。

「上甲課長、報告一件、願います」

「ん」

「小野湖至《おのこいたる》、発見」

「……あの小野湖か？」

「はい課長。あの強殺《ごうさつ》の、小野湖至です」

ここで、ふたりの会話を傍受《ぼうじゅ》していた越智部長が起ち上がった。思わず、という感じで。まさか、という感じで。

そのあまりの真剣さ――

僕はアリスに訊いた。アリスの顔も、蒼白《そうはく》だ。

（アリス、今の、オノコイタルってのは）

（……アンタがいた西口ＰＢにも、でっかい手配ポスター貼ってなかった？）

（オノコイタル、オノコイタル――

あっ!! あの、指名手配犯の小野湖至!!）

交番にいたとき、毎日毎日、顔を合わせていたはずだけど……

そうだ。小野湖至。

『オノコはドコに!!』のキャッチで、少なくとも愛予県では有名な指名手配犯だ。

そして少なくとも、僕が小学生・中学生の頃は、全国でも有名だったはず。というのも、愛予県警察が（まさか自分が就職するとは……）地上波の警察特番でガンガンに、宣伝というかアピールをしていたからだ。そういえば昔は、そういう公開手配ショーみたいなの、あったなあ。

（アリス、確かあれは二十年近く前の、母親殺しの）

（そう。十八年前、実母を絞殺《こうさつ》して一四〇万円奪った強盗殺人犯、小野湖至よ。しかも、あの渡部美彌子と一緒で、指名手配の胴元は、ウチ。捜査本部も、ウチに立ってたわ。

それを、いま確かに小西係長、『発見』って……でもあの様子は、いったい……）

僕らは上甲課長たちを凝視した。全国指名手配犯の発見なんて、特進もの。平成二二年現在、いまだ逃げ続けているあの〈オウム真理教特別手配被疑者〉を確保したくらいの、とびっきりのネタだ。しかし――

「小西、そのツラは、凶報《きょうほう》やな、飛ばれたか」

「飛ばれました」小西係長は深々と頭《こうべ》を垂《た》れた。「しかも、永遠にです」

「……死んだんか？」

「はい。

いま八幡島《やわたじま》署の交通課長から警電が入りまして。じき、上甲課長にも八幡島の刑事課長から警電入ると思います。

八幡島市の北野五丁目で轢《ひ》き逃げ被害に遭《あ》い死亡――との第一報でした」

八幡島警察署は、愛予県の十九署のひとつだ。県都・愛予市からは電車で、二時間ほど。

「そうか……あの小野湖が、轢き逃げに、か」

「八幡島PSの交通課長、実は同期なんです。それで指紋のヒット、真っ先に教えてくれました。信頼できる奴です。しかも紋の一致。この話は、ガチかと。

――愛予県に潜伏させた挙げ句《あ く》、被疑者死亡。本当に申し訳ありません、上甲課長」

「バカ、小西、俺の責任じゃ。それに、頭下げるなら、遺族と県民ぞ。

で、いま解っとる話は？」

「未確認なものを含めると――

野郎、八幡島の弁当工場で、深夜勤務をしていたそうです。コンビニの弁当、作る工場」

「なるほど、ほしたら、寮付稼働先《りょうつきかどうさき》やな」

「そのとおりです。弁当会社が用意した寮に、独りで住んでいたとか。これまた、刑事としては切腹ものですが」

「寮付稼働先は、指名手配犯ローラーの、イロハのイやからの……

ウチもつらいが、八幡島は、署長も刑事課長も、つらい」

「庭先の、しかも寮付稼働先に潜伏されていたとあっては……警察本部の激怒くらいではすまされないでしょう……刑事は、結果が全てですから」

「当然、偽名で働いとったんやな？」

「はい。同僚からの聴取によれば、木庭大作《こばだいさく》と名乗っていたようです。それでこの『木庭』、今朝早朝に同僚と退勤する途上、いきなりダンプに轢かれた。言葉は悪いですが、あざやかな即死。当然、人身事故ですから、交通警察官が臨場します」

「で、被害者は誰ぞ、いう話になり」

「各種照会から、木庭大作なる者は、実は存在しないという話になり」

「同僚からも、所持品からも割れず」

「じゃあ指紋で、と照会したら――」

「――あの小野湖至だった、か」

「私の記憶違いでしたら恐縮ですが……

確か、上甲課長は十八年前、小野湖の捜本に」

「……よう知っとるの。そうじゃ、儂は小野湖の捜本におった。捜一の、係長としてな。

儂が越智くらいの頃や。捜一に拾われて三年目……いや四年目か。

三週間で終わる。誰もが、それを信じて疑わんかった。そんな事件のはずやった。

それが……

そうか、とうとう十八年、逃げ延びたんか」

――逃げ切られたわ。

上甲課長はそういって、ゆっくりとホープを吹かし始めた。さすがに誰も注意しなかった。

それは線香だったからだ。

「お察しします、課長」

「バカ、小西、負け戦に、お察しもクソもあるか。事件と野郎の幕引き、しっかりとさせてもらえ。敗軍の刑事は、いさぎよく、じゃ」

「小西警部補了解です。送致の準備に掛かります」

「はよせえよ」

小西係長は自分のデスクに、つまり強行のシマに帰ってくると、僕ら総員を呼び集めた。

「よっしゃ。我らが小野湖至の人生物語に、幕を下ろすぞ――

　アリス。お前は俺と、今ある一件記録とブツの精査だ。まあ、いつでも送れるようにはなってるはずだが。ただ、何せここ数年、誰も触っちゃいねえ。十八年目の総浚《そうざら》えだ」

「上内巡査部長了解です」

「越智、お前は原田を連れて、一件記録に入《い》れる、最後のパーツを回収してきてくれ」

「八幡島PSに出向、越智巡査部長、了解」

「本人確認の駄目押し。手術痕《こん》か歯を使いてえな。あと野郎の稼働先、寮、それから事故までの前足――」

　あっ、ちょうどいい。越智よ、稼働先の参考人調書は原田に巻かせろ。スペシャルな事件で、しかも難易度は低い。時間も押してない」

「確かに」越智部長が頷《うなず》いた。「手書き調書は基本ですから、ちょうどいいですね。同僚から、野郎の幕が下りるまでの人生、切々と巻いてきてもらいましょう」

「い、いきなり僕で、いいんでしょうか？」

「構えるこたぁねえよ」小西係長は、いつもの調子にもどっていた。「こんなときの稼働先の調書なんざ、小説と一緒さ。野郎がどう勤め始めて、どう勤めてて、それをどう思ったか——むしろドキュメンタリーだな。インタビューして、検察官も読み入るような物語を聴き出してきてくれりゃあそれでいい。ただ、どうしても押さえておいてほしいポイントはあるから、それは越智に確認しておいてくれ」

「は、原田巡査長了解——ですが」

「ん？」

「あ、あの、質問一件願います」

「何だ」

「交番でも、ちょっと不思議に思ったことがあるんですが——

小野湖の事件当時、強盗殺人の公訴時効は、確か十五年で完成することとなっていた、はずですが。

どうして十八年経《た》っているのに、その、今、書類を送致するのでしょうか？ しかも、上甲課長の責任とか、八幡島署長の責任とか、その、すごい話も……十五年が過ぎた時点で、それはもう、決着しているはずでは。でも、指名手配すら続いている」

「おっと、なかなかいい質問だな——

なんか今、殺人の公訴時効を無くすみたいな話がホットになってるが、まだ刑訴法は改正されてないからな。そりゃどうやら四月になるとか、五月とかいう噂《うわさ》だが。

いずれにせよ、小野湖のときは確かに、そう、殺人も強殺も、時効は十五年だった。そして野郎の強盗殺人は、十八年前のもの。その時効が完成すれば、まあ実際には完成の三箇月前からなんだが、いわゆる時効送致をする。だから、小野湖至の強殺も、とっくに検察官に送致されてるはずだが――

さてアリス教官、この謎《なぞ》をどう解く？」

「ミツグ、指名手配が続いてるってことは、時効は完成してないってことよ。でも、十八年が過ぎてるのは事実だから、あとはちょっとした想像で――」

「あっ、海外に出てたとか？」

「それもあるわね。犯人が国外にいるときは、その期間、時効が停止するから。ちょっとした海外旅行でも、それが立証できるなら、時効期間のカウントに影響する。

でも、小野湖の場合は、違う理由――

実は小野湖の強盗殺人って、共犯事件なの。もうひとり、犯人がいるの。

で、そっちはもう逮捕されてる。だから当然、起訴されてる。

ところが。

小野湖にとっては不幸なことに、『共犯の刑が確定するまで』は、『犯人が国外にいるとき』と一緒で、時効は停止してしまうのよ。タイマーが止まる。そして、小野湖にとって更に不幸なことに、この共犯、頑晴《がんば》って最高裁まで戦っちゃったのよね」

「あっ、ひょっとして、その裁判闘争が続いてるうちは、時効のタイマーが動かない？」

「まさしく。共犯の確定判決が出るまでは、時計、止まったままだもの。

結局、最高裁で死刑が確定したのは――七、八年前だったかしら？　この最高裁判決が出るまで、そうね、小野湖は海外逃亡したときと一緒の、大損をすることになったわけ。

それが十八年も逃げ続けたのに、まだ逃げ続けなければならない……ならなかった理由よ。ミツグがこれから巻いてくる調書も読まなきゃ解らないけど、そして強殺の罪は許すことができないけど、でも……

ちょっと異例な逃亡犯といえるし、数奇な人生をたどった逃亡犯、ともいえるわね」

――なるほど、公訴時効と、時効の停止。タイマーの進行と、いきなりのストップ。

国外のことは、なんとなく学校の講義があったのを憶えている。帰国しなければ、タイマーは止まったまま。帰国すれば、また動き始める。

小野湖もこれと似たようなルールで、本人からすれば『大損』をしたわけだ。

(いずれにしても、十八年ずっと逃亡生活を送るのって、どんな気持ちだったろう？ それも、話を聴くかぎり、母親殺しだ。暴力団犯罪でも、カルト犯罪でもない。だから、まさか組織的な支援なんてない。

それでも十八年、逃げ続けることができた——十八年、逃げ続けなければならなかった——

こっそり故郷に帰ってきながら。弁当工場で夜勤をしながら。一緒に帰れる、同僚までつくりながら。そう懸命に〈木庭大作〉を生きながら。

まさに命懸けの大嘘《おおうそ》、大博打《おおばくち》だ。だって、共犯は実際、死刑になってるんだから)

——僕は、自分が巻いてくるべき調書の中身が、どことなく実感できた気がした。

「よっしゃ、アリス教官の講義が終わったところで」

小西係長がパン、と手を拍《う》つ。

「越智・原田組は八幡島PSへ出発だ。アリスは俺と保管庫。しかし段ボール箱、幾つになっちまうんだ……アリス、出動服ってもう乾いてるか？ まずは肉体労働だぜ」

「大丈夫です、いまお持ちします、小西係長」

「愛予警察署が胴元の、強殺《ごうさつ》手配被疑者。とうとう被疑者死亡にて書類送致、か……この借りは、そうだな、渡部美彌子でも挙げて返さねえとな。刑事の面目《めんもく》が立たねえや」

第2章 二箇月前

第1場

――二月下旬。僕が刑事入りして、三週間強。

まだ、指導部長の〈ケツにくっついてる〉状態だ。ド新人だし、ド素人《しろうと》だし、自分のことを『刑事です!!』というのはかなり恥ずかしいし、厳しいものがある。

けれど、とりわけ強行係の刑事は、いそがしい。

まして、愛予署刑事一課の強行係は、いま放火殺人の捜査本部に人を出している。だから、たとえ交番から上がってきたばかりの僕でも、命ぜられることは山ほどあるし、命ぜられなくても、自分で考えてしなくちゃいけないことが、山ほどある。要するに、泣き言をいう暇《ひま》もないほど、あっちへバタバタ、こっちへドタドタしている。

この三週間は、そんな感じだった。

(そして、朧気《おぼろけ》だけど、解ってきたこともある)

――刑事の実務が、何を目指しているかってことだ。

ドラマだと、犯人の逮捕。このあたりが、クライマックス。

それは確かに、現実の実務でもそうだ。逮捕と、あとガサと、取調べ。このあたりは、言葉はともかく盛り上がる捜査。〈絵になる〉捜査だ。

この三週間弱でいえば、僕は逮捕事案を二件、経験した。小西係長が担当している脅迫事件の被疑者と、越智部長が担当している傷害事件の被疑者。もちろん、僕が絵を描いたわけじゃない。もう煮詰まっていて、クライマックスの部分に参加したってだけだ。ただ、〈ケツにくっついてる〉だけでも、ものすごく経験値が上がる。刑事訴訟法のルールは解っていても（そんなに自信はないけど……）実際にどこで身柄を確保するのがよいかとか、実際に逮捕状をどう見せ、何を喋《しゃべ》るのかとか、逮捕の現場では何をしなくちゃいけないかとか、そのあと署に、どうやっていわゆる引致《いんち》をするかとか――そういうのは、さすがに座学《ざがく》では分からないし、ドラマでも分からないからだ。

そして、逮捕をするくらいだから、もちろんガサも打つ。

『犯人』という最大の証拠を押さえるのと同時に、あるいは並行して、『ブツ』という欠かせないピースを、埋めてゆく。これも、経験値が上がる。逮捕と一緒だ。捜索差押許可状はどう見せ、何を喋るのかとか、捜索の立会人は誰にするのかとか、ゴッソリ押さえたブツをどう預かってくるのかとか、そのとき必要な手続は何かとか——やることは〈家捜《やさが》し〉だから、これはドラマのイメージどおりだけど、人の私物を勝手に持ってくるという意味でも、大事な証拠を確実に押さえるという意味でも、踏まなければいけない段取りがキッチリ決まっている。それに違反すると、事件そのものが崩れてしまうこともある。そう、証拠はホントに確保できても、段取り違反があるから裁判官に激怒されてアウト、というパターンは、実は少なくない——

（逮捕、ガサときたら、あとは取調べが『華《はな》』だな）

——取調べについては、殴るだの蹴《け》るだの拷問《ごうもん》するだのカツ丼《どん》だの、いろいろな神話があるけど、平成二二年現在、それらはホントに神話だ。

そんなのは、そもそも違法ってのもあるけど……警察署にも警察本部にもある独立の『取調べ監督官』のチェックを受けるし（しょっちゅう、あの透視鏡越しにのぞきに来たり、ドアの近くで聴き耳を立てていたりする!!）、今はむしろ被疑者の方が、賢い。カツ丼なんか出そうものなら、被疑者からそれを聴いた弁護士が小躍《こおど》りするだろう。『刑事がカツ丼で釣ったから、したくもない自白をしたのだ』『だから自白に任意性がなく、自白調書には全く証拠能力がないキリッ』という、テンプレの王手が掛けられるから……これは煙草《たばこ》一本、コーヒー一杯でも一緒。まして、それが暴行だの脅迫だの拷問だのとなれば。被疑者はたちまち刑事に抗議するだろうし、詳細な記録をつけて弁護士に申し出るだろうし（なんと弁護士が用意してくれるチェックリストがある。それは留置場で書ける）、そうなれば弁護士も取調官・取監《トリカン》に苦情を入れるし、そうなればスムーズな取調べどころか懲戒処分ものだし、やっぱりコーヒー一杯と一緒の理屈で『刑事が殴ったから、したくもない自白をしたのだ以下同文キリッ』という王手が掛けられる——

そんなこんなで。

僕も、小西係長や越智部長の調べに補助官として入ったから、平成二二年の取調べが、ドラマとか昔話に聴く取調べとは、全然違っているということがしみじみ分かる。なにせ、裁判員裁判が予定される重要事件とくれば、取調べの録音・録画までしなきゃいけない時代なのだ。これをやるときは、一発勝負でやり直しが利《き》かないから、被疑者としては（たとえホントでもウソでも）さあ録画スタートとなった瞬間、『実はこの一〇日間、取調べをした刑事さんに、殴る蹴るの暴行を受けて……ううっ、ぐうっ』とか、何でも言いたいことを言える。しかも、それは絶対、消去されない。そうなると刑事としては（それが大嘘であれば、まさかそのまま聴き流すわけにはゆかないので）、『へえそうなんだ。でも、じゃあどうしてこの一〇日間、誰にも抗議したり、躯《からだ》の痣《あざ》を見せたりしなかったの？』『ふつう、最初に非道《ひど》いことされた日に、すぐ苦情を入れるんじゃないかなあ』等と、コイツは演技入ってますよ、くさい演技ですよ――という立証を始める。

いずれにしても、これはドラマが正しいけど、取調べは捜査の、刑事の華。どんな事件でも、取調べ官をやるというのは、刑事にとって重い意味を持つ。

その目的は、もちろん被疑者を拷問することじゃなくって、『真実の自白を獲《え》ること』だ。それが証拠だ。

だから、さっきから言っている〈弁護士の王手〉――自白調書の証拠能力の完全否定――ほど嫌なものはないし、そもそもそれをされると、取調べに費やしたあらゆる努力はゼロになる。つまり、暴力だの利益供与だのは、リスクに釣り合わない、バカバカしいことだ。だから、真っ当な――合理的な人間なら、イカれた取調べはもちろんやらない。自分で好んで、事件を潰《つぶ》すことになるからだ。

また、取調べをめぐるルールも、よりハッキリとした、より厳しいものになっている。例えば法令上、原則として、一日に八時間を超える取調べはできない。また原則として、二三時から〇五時までの取調べも、できない（もちろん、ナマの事件はこんなルールを気にしてはくれないから、これは『原則』だ。警察本部長の事前承認があれば、例外は認められる。ただ考えてほしい――本社の社長自身の、事前の承認がなければ、ルール違反になるのだ。今の時代の取調べは、それだけ厳しく監督されている。これは、ドラマでは分からないところだ）。

――そして。

やはり、ドラマでは見えてこない部分がある。

もちろん、今ざっと説明した逮捕・ガサ・取調べっていう、メジャーな捜査手続そのものについても、見えてこない部分がある。

けど、それ以外の捜査については、もっともっと見えない。

これはたぶん、僕が刑事入りする前に思っていたこと――『刑事はオフィスでいったい、何のデスクワークをしているんだろう？』という疑問と、かなり重なると思う。

――そして答えからいうと、そのデスクワークとは、捜査書類づくりだ。

これだけでは、ザクッとしていてイメージがわかない。

だからもっといえば、それは、『事件を組み立てるための捜査書類づくり』『裁判官や裁判員にストーリーを解ってもらうための、捜査書類づくり』『インチキをやっていませんよと証明するための、捜査書類づくり』となるだろう。

例えば、小西係長が担当している、消防士による脅迫事件。もちろん、捜査のスタートがある。ミステリでいえば、序章の、最初の一行だ（捜査の端緒《たんちょ》）。

これは、この脅迫についていえば、被害者の申告だった。一般論としては、一一〇番通報であることも、警察官の現認《げんにん》であることもある。そしてもちろん、最初の一行を書かないと、一件記録は始まらない。だから被害者の被害届をとるし、被害調書もとる。

そして、『これはいよいよ裁判官に読んでもらうべき長編小説になるな』――となれば、序章から第一章、第二章と、どんどん書いてゆく。

この脅迫事件でいえば――すごくモデル化すると――

ビラなり録音テープなりがあるから、それを借り受けてきました。出してくれたのは被害者で、こう説明してくれました。ビラの文面はこうで、現物も貼《は》っておきます。録音テープを起こしたらこうなってました。テープ自体もあります。指紋を採取したり、鑑識活動もしました。その結果、まだ犯人は特定できません。被害は続いているので、犯人の割り出し捜査を行いました。被害者宅周辺の方への聞き込み結果は次のとおりです。実際にチームを編成して、張り込みもやってみました。近隣から防犯カメラ映像も借り受け、不審な人物を精査しました。被害者宅に架かってきた電話の記録を、このとおり取り寄せました。すると、某消防士が被疑者として浮上してきました。この被疑者の人定はかくのとおりで、役場に照会したところどこに住んでる某さんです。この人物の行動確認や、車両の確認をやってみました。被害者宅周辺に出没していることは、このとおり間違いありません。実際に脅迫ビラを投函《とうかん》する行為は、まだ確認中です。被害当日の勤務シフトを調べると、犯行が可能であったことが分かりました。また実際に接近して肉声を録音し、最初に借り受けたテープと照合しました。一致していると考えられます云々《うんぬん》……

ほんとうに、物語的だ。小説的、といってもいい。

そして、これは小説だから、紙に書かなきゃいけない（裁判所は、電子書籍は認めない）。

すなわち、この『～しました』『～があります』『～が分かりました』のすべてについて、捜査書類が必要なのだ。『実際にこう確認しました!!』ならば、少なくとも捜査報告書が必要だし、『人からこう聴いてきました!!』なら、少なくとも供述調書が必要。誰かからこれを借り受けてきました、なら、任意提出書と領置調書が必要だし、もらってきました、なら所有権放棄書が必要。こういう状態になってました、なら実況見分調書が必要。もちろん人に物をお願いした記録も、キチンと整っていなければならないので、『こういう情報をここに頼んで出してもらいました!!』なら、捜査関係事項照会書、個人照会回答書、現場指紋等取扱書、本籍照会の捜査報告書なりが必要だ。当然、回答としてもらった書面とかも、セットで物語に入れる必要がある……

（この脅迫事件は、いま取調べの最中だから、まだ小説は、完成してない。けれど、例えば今、僕が越智部長と一緒に担当させてもらってる傷害事件だと——もうじき送致。だから、もうじき脱稿。検察官に、読んでもらう段階。小説がここまでくると、『書類目録』をつくる。一件記録の、いわば目次だ。この傷害事件のその目次にリストアップされてる捜査書類の数、なんと三十六——）

殺人事件でも何でもない、そう、捜査本部が立つわけでも新聞報道されるわけでもない、いわば『ノーマルな』傷害事件でも、それくらいになる。これは、例えばノーマルな侵入盗《ノビ》でも、大きくは変わらない。そして三十六と一言にいっても、まさかA4一枚で終わるものばかりじゃない。というか、それで終わるものの方が、圧倒的に少ない。

（これが、ドラマには決して現れない、刑事のデスクワークの正体だ）

そして、いつか越智部長が言っていたこと――
それがホントにそうでした、と言い切ってしまうのも、舞台監督である、俺たち刑事だ
刑事ってのは、人の人生を背負ってく稼業《かぎょう》だが、どう背負うかっていえば、『徹底して観《み》る』ことで背負うんだよ
観察して、物語を見極める。ヒトの物語を
それがホントにそうでした、と言い切れるまで。だから人生が背負える
――まさに、そのとおりだ。物語を綴《つづ》る。それがホントにそうでしたと断言できるまで。
だから、よくいわれるとおり、捜査書類が書けない刑事は、刑事じゃない。逮捕・ガサ・取調べといったクライマックスの水面下では、ヒトの人生の小説を書き上げるための、恐ろしいほどのデスクワークが、積み上がっている。積み上げる書類の分厚さは、辞書だの百科事典だのを、遥《はる》かに超える。
（刑事の実務は、ヒトの物語を、確定すること。
その確定は、捜査書類というかたちで行う。というか、それでしか行えない。
だから、裁判官や裁判員や検察官が読んでも、何の文句も出ないほど、捜査書類と

いう物語を、キチンとまとめ上げる——それが、刑事の実務）
それが、朧気ながら、この三週間で分かってきたことだ。
そして。
それはもちろん、検察官に起訴をしてもらって、公判廷で、有罪判決を勝ち獲《と》って
もらうためだ。なるほど、上甲課長の『悪い奴は、許さん』『事件をやらない刑事は、
刑事じゃない』ってのも、なんかアタリマエのようで、含蓄《がんちく》が深い……
……何故《なぜ》と言って。
それは、主義でも気合いでも精神論でもなんでもなく。
刑事の実務、とりわけデスクワークそのものだからだ。

第2場

——そんなことを考えながら、朝の掃除を終えると、一日の勤務が始まった。
すっかり越智部長から引継ぎを終えた、幾つかの事件記録を読み始める。
そう、これは小説だから、自分の瞳《め》で見て、自分の頭で考えて、その組み立てはど
うか、足りない伏線はどれか、提示されてないデータは何か等々を、判断しなきゃい

けない。そして足りないもの、提示されてないものを、どう捜査して埋めてゆくのか、方針を立てなきゃいけない。繰り返しになるけど、そうやって捜査して埋めていった部分が、また、この事件記録に綴《つづ》られる、捜査書類になってゆくわけだ。（そして越智部長は、あえて、真《ま》っ新《さら》な段階の事件を、引き継いでくれたみたいだ）

——ド素人だけど、やり甲斐《がい》はある。

とりわけ刑事は、個人営業の感が強いから。

引継ぎを受けたからには、そりゃ越智部長に相談はできるけど、どう小説を書くか、どこから手を着けるかは、まさに僕次第で、誰も細々とチェックはしない……警備公安部門だと、また違った文化があるらしいけど、刑事となると、人手のいる変死とか、行動確認とか、それこそガサとか逮捕とか以外は（これはさすがにチームで臨む）、淡々と自分のペースと自分の責任で、そう『執筆活動』『取材』を組み立ててゆく。それが刑事の職人文化だ。

悪い言い方をすれば、どれだけサボろうと、逆にどれだけ徹夜しようと、『一件記録を完成させる』『検察官に送致し、起訴してもらう』ことができるのが、よい刑事。だから、隣は何をする人ぞ——ってなカルチャーにもなるし、残念なケースだと、机のなかに捜査書類（未完）を貯《た》めこんでしまって、それが爆《は》ぜて、懲戒処分になったりする。これは、新聞報道でもちょくちょくある。原因はたぶん、こうした刑事の〈個人営業性〉だろう。

――そんなわけで。

僕は強行係のシマの末席で、そろそろ変死が入るかもな、なんて思いつつ、捜査書類を繰《く》っていた。そうだな、次は、この被害者のひとから、もう一度調書を巻く必要が……

「ミツグ」

「……勤め人だから、呼び出すのは無理かもなあ。三《み》の頭《かしら》公園の裏なら、こっちから行っちゃった方が」

「ミツグ!!」

「あっアリス、どうしたの?」

僕は対面《といめん》の席の、アリスというか上内巡査部長を見た。共用の警察電話の、受話器を持っている。

「アンタに電話」

「あっゴメン、ありがとう」

共用電話を載せている台が、警察電話ごとくるりと回転した。アリスはそのまま、受話器を僕に渡す。そして、すぐデスクワークにもどる。アリスはアリスで個人営業中だ。

（しかも、悪いことしたな。ツーコール・ルール。真っ先に電話に出なきゃいけないのは、いちばん下《した》っ端《ぱ》の僕なのに）

……アリスが同期じゃなかったら、ひと悶着《もんちゃく》あってもおかしくない。アリスは刑事の大先輩で、しかも巡査部長だから。ギルドの文化として、アリスに警電を採ってもらうってのは、ちょっとありえない。

（越智部長とも共用だから、気をつけておかないとな……）

そんなことを考えながら、僕は警電の保留ボタンを解除した。警電といっても、内線電話というだけで、べつに普通の電話機と変わらない（かなり貧相ではあるけど）。要は、保留のメロディを止めて、電話に出たというだけだ――

「お待たせしました刑事一課原田です」

『――原田巡査長さん？』

「はいそうですが」

聴き覚えのない声だ。女性の声か。年齢も分からないほど、くぐもっている。

『愛予市駅の南口に』

「はあ？」

『スナック『ルージュ』というお店があります』

「はあ」

『そこで、あの、見掛けたんです』

「……何をでしょう？」

『あの、懸賞金が、五〇〇万円かかってる、渡部美彌子です』

「なんですって」

『人違いかも知れませんが、そのホステスさん、写真と顔立ちがそっくりだったもので。細長い、瘠《や》せ気味の顔。顎《あご》が尖《とが》り気味。あと、瞳の色が、やっぱりグレーっぽかった』

「ちょ、ちょっと待ってください」

僕はバインダ式の備忘録をあわてて展《ひろ》げた。

「もう少し、詳しいお話を」

『いえ、人違いかも知れませんから、それでは』

ガチャン。

電話は一方的に切れた。もしもし、もしもしと確認するけど、当然、切断音がツーツー鳴るだけ――

（あの渡部美彌子が、愛予市駅の南口の、スナックに？）

愛予市駅は、私鉄のターミナルだ。僕が勤めていた交番のあるＪＲ愛予駅とは、若干離れている。繁華街というか、駅前商店街がにぎやかなところ。そう全国どこにでもある、庶民的なエリアだ。ただ商店街のつねとして、居酒屋の類《たぐい》はそれなりにある。そして僕は使ったことないけど、そりゃバーもスナックもあるだろう。仮初《かりそ》めにも、駅前だ。いやそんなことより。

（と、とりあえず、渡部美彌子関係は、即報事項《そくほう》!!）

僕はデスクに確保してある電話用紙に――これは『こんな電話がありました』『誰からありました』『何時にありました』を記載する捜査書類――急いでボールペンを走らせながら、斜向《はすむ》かいの上席に座っている、越智部長に声を掛けた。

「お、越智部長、今の架電《かでん》ですが」

「ん？　どうした？」

「実はその、わ、渡部美彌子関係の情報提供です」

「……なんだって？」

「詳細はいま電話用紙に起こしますが、内容読み上げますと――」

「ちょっと待て。いる、って話か？」

「はいそうです。愛予市駅南口の、ええと、スナック・ル」

「――そこまででいい。読み上げるな。紙に書いて寄越せ」

「りょ、了解」

僕は急いで口頭報告した方がいいと思ったのだが、越智部長はそれを厳しく制した。しかも、それとなしに、盗犯係から先――そう自分のシマ以外へ、サッと眼を流している。

（……秘密にする必要が、あるってことだろうか？

まだ、海のものとも山のものともつかない端緒情報だけど）

そういえば、刑事文化の特徴として、〈どちらかといえば口が軽い〉ってのがあった。もちろん、自分が大事に温めているネタなら、死んでも喋らない。けれど、それは裏から言えば、自分の係に関係のないネタなら、酒の肴《さかな》にしかねない――っていう文化でもある。このあたり、例えば刑事と警備で、まったく文化が違う。

（そして、確かに海のものとも山のものともつかない段階だけど……

最悪のことを、いや最善のことを考えれば、大当たりの宝くじ。まさに三億円級。そしてホントに最悪のことは、それが噂《うわさ》になって、署内どころか、いよいよ街に流れることだ。あるいは、新聞記者に聴かれてしまうとか──そうすればこの宝くじは、飛んで逃げる。だって、脚がある宝くじだから)

……越智部長は、慎重が上にも慎重な危機管理をしたんだろう。

というのも、宝くじが飛んで逃げたら、その責任を負うのは、他でもないこの愛予署の強行係だから。理由は言うまでもない。この係は、指名手配の胴元だ。

「越智部長、すみません遅くなりました。この電話受けが、提報《ていほう》内容です」

「なるほど──」

越智部長は声をひそめた。

(市駅南口、スナック・ルージュ……知らないなあ……そこのホステスか。顔貌《がんぼう》の特徴、とりわけ顎《あご》と瞳ってのは、なかなか嫌らしい……いや失礼、有難い提報だな)

(嫌らしい?)

(愛予署刑事一課強行係、苦難の日々の、まさに始まりかも知れんってことさ──というのもな。

明らかなガセってのは、むしろ有難いんだよ。潰《つぶ》す手数すら要らないからな。ところが尖った顎どころか、グレーの瞳ときた。スナックの照度で、グレーの瞳とまで特定しているんだ。これはなかなか……観察力といい、その表現の仕方といい、嫌らしい。

またその、『ホステスとして働いている』ってのも、キツい話だ。まさか俺たちの脚元《あしもと》で——っていう疑問をのぞけば、逃亡犯として最もありがちなタイプだからな。ほら十年ほど昔、時効完成三週間前に検挙できた『福田和子』って殺人犯、いたろ？）

（ああ、あの時効ギリギリの、歴史的な検挙劇!!

あっそうか。確か、北陸の方でしれっとホステス、やってたって話でしたね）

（そうだ。石川県と、福井県だ——田舎と言っちゃ悪いが、大都会ではない。そのあたり、この愛予県だの愛予市だのと、非常に似ている——

そう、だからお前が受けたこの提報は、『ゲナゲナ』なのさ）

（げなげな？）

（一般用語では、単なる昔話のことだが、警察用語では、要はそれっぽい話ってことだ。いかにもそれらしい。そうでありそうな——ありげな話）

（ああ、だからゲナ、ゲナ）

（しかも警察用語としては、若干の、悩ましいニュアンスもある——

そうですよね、小西係長？）

僕は、ハッと越智部長から視線を上げた。越智部長の背の先には、もう小西係長がいる。足音も気配も感じなかったのに。このあたり、猟犬というか、肉食獣の感すらある。

——その小西係長は、既に僕が作成した電話用紙を、睨《にら》み終えたようだ。思わずセブンスターを摘《つ》まみ出し、咥《くわ》える。大きな鼻息が、嘆息《ためいき》のように漏れる。

「ああ、嫌らしいゲナゲナだぜ、まったく。警察本部に即報しなきゃいけねえゲナゲナでもあれば、たちまち強行係を総動員して裏を獲《と》らなきゃいけねえゲナゲナでもあるし——

そしてゲナゲナの常どおり、『実は真っ赤な他人でした』『二週間の捜査はあざやかな無駄でした』——ってなオチがつきやがりそうなネタ。そうだ。骨折り損の匂《にお》いがプンプンしやがるのに、あまりにもありげな話なんで、フル稼《か》働《どう》で人員と時間だけとられちまう。売上げは零《ゼロ》。

原田、それがこの言葉の、そう、嫌らしいニュアンスってわけさ」

「あ、ありがとうございます、小西係長」

ところが、ここで小西係長は、セブンスターを思いっ切り嚙《か》んだ。そしていった。

「だが越智よ……現時点でおまえ、どう思う？」

「正直、ゲナゲナはゲナゲナですが。

実は大穴の可能性が、無くはない。それが俺の直感です」

「……さすがだな。実は俺も、そう思う」

「それはやっぱり――」

「――そうだ。この提報の電話そのものが、極めて奇妙だからだ」

（電話が、奇妙？　僕には全然、その奇妙さが分からないけど……）

「おい原田よ。

今の情報提供、当然外線からだったよな？　ウチの署の交換、通じて入ったんだよな？」

「あっ、それは実は――」

「小西係長、電話を採ったのはあたしです」アリスがすぐにフォローしてくれた。

「警電のコール音から、間違いありません。一般電話からです。まさか内線じゃありません」

「そりゃそうだわな。まさか署内からじゃねえ。

それで交換は、どう言ったんだ？」

「発言ママで、『刑事一課の原田巡査長にお電話です』と。だからミツグに渡しました」

「……御指名が原田か。それもまた奇妙なこって。しかも愛予署の代表番号、ねえ」

「小西係長、いずれにしても」越智部長が冷静に言った。「渡部美彌子関係は、さっき係長が言ったとおり、警察本部即報事項でもあります——なんていったって今月の、そう二月の二六日で、時効完成まで二箇月になりますから。

さて捜一への即報、どうします？」

「俺レベルで握っちまう——って選択肢も、あるにゃある。というのも」

「このゲナゲナを捜一へ即報した時点で、他の通常業務はすべてストップ——ですからね。しかも原田さえ黙っていれば、悪戯《いたずら》電話と一緒——いえ、何も無かったのと一緒です。

ただ、それじゃあ」

越智部長は、調査官の個室の方を、顎でしゃくった。

「あそこで今か今かと異動内示の電話を待ってる人と、おんなじになってしまう」

「そのとおり」小西係長は平然といった。「刑事じゃなくなっちまう。そもそもそんなこと、上甲の大将が許しゃしねえ——おっとその大将どこ行ったんだ。クソにしちや長い」

「令状請求ですよ。アリスが持ってる強制猥褻《わいせつ》の、共犯」

「ああれ今日行ったのか。まったくウチの親分ときたら。

何でも自分でできるからって、俺に何の話もせず裁判官、誑《たら》しに行きやがる——」

「まあウチの大将だったら」越智部長が苦笑した。「五分で発付《はっぷ》してもらいますけどね」

「てこたあ、もう一〇分一五分もすりゃあ、帰ってくるな。ただ大将、相性の悪い裁判官だと、滔滔《とうとう》と、ヽヽ、脅し上げる癖《へき》がある……携帯鳴らすのはマズい、か。

よし。

俺は大将にメール入れとく。すぐ指示があるだろう。大将、あれでクソ気が短いからな。

越智。お前は電話を受けた原田と一緒に、副署長と署長に即報してくれ」

「了解、すぐ行ってきます」

「警察本部はどうしたって訊《き》かれたら、上甲警部が諸事《しょじ》ぬかりなく手配中、って言っとけ」

「越智部長了解——ちなみに、調査官は？」

「飛ばしとけ」

このあたり、まさに刑事のカルチャーだ。百歩譲って、おなじ捜査畑の生安だったらありうるかも知れないけど——紳士的な交通や、組織第一の警備では、『警部補が警視をガン無視する』なんて懲戒ものだろう。ただ刑事ギルドの場合、戦えない奴、戦わない奴、逃げる奴は上司でもクソ呼ばわり。それがむしろノーマルで、美徳ですらある。

そしてその美徳を、言わなくてもいい皮肉でコテコテに飾りつけるのも、刑事文化だ。

「俺ぁむしろ親切心で言ってるんだぜ？　机の片付けまで始めちまってる御方《おかた》に、渡部美彌子発見なんて教えてみな。絶望からノイローゼのあまり、変死事案になっちまうよ」

「……小西係長が調査官と口を利きたくないのは解りました。そのへんも、上甲の大将に任せましょう。どう扱うにしろ、調査官ドノ、上甲の大将には頭が上がらないから」

「じゃあ土居のオヤジの方、頼むぜ。もっともオヤジは警備の古狸《ふるだぬき》。俺たちの使い方も、上甲警部ドノの扱い方も分かってやがる——

まさか強行のやり方に、刑事のやり方に、口を出して来たりはしねえ」

「そして、逃げるタイプでもない」

「ふん、警備公安の古狸にしちゃあ、ありゃあ、肝《きも》が据《す》わってる方《ほう》だ。『庭先の美彌子』。むしろ署長室で盆踊《ぼんおど》りし始めるかもな。どうやって刑事バカどもを使って、大当たり引き当てて、地元ひさびさの警視長昇進をゲットするか──って」

「署長と利害が一致している。部下としては有難いことですよ。

さあ原田、土居のオヤジんとこ行くぞ」

「原田巡査長了解です」

僕らはバタついているのが分からない程度に急いで、おなじ二階の副署長室・署長室へ駆けこんだ。それぞれに電話用紙を見せながら、指示を仰ぐ。

僕のような最下層の巡査長となると、署長室に報告なり決裁なりに行くというのは、まずない。越智部長でも、めずらしいだろう。警視・警視正クラスのところへ業務でゆくのは、まず警部、あっても警部補である。

土居署長たちも心得たもので、よく即報してくれた、対象が美彌子本人であるという前提で臨んでくれ、これからも何でも何時《いつ》でも入れてくれ、詳細が詰まったら、自分も検討に入れてくれ──くらいの指示しかしなかった。

ここで『心得たもので』というのは、第一に、巡査長や巡査部長に捜査指揮をしても仕方がないから（その相手は上甲課長である）。第二に、刑事はゴチャゴチャ細かいことを言われるのがいちばん嫌だ、というのを知り尽くしているから。そう、土居署長は賢い。刑事をしゃかりきに働かせる魔法の呪文《じゅもん》――『お前が頼りだ、任せたぞ』『責任は俺がとるから、思うようにやれ』を、よく知っている。

そんなこんなで、僕にとっては辞令交付以来になる、署長室から帰ってくると――

さっそく小西係長の携帯に、上甲課長からのメールが入っていた。

霊安室開けとけ　ワッペン着用　イス、八つ用意

第3場

実は、愛予署に『霊安室』というのはない。

僕は愛予署しか知らないから、他の警察署はどうなのか、分からない。

ただ、これまで散々述べてきたように、刑事は死体を扱う。

現場で扱って、署で整えることもある。あるいは現場で扱えないから、最初から署に搬送してしまうこともある。例えば、電車に飛び込み自殺をしてしまった人の場合、

そもそも躯《からだ》は四散してしまうから、まさか衆人環視の中で『復元』をするわけにはゆかない。ずっと電車を止めておくわけにもゆかない。こうした例のときは、最初から署で死体見分なり検視なりを行う。

この、どちらのケースにしろ。

警察署には、死体を見分したり、安置したりするスペースが必要だ。

だから愛予署の場合、署の裏庭、駐車場の一画にある、大型車の車庫だったスペースを、その目的で使っている。元々が大きなガレージだから、屋根もあればシャッターも閉まる。ビニールシートを展《ひろ》げて仕事をすることもできるし、長机《ちょうき》をそろえて、大勢で大がかりな作業をすることもできる。もちろん、祭壇を組み上げ、白い布を駆使して『霊安室』にしてしまうことも、できる。

ここは、そういう多目的スペースだ。

しかも、実際に使っているのはほとんど僕ら強行係だから（変死担当）、とりわけアリスと僕には馴染《なじ》みがある。ひと仕事の後は、デッキブラシで、徹底的に磨き上げておく役目があるからだ。だからここは、『霊安室』である時間が長いけど、ひょっとしたら署のロビーなんかより、よっぽど衛生的かも知れない。詳細は言わないけど、警察署のロビーほど、誰が何に使ったか分からず、したがって恐ろしいエリアはないから――

「ほしたら、始めるぞ」

ここで、上甲課長が口火を切った。

集まった強行係の僕らは、命令どおり、まさに変死事案に臨場するような、出動服《ワッペン》姿。

上甲課長は、熊のような猛者《もさ》だけど、いつも一応スーツ姿だし（決裁とかが意外に多い）、なんといっても裁判所から帰ってきたばかり。だから今も、出動服じゃない。

（課長が『ワッペンで霊安室に』――っていう命令をしたのは、この会議の中身がヤバいものだから、だろう）

ヤバい話を、いつもみたいに大部屋でガンガン怒鳴りながらやるわけには、ゆかない。そして強行係がワッペン姿で出払ったり、霊安室に籠《こ》もったりするのは、仕事上、全然おかしくない。おかしくない以上に、とても都合がよい――さっきもいったように、シャッターすら閉められるのだ。そもそも折りたたみイスが八脚用意されているとか、ストーブがガンガンに焚《た》いてあるとか、あるいは、誰がいるのかとかは、署員に知られずにすむ。

（上甲課長、猛将型にみえて、いろいろ気遣いをする人なんだな。それもまた、刑事

力かあ）

――その上甲課長の気遣いは、『誰を会議に呼ぶか』にも、現れていた。

すなわち、この霊安室には、上甲課長＋強行係四人以外に、三人のお客がいる。もちろん、上甲課長の段取りだ。何でも、裁判所からの帰り、そのまま警察本部に寄って、『ピックアップ』してきたとか。

（先日も、検視官車、タクシー代わりに使ってたからな。上甲課長って、強行部門ではかなりの重鎮《じゅうちん》なんだ。まあ五四歳の、ドスの利きまくった親分ではある……）

上甲課長が招いたお客は、いずれもスーツ姿だ。しかも、課長のように嫌々着ているというよりは、どことなく洗練された感じすらある。ちょっと鋭いオーラ、あるいは、斬《き》った貼《は》ったからくる殺伐《さつばつ》とした雰囲気さえなければ、銀行員でも証券マンでも通用するだろう。それが三人――

「おい、小西。お前も顔くらいは知っとろうが、いちおう、紹介しとこうわい。

こちらが、捜一の城石元《しろいしはじめ》管理官じゃ」

「城石です」管理官警視は、丁寧にも、小西警部補に頭を垂れた。「渡部美彌子ＰＴの、担当管理官です」

「管理官恐縮です」さすがに小西係長が起立して、室内礼式どおりの敬礼をする。

「上甲の下で、強行係長を務めている小西であります。こちらの三人が、強行係の現有戦力です」

「上甲から聴いているよ。放火殺人の捜本に三人も、上がっているんだったね——

——小西係長、こちらのふたりは、私のPTの班員だ。

こちらが捜査一課の二宮《にのみや》俊《しゅん》警部補。こちらがおなじく、河野《こうの》忍《しのぶ》巡査部長」

お疲れ様です。よろしく願います。さすがに名刺こそ交わさないが、このあたりの挨拶《あいさつ》なんかは、一般社会と変わらないだろう。さすがに名刺こそ交わさないが、このあたりのだけど、さすがに皆が皆を知っているというほど、小さな組織じゃない。事実、小西係長は、捜査一課の刑事ふたりとは、初対面のようだ。

（なるほど管理官なら、しょっちゅう各署に出張ってるから、『顔くらいは知っとろうが』になるわけだ。そう、捜査一課の管理官っていうのは、いつかの検視官みたいに、自分自身で臨場、臨場、また臨場だから）

その管理官である城石警視は、上甲課長に、まったく気兼ねのない口調でいった。というか、ほとんど不良仲間のノリである。そのスーツ姿は、まるで銀行の支店長なのに……

「上甲とは、そうだな——西城《さいじょう》署以来になるかな？」

「ほうやな」上甲警部はタメ口を利いた。「おまえは、西城の刑事二課長やったな」

「お前はずっと、強行畑で。あのときも、西城の一課長だった」

「儂《わし》、ビックリしたぞな。お前が捜一の管理官、やるとはの」

「バカいえ、俺がいちばんビックリしているよ。

おなじ刑事とはいえ、強行と知能では、まるで勝手が違うからな……」

僕は末席どうしとして隣にいる、アリスにささやいた。

（アリス、上甲課長と城石管理官、やけに親しげだけど？）

（ああ、なんでも同期ですってよ。歳《とし》は、確か上甲課長がひとつ上って聴いたけど）

（えっ、また同期。確か前の、そう検視官も同期だったよね？）

（ぜんぶ悪友よ。刑事でも五四歳・五五歳クラス、しかも管理職になると、そんなもん。だから職人のネットワークは、とても強い。ただ）

（ただ？）

（おふたりがおっしゃっているように、畑が違うと、まるで異世界の住人だから――

そして事実、強行の超ベテランポストに、知能の人がつくのは、稀《めずら》しいわ。死体、死体、また死体の強行と、汚職や選挙違反に命を懸ける知能では、やり方が全然違うから）

なるほど。アリスの解説で、上甲課長と城石管理官の会話が、解ってきた。

そして、その城石管理官は——まさか僕らの会話が聴こえた訳じゃないだろうけど——自分の立場と、自分のミッションについて、説明し始める。

「本来、渡部美彌子は強行犯の担当だから、知能畑の俺が出しゃばるはず、なかったんだが……捜査一課の管理官は皆、それぞれの捜査本部から動けなくてな。つまり、動ける管理官は今、捜一にひとりもいない。

だから捜二の管理官の俺が、刑事部長の特命で、四箇月前から捜一にレンタルされた。美彌子関係を仕切るためだ。それが、俺の渡部美彌子PTだ」

「宇都宮《うつのみや》サンの、特命か」上甲課長はつぶやいた。「それじゃ、断りきれんの」

「宇都宮刑事部長は、まあ、愛予県の刑事の生き字引だからな。だからこそ、刑事部長にまでなったんだが」

——刑事部長というのは、警察本部の刑事部長。つまり警視正で、役員だ。もっといえば、愛予県の刑事ギルドの総元締めである。愛予県だと、ノンキャリアが登り詰める、最終ポストでもある（社長副社長はキャリアポスト）。だから、僕はそんな殿上人《てんじょうびと》のこと、ほとんど知らないけど、『五九歳か六〇歳』だってことは、カンタンに理解できる（最終ポストだから）。ちなみに、ウチの署の土居署長が、このまま大ポカなくゆけば、確実に次の刑事部長になる。愛予県の役員クラスの人事は、そんな感じで固定されている。

「……宇都宮サンが、切り札のお前を切ってくる。こりゃ、大概《たいがい》な事やの」

「そんな大したもんでも、ないんだが……まあ上甲、お前が熟知しているとおり、宇都宮刑事部長は、そもそも知能畑で名を上げた人だからな。刑事ギルドのなかでも、知能の俺が、便利使いしやすかったんだろうよ。

――あと、これも知ってのとおり、刑事部長には刑事部長の、執念があるからな」

「ああ、そうか」上甲課長は熊が蠢《うごめ》くように頷《うなず》いた。「宇都宮サンは、美彌子事件のとき、愛予署の副署長やった。ほうやな？」

「半分正しい。美彌子の傷害致死が発生したとき、宇都宮刑事部長は、捜査二課の次長だった。もろ知能だな。そして発生後三箇月で、愛予署の副署長に栄転した――もちろん、美彌子捜本のテコ入れのためだ。それこそ刑事のエース、投入ってわけだ」

「四九歳で二課の次長、そこから筆頭署の副か。宇都宮サン、エリートコースまんまやな」

「お前と違って、仕事にも昇進にも熱心なタイプだからな」

「ほやけん、刑事部長にまで登り詰めても、美彌子のことは忘れられん――か」

「まさしくだ。発生当時、刑事部門の幹部だったという意味でも。そのあと自分が、指揮をとる立場になったという意味でも、な。

あるいは、こうも言える――

いよいよ地元最終ポストまで登り詰めた。もうじき定年だ。喉《のど》に刺さった最後の棘《とげ》、積み残した最後の宿題が、渡部美彌子」

「……渡部美彌子。傷害致死」上甲課長は、ホープの紫煙《しえん》を吐いた。「十年前。あのころ儂は、捜査一課の庶務におった。城石、お前もよう知っとるとおりに」

「あれは、あっは、それこそ意外な人事だった。

現場のイノシシを、ヒト・モノ・カネの番頭に引き上げてしまうなんてな。ただ、意外ではあったが、適任だとも思った。何を今更だが、刑事のキモは、実は庶務係だからな。よほどの経験とセンスがないと、警察本部の庶務は務まらない」

「お前にも、散々、嫌味いわれた」

「そうだな、かくいう俺も――今みたいなこと言ったあとで恥ずかしいが――二〇〇〇年といえば、捜査二課の、庶務担当補佐だったからな。お前が捜査一課の庶務。俺が捜査二課の庶務。隣の課どうしで、よく喧嘩《けんか》したもんだ。そうか、あれがもう十年前か……

そのあと、西城署で一緒だったのが、まあ七年前くらい。そこでおたがい現場の課長になって」

「お前は今や、刑事部長肝煎《きもい》りの管理官。俺はまだ地べたで、死体を相手にしとるわけや。

やっぱりキャリアの課長にお仕えした方は、違うの－」

「なんだよ、絡《から》むなよ上甲。それに東《あずま》警務部長は、指揮官としては立派な方だったし、今でもそうだ。そしてこれまた、積み残した宿題の処理に燃えておられる」

「……しっかし、まあ、何や奇妙なことに、なっとるの」

上甲課長は、ゆっくりとホープを燻《くゆ》らせ続けている。

「渡部美彌子の傷害致死。二〇〇〇年発生。十年前や。

そのときの捜査二課次長が、今の刑事部長。宇都宮サン。

そのときの捜査二課庶務補佐が、今の美彌子PT管理官。お前、城石。

おまけに、そのときの捜査二課長が、今の警務部長――副社長ときた。東警務部長や。

これ、事件の経緯を踏まえて、わざとやっとるんか？」

「それはひょっとして、東警務部長が、当時の責任を感じられて――という意味か？」

「ほがいなこと、知らん。ただ、あきらかにメンツが奇妙や」

「東警務部長が、あの事情があって、事件のことを悔やまれて、復讐戦のため、当時の部下を集めた――」

そんな筋読みなら、上甲、まさかだ。まさかありえない。

さすがに警務部長のことは……東京人事の方《かた》のことは分からんが、愛予県警察の人事が、そんな復讐《ふくしゅう》戦みたいな動機で行われるはずもない。役所の人事は、そんな人情話では行われない。警察官三六年、刑事三〇年のお前なら……まして捜一の庶務までやったお前なら、よく解っているはずだ」

「何や、不純な匂い、感じるの」

「すなわち？」

「くだらん、内ゲバや」

「……それは刑事と警備の、あるいは、そうだな、宇都宮刑事部長と土居署長のことを言っているのか？」

「刑事部長を、誰が獲《と》るか。

これは、つまり、地元筆頭のイスを、どの部門が押さえるか、ゆうことや。

今は、バリバリの刑事が確保しとる。宇都宮サンや。

ただ、次の刑事部長は、ウチの署長の土居サン。土居サンは、バリバリの警備。

と、なれば」

「ったく。トボけた眠り熊のふりして、いいとこ突くなあ――

否定はしないよ。お前に嘘《うそ》は、吐《つ》けないしな」

「よううの」

「確かに宇都宮刑事部長としては、現状は、愉快じゃないだろう。百歩譲って、次の代は警備の土居署長だとしても、その次、またその次は、刑事で押さえたいはずだ。

とすれば」

「ここで、刑事部門が、でっかい花火、上げておく必要があるな。

ほんで、愛予県警察の悲願・渡部美彌子ほど、太いタマはない。

ほやけん、宇都宮サンは、切り札のお前を、美彌子PTの管理官に抜擢《ばってき》した。子飼いのお前を。

まして、お前も、宇都宮サンも、今の副社長に直接、お仕えした身。

美彌子検挙の暁《あかつき》には、もちろん論功行賞《ろんこうこうしょう》は、でかいわな。

おまけに、副社長は、人事権を持っとる。

とすれば、今後の刑事部長を、どがいにするかも、絵は描ける」

「……上甲、おまえ何時《いつ》からそんなに、政治に目覚めたんだ？」

「城石、お前には、そう見えるか？」

「ああ」

「……ほうか」上甲課長は、不思議な感じで笑った。それは悲しみだった。「俺が確かめたい、思とるのは、政治なんかと違《ちご》て、ホンネじゃ」

「ホンネ？」

「ほうじゃ。刑事部門のホンネ。ただ、それは大方、解った気がする……」

「……どう解ったんだ？」

「いかん。俺の嫌いな、御託《ごたく》をならべすぎたわい。おい、小西」

「はい課長」

「トップ会談は、終わりじゃ。あとは、いわゆる実務者会議にせえ」

「――了解しました。

それでは城石管理官、二宮係長、河野主任。

ウチの大将の強引なお誘い、愛予署として大変、恐縮しております。さっそく捜一の方にお越しいただき、愛予署刑事一課として、感謝しております」

「小西係長」二宮、という捜一の警部補が、苦笑した。「やめてください。今の立場は『捜一と署』ですが、小西係長が捜一におられたころの武勇伝、嫌というほど聴かされてきています——

　こちらの河野はもちろんのこと、私も、強行畑の後輩になります。堅苦しいのは抜きにして、むしろ我々を使ってください」

「そうか、そしたら警察本部の人に悪いけど、遠慮なく」

　小西係長は、あざやかにキャラクタを切り換えた——刑事ギルドの先輩、というキャラクタに。

　このように、警察本部と警察署の関係、それぞれの刑事の関係ってのも、一筋縄ではゆかない。階級とか、年次とか、刑事としての年数とかが、複雑な方程式になるからだ。

「二宮係長。ぶっちゃけ今、警察本部の美彌子PTってのは、どんな感じで動いてます？」

「はい小西係長。まず体制《タイセイ》からですが、こちらの城石管理官以下、警部が一名、警部補以下が八名。この一〇人が、捜査一課美彌子PTの、全陣容《じんよう》です。

今回お邪魔している我々は、ＰＴの四個班の、第四班になります。といっても私と、河野のふたりですが」

「さらにぶっちゃけ、愛予署に入ってくれる——ってことでいいですか？」

「もちろんです。我々は、渡部美彌子追及の専従員ですから。美彌子情報があるところに入って、署の協力を獲《え》ながら、情報を突き詰めてゆくのが任務です」

「第四班、っていうことは、第一班から第三班は、もう動いている」

「まさしく。詳細は御容赦《ごようしゃ》願いますが、それぞれ広島、京都、神奈川に出張《でば》っています」

「それはまさに、我々が受けたような、〈情報提供〉があったから」

「まさにそうです。といっても、今回の愛予署のようなタイプは、とても稀《めずら》しい——というのも、指名手配のポスターでも、各種広報でも、あるいはネットでも、『渡部美彌子専用フリーダイヤル』をガンガン周知していますから。電話代もタダなら、知名度は、警察署の代表番号の比じゃありません。ですから胴元の、愛予警察署に直接電話があったというのは——我々としては初のケースです。広島の情報にしろ、京都の情報にしろ、神奈川の情報にしろ、すべて警察本部の、フリーダイヤルに入電したもの」

……それは、警察官として考えても、市民として考えても、納得のゆく話だ。

例えば、僕が渡部美彌子そっくりの誰かを目撃したとして——近くに手配ポスターがあれば、それで通報先を確認するし、なければネットで〈渡部美彌子　通報〉とでも検索するし、それも面倒だというなら——とっとと一一〇番するだろうから。

「いずれにせよ、我々四個班は、かぎられた体制のなかで、フル稼動《かどう》しています」

「警察官同士でアレだけど、そりゃ大変だな。察するわ」

「……正直、これまで東京、石川、青森、鹿児島で目撃情報がありました。そして、もう時効完成まで三箇月を切っています。いえ、すぐに二箇月を切ります。どんなゲナゲナでも、有難いと思って徹底的に検討し、徹底的に洗い出さなければなりません。私レベルでいうことではないですが、警察本部長も、警務部長も、いえとりわけ刑事部長が、死んでも検挙しろ、できなければ腹を切れ——と、日々檄《げき》を飛ばしていますから」

「そうすると、二宮係長も、河野部長も、愛予署に詰めてくれる」

「できれば、そうさせてください。我々としても、この情報の真偽を見極めるまでは——もちろん美彌子検挙とゆきたいですが——次に何の動きもとれませんので。

ただ、捜一の人間が愛予署の刑事一課に入り浸《びた》ると、それだけで目立ちます。そこは保秘《ほひ》の観点から、ちょっと細工が必要だと思いますが……いずれにせよ、我々は上甲課長の指揮下に入ります。これは城石管理官も、御承諾の上でのことです」

「そりゃ正直、有難い。

ていうのも俺なんか、そりゃ殺人なら腐るほど扱ったことはあるし、それなりにデカい事件の被疑者、追及《ツイキュウ》とか行確《コウカク》とかしてはきたが……ぶっちゃけ、一〇年逃げてきた指名手配犯の捕り物となると、何のノウハウも無《ね》え。愛予署だけなら、下手打つのがオチだ。そこはむしろ遠慮無く教えてくれれば、有難い。もちろんここにいる連中は、その方針どおりに動く」

「ありがとうございます、小西係長。我々としても、一個班二名では、行確すら満足にできませんから――

それではさっそくですが、時間の問題がありますので、具体的な段取りを」

（それもそうだ。もし当たり籤《くじ》だとしたら、今この瞬間にも、渡部美彌子は愛予市にいる――

そして今この瞬間にも、ＪＲに飛び乗るかも知れない）

「我々も美彌子ＰＴとして、それなりの経験を積んでいます。つまりそれなりの戦術が、テンプレとしてあります。それを説明させてもらって、すぐに検討ということで」

「頼んます」

「まず戦略目的ですが、これは当然『渡部美彌子の確保』。これに議論の余地はありません」

「そりゃそうだ」

「以下、渡部美彌子をマル美《ミ》、その追及捜査をマル美捜査と呼称します。

このマル美捜査の基本方針は、四、あります。順次説明します――

方針の第一。

『情報は真である』『マル美は、必ず愛予市内に存在する』という前提で臨みます。いささか精神論的ですが、口に出して確認をしておかないと、取り返しのつかない凡ミスを招きますので。なおこれは、経験論です」

「ゲナゲナだという先入観を捨てろ――ってことだな」

「まさしく。そして、方針の第二。

スナックに稼働中《かどうちゅう》とのことですので、『店舗の実態解明を速やかに行う』『それに応じた、自然性を担保した捜査を行う』。これも重要になります」

「要は、断じてマル美とその関係者に、兆《チョウ》をとられないこと」

「そのとおり。気付《ヅ》かれたら終わり、ということです。さらに方針の第三。

『確実な本人確認を行う』。当たりなら当たり、外れなら外れで、絶対に白黒つける。

しかも、短期間で。よって例えば、数週間もグレー——ということはありえません」

「となると、絶対に必要なのは、指紋《モン》だな」

「そうです、検体が必要です。そして基本方針の第二から、それを自然に確保する」

「指紋といえば、実はウチも最近、あまり型《カタ》のよくねえ経験をしているが……」

「存じ上げています。強殺《ごうさつ》の、小野《おの》湖至《こいたる》の死亡事案ですね。

あれもまさに、指紋が決定的となった事案ですが、マル美についても一緒です。最も確実で、最も迅速に結果が出る——古典的ですが、それはやはり指紋です。ゆえに、最優先。

　ちなみにマル美については、あと盲腸の手術痕《こん》があります。また、実母がまだ存命なので、面割りができます。もちろん実母の協力体制は、かなり古くから確保してあります。ただ、これらの難点は……」

「第一に、まさか秘匿《ひとく》追及してるマル美を、裸に剝《む》くことはできねえ。

第二に、まさか秘匿追及してるマル美と母親を、会わせることはできねえ」

「そのとおりです。

マル美の写真とか、動画なら使えるかも知れません。ただそれらは、『直接面割り』には敵《かな》いません、絶対に——ところがマル美と母親を直接会わせることができるのは、もう我々がマル美を確保したそのとき。それ以外では、どんなシナリオでも自然性が無い——母親のリアクションも、完全な未知数。となれば」

「やっぱ指紋で、確実にマル美だと特定できてからの話だな。手術痕も、母親も」

「そうならざるをえません。

それらは身柄を確保して、捜査をオープンにしたあとの、いってみれば駄目押し」

「そうすると、二宮係長。

基本方針の第一は、情報は真だと思って臨む。第二は、気付かれない。第三は、指紋を確保する。整理すると、こうなるな？」

「そうです。あとはオマケみたいなものですが、テンプレとして『関係者から抗議を受けない捜査に配意する』があります。まあ最終局面まで、関係者には何も明かせませんが、当たりにしろ外れにしろ、遠からず決着はつく。必ず白黒つく。

ここで、マル美はスナックに稼働している——

そうなると、すべてが終わったとき、営業妨害になっただの、警察のせいで客入りが激減しただの、まあミソがつくと、余計なコストが掛かる」

「なるほどな。当たり籤《くじ》なら、どのみちメディアが殺到する。外れ籤なら、ただおわりに店舗を荒らされただけになると。しかも、コソコソと目的欺騙《もくてきぎへん》して内偵までしたんだから、そりゃ店舗側としては、愉快じゃないわな」

「検体の入手方法によっては、まあ、騙《だま》し討《う》ちみたいな形になりますから」

「それ捜査手続的にはどうなんかな?」

「そもそも店舗側が通報者だと、そこ、楽なんですけどね……説得して、協力してもらえますから。ただ、今回は現在のところ、そうではない。

そうすると、可能性としては、店舗にも黙って検体を手に入れることになる──それが、我々持参のブツなら問題はない。ところが、どうしても店舗側のブツでやるしかないとなると」

「捜査書類には残せんわな。ていうかそもそも、そりゃ窃盗だ」

「その場合、書類に残せない部分は墓場まで持ってゆくとして。

もしそのお借りしたブツで確信が獲られたなら、あとは組み立ての問題──」

「──そうだな。組み立てとしては、例えば。

たまたま時間外に、初めての店に飲みに入りました。いきなり、渡部美彌子ソックリの女に出会いました。刑事として捨て置けないので、そのまま職質、任同しました。

そして任意で指紋採取しました。すると、あららビックリ、渡部美彌子でヒットしました。

こんなストーリーだけだったら、問題ないか」

「そうです。そしてそのとき、指紋採取を拒否するとなれば……マル美だとの疑いが強いということで、身体検査令状を獲《と》る。それでどのみち、指紋は獲れる。身体検査令状ならば、手術痕も確認できる。それも併せてやれるように獲る。この段階になったら、もうガチンコ勝負しかないので、実母による面割りもやる。

これで王手詰み、投了《とうりょう》とゆきたい」

「二宮係長、基本方針は解《わか》った。

しかしこれ、チャートが必要だな」

「そうですね。とりわけ今の、検体の入手方法のところ。それからもっと一般的に、どうやって店舗に入って、どうやって従業者を確認して、どうやってマル美と接触して、どうやって最終的な直当《じかあ》たりをするか――

そう、マル美捜査の具体的な実施要領は、チャートに落としておく必要がある。どのみち捜査一課長にも上げないといけませんし、愛予署長の御決裁も必要になるでしようから」

「パターンはそう複雑じゃねえが……総員がガッチリ、腹入れしとかねえと下手打つな。

じゃあそれは大至急、組み上げるとして、それこそ事は急ぐ。さっそくやらなきゃいけねえことも、腐るほどある」

「まさしくです、小西係長」

「ほしたら」

ここで、悠然《ゆうぜん》とホープを焚《た》いていた上甲課長が、城石管理官を見ながらいった。

「城石、お前たちも、捜一課長への報告があろうが。

儂らは、地元の利があるけん、入店対策とか、実施要領は詰める。

とりわけ、店舗の確認はすぐにやる。

ほやけんお前たちは、警察本部の、生安と警備に、当たってくれや」

「生安は、風営《ふうえい》の関係だな。スナックの営業実態」

「ほうじゃ。何も無いかも知れん。思わぬネタが、埋もれとるかも知れん」

「う―ん、従業者名簿とかは、あれは店舗備付けだけだったと思うが……そのあたり、部門が違うとまるで分からん。確かに、スナックのデ―タ、基礎調査ならまず生安だな。

あと警備は、あれか、オウムローラーの関係か？」

「ほうじゃ、オウムの、特別手配被疑者三人。あれこそ警備の〈渡部美彌子〉じゃ。庭先から出て来たら、割腹《かっぷく》もの。

ほやけん、寮付稼働先《りょうつきかどうさき》なり、スナックなりは、徹底したローラー、しとるはずや」

「警備が素直に出すとは思えないが……ああ、土居署長の御名前をお借りして、目的《もくてき》欺騙《ぎへん》でやってみよう。潰《つぶ》し終わったローラーの結果くらいなら、どうにか見せてくれるだろう」

「おい、小西、それは、ウチの署でも一緒やぞ。

地元の利があるのは、生安でも警備でも一緒じゃ。営業実態とオウムローラーの関係から、スナック『ルージュ』の情報、死蔵《しぞう》されとらんか、確認してこいや」

「ウチの生安課と警備課ですね。

もちろん適当な強行犯捜査をでっちあげた、目的欺騙で」

「当然じゃわい。このメンツ以外には、渡部美彌子のワの字も出すな。ややこしくなる。

ほんでの、越智はの」

「はい上甲課長」

「小西からの情報を待ちながら、入店対策・検体対策の実施要領をチャートに起こせ。で、捜一の二宮と、河野にも見てもらえ。とりわけ二宮たちからは、手術痕の話と、実母の話、よう教えてもらえ。その話。実施要領。確実に共有しとかんと、下手打つ」

「越智巡査部長了解です」

「あと上内、原田」

はい、とアリスと僕の返事が重なる。このメンツのなかでは、最下層のふたりだ。

「お前たちは、とりわけ原田は、まだ交番に顔が利《き》く……原田は警戒されとらん。アリスは普段から、交番のケツ拭《ふ》いてやっとる。いずれにせよ、顔が利く。おまけに、原田はド新人や。ゆうたら、刑事として面が割れてない。ほやけん、お前たちは、すぐ外回りじゃ。

担当の交番で簿冊《ぼさつ》の確認。勤務員からの、それとない聴取。

もちろん、『ルージュ』そのものの確認も、任せる。

交番の情報と、外周の情報から、マル美捜査に必要なもん、ぜんぶ洗い出してこいや」

了解しました!!

再び僕らの声は重なったが――

正直、僕にはその『必要なもん』の組み立てすら、できなかった。

第4場

――刑事一課の、捜査車両のなか。

僕は運転しながら、助手席のアリスに話し掛けた。

「すごいことに、なってきたね。絶対に本人だという前提で捜査――だなんて」

「ある意味では、アタリマエよ。小西係長も言ってたでしょ? それがゲナゲナの嫌らしいところだって」

「というと?」

「〈指名手配犯発見〉というゲナゲナの本質は、実はたったひとつ――

万が一ホンモノで、万が一飛ばれたら、誰の首も無事じゃすまないってこと。もちろん、あたしとアンタもよ」

「な、なるほど。だから切腹しなくてもいいように、初《しょ》っ端《ぱな》からエンジン全開でゆくと」

「ある意味、命懸けよ。職業人生懸け。

そして、〈指名手配犯発見〉というゲナゲナの処理方法も、実はたったひとつ」

「あっ、それはさっきから出てた、指紋だね。指紋の確保」

「そのとおり。より正確には、指紋が付着した検体の確保よ」

「言葉にしてみると、そんなに難しくないような気もしてきたな」

「処理方法は、いたってシンプルよ。

ただ最大の難関は、どうやってマル美に――少なくともその容疑がある女に気付かれず、検体を確保できるか。これは、まさかシンプルじゃないわ。だから上甲課長も小西係長も、段取りのチャートが重要だって言ったの。

ああ、やっぱりちょっと、渋滞してるわね」

「このあたりは道が狭くて、急ぐときほど混むんだよね。まあいちおう、県都だし」

――僕らは、問題のスナック『ルージュ』を受け持つ、愛予市駅交番を目指していた。愛予署は県都の官庁街にあり、愛予市駅は県都の繁華街にある。だから、それほどの距離はないにしろ、慢性的に混む。車で動くと、やや時間が掛かる。それでも捜査車両を使うのは、車なら、オフィスとしても拠点としても使えるからだ。もっというなら、緊急走行もできれば無線もある、そんな移動拠点。

僕は、この渋滞でできた時間を遣って、アリスに訊いてみた。

「アリス、実はちょっと、教えてほしいことがあるんだけど」

「何？」

「僕、要領悪いんで、着任してから、意外とバタバタしてて」

「端的《たんてき》に」

「……渡部美彌子の一件記録。実はまだ、充分に読めていないんだ」

「そんなことだろうと思った。

じゃあアンタの頭の中のデータだと、この事件、どんな事件なの？」

「それは傷害致死さ。十年前、二〇〇〇年発生の——そう四月二六日発生の、傷害致死」

「被疑者はマル美よね。被害者は？」

「なんとビックリ、警察官」

「より正確には？」

「警察本部の、公安課長だ。白居《しらい》秀和《ひでかず》さん——白居警視。当時二八歳」

「あら意外に勉強してるのね？」

「さすがにマル害くらいは。でも、二八歳で警察本部の課長ってことは――」

「――そう、キャリアの人よ。愛予県では伝統的に、警察本部長・警務部長・捜査二課長・公安課長がキャリアポスト。この四人は、理由は知らないけど、愛予県警察開《かい》闢《びゃく》以来、絶対にキャリア。地元人事はありえない。もちろん、今もそう」

「そうすると、東京人事のひと」

「もちろん東大法学部だの、京大法学部だのを出たエリートたち。白居警視についていえば、東大のほう。出身地も東京。三代続いた東京人だから、チャキチャキの江戸っ子ね。お酒の好きな、明るいひとだったそうよ」

「それが、赴任先の愛予県で、殺されちゃったんだ。

御両親、さぞ悲しかったろうね」

「御両親、もう大学生のときに、どちらも御他界されてたんですって――せめても、ね」

「そりゃそうだけど、本人だってまだ二八歳だから、これからだろ。そりゃ僕らにとっては、所属長警視なんて五〇代のポスト、それも、なれたらいいなあっていうポストだけど。キャリアの人にとっては、いってみれば通過点のはずだ」

「そうね。あえて喩《たと》えるなら、ノンキャリア相場だと『三〇代半ばの警部』ってとこかしら？ 超特急だけど、まだまだ上を熾烈《しれつ》に狙《ねら》っていかなきゃいけない、そんなポジション。

いずれにしても、まさか愛予県で人生を終えるなんて、思ってもいなかったでしょう」

「……しかも、なんで殺されちゃったかっていうのが、また何とも」

「そうね……ちょっと残念な話だし、正直言って、美彌子追及があまり盛り上がってこなかった理由でもある。指名手配打ってるんだから、県民市民にもかなり大々的に広報するけど、事情を知ってる人だったら、むしろ呆《あき》れる話」

「ぶっちゃけ、絵に描いたような痴情《ちじょう》の縺《もつ》れ――だもんね。しかも、高級官僚の」

「白居警視には悪いけど、市民の同情を買える事案かというと、ちょっとね……」

そうなのだ。

僕らが、だから愛予県警が必死に追っている渡部美彌子というのは、実は、キャリア官僚の恋人だったのだ。

一件記録によれば――

渡部美彌子、当時二八歳。出身地は、京都府。職業は、大学教員。

正確に言えば、愛予大学の講師だ。講師といっても、インストラクターとか外部講師とかじゃなく、准《じゅん》教授の下のランクの、あの講師。そして〈傷害致死の指名手配犯〉という言葉のイメージをあざやかに裏切って、なんと京大法学部の博士課程を終えた、大学のセンセイ。専攻は、刑法だったとか。それが、警察でいう異動によって、京大法学部の助教から、愛予大学法学部の講師に栄転してきた。思えばこれが、運命の分岐点。

というのも。

この渡部美彌子講師は、愛予県警の白居警視と、運命的な出会いを果たしてしまうから。

――白居警視と、渡部講師は、ちょうど一緒の時期に、愛予へ赴任してきた。白居秀和警視は東京から。渡部美彌子講師は、さっきいったように京都から。そして、これも一件記録によれば（一件記録はまさに小説だ）ふたりは、大学人がよく使う会員制のクラブというかバーで、知り合ったという。イメージとしては、インテリのサロンだ。なるほど、白居公安課長は警備部門の所属長だから、インテリジェンス担当として、そうしたハイソなグループに出入りする必然性がある。そして、片や東大法学部出の高級官僚。片や、京大法学部出の気鋭《きえい》の学者。ふたりが意気投合するのにも、必然性がある。恋仲になるのには、必然性はないけど、自然性はある。なんといってではあるが——社交界で、『愛予いちの名花』と呼ばれていたほどの美しさだったから。

ところが。

美彌子が白居警視を包丁で刺してしまうことには、必然性も、自然性もない。そしてそもそも、美彌子には、、、、、、、、、白居警視を殺す気はなかった——だから罪名が『傷害致死』なのだ。そう、警察がどれだけ頑晴《がんば》っても、これを『殺人』にはできない理由があった……

「あれさ、アリス」

「どれよ」

「白居公安課長の直接の死因って、確か、麻酔医が機器の取扱いを間違えて、ええと、低酸素脳症になっちゃったことだよね。要は、医療ミス」

「まさしく。だから、死体大好き強行係らしくいえば——刺創《しそう》によって血管及び重要臓器が傷つけられはしたけど、死因は失血でも空気塞栓《そくせん》でも心《しん》タンポナーデでもない。要するに、包丁でブッ刺されてそのまま死んじゃった訳じゃない。なんてったってその夜、愛予大学附属病院での手術は成功のまま終了直前だったし、病院に搬ばれる前だってそれなりの時間は生きてたし、だから被害者調書が巻けて、犯行の経緯もあきらかになったんだし――」

（そうか、マル害本人は、マル被とならんで最大の証拠だ。それが、かなり生きてた。だから、小説がクリアな形で残った。ふつうの殺人事件なら、とてもそうはゆかない）

「――その事実と、あと刺創の状況に被害者の供述内容。

これらからして、どうしても殺人の故意は立証できない。そういう判断になった」

「ああそうか。確か、刺《さ》し創《きず》の深さとか角度とか大きさとか、推定される勢いとか力強さとか、あるいは回数とか――そうした客観的な見分で、けっこう科学的に、『殺人』か『傷害』かの認定は、決まっちゃうんだよね」

「警察としては、そうした相場観がどうあろうと、まず『殺人』で立てようとするけどね。ただ起訴するのは、検察官だもの。そして検察官は、こうした相場観にはかなりうるさい。ましてマル害本人が、『美彌子は自分を殺すつもりなどなかった』と供述してるのなら……マル害、警察の幹部よ？　所属長よ？　そりゃ捜査一課としても判断に悩むわよ」

「でも、そうするとさ。

もし、もしだよ。白居警視が、麻酔の医療ミスでポックリ死んでしまわなかったら、美彌子は」

「『傷害致死犯』じゃなくって単純な『傷害犯』だったでしょうね。そして傷害なんだから、法律論としては、あたしがアンタをポカリと殴った——なんてシンプルな話と一緒の犯罪になる」

「……とすれば、このシナリオ、美彌子にとってはすっごい不幸だよね？」

「そうね。第一に、逃げ隠れしなくても、刑がかなり軽くなる可能性があった。だって被害者の方に特殊事情があるし、さらにいえば、被害者と被疑者にも特殊事情があるから。それに、医療ミスさえなければ……そもそも被害者、職場復帰さえできそうな意識レベルだったらしいから。

だから、包丁でブッ刺したとはいえ、生じた結果は甚大《じんだい》とはいえない。警察としても、身内の痴情《ちじょう》の縺《もつ》れ。ぶっちゃけスキャンダル。まさか居丈高《いたけだか》に責め立てられる身分じゃない——それは裁判官も、充分に斟酌《しんしゃく》するでしょうね。

そして第二に。傷害罪なら時効は七年。もう三年前に完成してるわ。なら平成二二年現在、渡部美彌子は、大手をふって大街道《おおかいどう》でもユリちゃん人形前でも三《み》の頭《かしら》公園でも闊歩《かっぽ》できる。もし傷害致死なんてことに、なってなければね。

そういう意味で、白居警視が病院で頓死《とんし》してしまったのは、確かに、美彌子にとっては不幸なことよ——ただし、アタリマエのことの確認だけど、そもそも美彌子が人を刺したりしなかったら、こんなことにはならなかった……

同情できないとまでは言えないけど、同情の量は、かなり値切らせてもらいたいわね」

「あれ？

そういえば、そもそも白居警視が死んじゃったのは、まさに医療過誤だよね？

それはどのみち、美彌子の与《あずか》り知るところじゃない。まさか予見できることでもない。まして、責任を負うべきことでもない」

「そうね、そもそも美彌子、すぐさま逃亡しているものね。まさか医療行為とは関係ない」

「それでも『傷害致死』になっちゃうの？」

「これが、なるのよ」助手席のアリスは、ちょっとビックリした顔をした。「ミッグ、意外にいいとこ突いてくるわね……実はそこんとこ、あたし、巡査部長試験で出されたの」

「ええ？」

「愛予県警察では、この『傷害致死における因果関係』の問題、択一《SA》でも論文でも、頻出《ひんしゅつ》よ。というのもまさに――」

「――一〇年逃げられてる、渡部美彌子事件があるから?」

「御明察。だからどのみち、次の四月二六日以降は、出題傾向、ガラリと変わるでしょうけどね。いずれにせよ、この因果関係の問題は、解答はあきらかだけど、難易度がたかい」

「ていうと?」

「傷害がありました。医療が介在しました。そのミスか急変で、被害者死んじゃいました――

このとき。

傷害と死のあいだに因果関係があれば、もちろん傷害致死になるけど、ここ刑法総論の、まあ一大トピックなのよ。言い方はともかく、パズルとして使い出があるものね。

議論になるのは、『どこまでの因果関係があればいいのか?』よ。そして学説は花盛り。暗記するだけでも、かなり面倒な場合分けが必要になる――けれど。

さいわいなことに、実務者に、だから刑事に必要なのは、結論よ。
そして刑事にとっての結論というのは、必ず、裁判所が出してくれたもの、それだけ。
だから、正解はあきらか。昇任試験の答案でなければ、学説なんかを比較検討する必要すらない。だって、判例を引っぱってくればいいんだもの。またそうしないと、検事が黙ってないしね——判例はあるのか、幾つあるのか、どれくらい本件と似てるのか云々《うんぬん》、って。だから意外に、事件の組み立てで難関になるのは、判例捜しだったり、それで検事を口説き落とすことだったりする」

なるほど。確かに警察官にとっての正解は、判例だ。学説じゃない。交番勤務員のときは、とりわけ警職法の判例を勉強させられた（職質関係で腐るほどある）。ところが刑事となると、それこそ刑法総論・刑法各論にまで守備範囲をひろげて、必要なら判例を掻《か》き集めてくる必要があるわけだ。刑事法のプロという意味で、まさに『刑事』。

このあたりも、そう検事に詰められるところを含め、ドラマではなかなか分からない。

「でもアリスはさっき、『解答はあきらか』って言ってたね。そして実際、愛予県警は十年間、傷害致死で指名手配を打ってる。それが実務――なら判例では美彌子のケース、『傷害致死』になるんだ？」

「まさしく。むしろこの〈因果関係に医療が介在したケース〉で、傷害致死にならなかった判例がない。戦前の大審院《たいしんいん》判決でも、戦後の最高裁判決でも、すべて。なかでも、おもしろい――っていったらアレだけど、高裁判決でいいなら、被害者は、交通事故で怪我《けが》させられました（傷害）。それで八箇月、入院しました。そしたら入院ちゅう肺結核になって（医療）、死んじゃいました（致死）なんてケースがあるわ。もちろん裁判所の判断は、因果関係アリ、傷害致死成立、有罪」

「八箇月後に、病院で死なれて、それで役がついちゃうのかあ。なんかそれは、ちょっとひどいな」

「あたしも具体的な物語までは憶《おぼ》えてないから、ひどいかひどくないか、ちょっと判断できないけど――こうした『実務上の正解』からすれば、美彌子について傷害致死が成立することに疑問はないわ。どの検事だって、裁判官だって、テンプレ事案だと思うはずよ」

――事件は、一件記録は、小説だ。それも、人生の小説。少なくとも、人生のある意味クライマックスの小説。百人いれば、百の物語がある。傷害だろうが傷害致死だろうが、ひとつとして一緒の物語はない。だから、それぞれの具体的な物語を読んでいなければ、『量刑がひどい』『判決がひどい』『被疑者がひどい』あるいは『被害者が可哀想《かわいそう》』なんていうことすら、カンタンには断言できない。

そして、美彌子の小説だと、話はこう続く――

「そうするとアリス。白居警視が死んじゃったのは病院だけど」

「愛予大学附属病院ね」

「でも実際に刺されたのは、まさか病院じゃない。確か、ええと、自分の官舎」

「そう。警察本部から自転車一〇分の、公安課長官舎の一階リビング」

「そこで、〈痴情《ちじょう》の縺《もつ》れ〉で」

「……白居警視には、異動の話が出ていたのよ。東京への栄転ね。

ところが美彌子は、まだ愛予大勤務が続く。一般論として、キャリア官僚はワンポスト二年が目安だけど、大学教員は、ていうか世間の相場はもっとながいから――

そうすると、まずふたりは、東京と愛予に分かれることになる。新幹線もつながってない、飛行機で一時間強は掛かる距離での、遠距離恋愛。さてこのときの、白居警視と美彌子の年齢、憶えてる？」

「それぞれ二八歳だ」

「そのとおり。そうすると、まだまだはやいけど、三〇歳が近いから、結婚を意識してもおかしくはない。おかしくはないどころか、美彌子は、白居警視と結婚するつもりだった。というか、ふたりの交際は、もともと結婚を前提としたものだった。これについては、もちろんマル害自身の——白居公安課長の供述調書がある」

「ところが、確か白居警視は、最終的に、別れ話を切り出した。その東京異動を機に」

「そうよ。そしてその理由も、あまり褒められたものではなかった。すなわち」

「……キャリア官僚としては、閨閥《けいばつ》結婚が大事だから。政財官の要人の娘と結婚することが、立身出世の要《かなめ》。大学教員の美彌子は、かなり社会的地位のたかいインテリだけど、残念ながら、家庭環境には恵まれてないし、特段の財があるわけでもない」

「そのとおり。例えば白居警視は独身だったけど、そしてそのまま死んでしまったけど、当時の同僚の東《あずま》警視は、もう代議士令嬢と婚約してたわ。もちろん与党の、もちろん実力者。

さてミツグ、この『東警視』ってのが誰かは、分かるわね？」

「東警視、東警視……同僚の……

あっ、今の副社長。東警務部長だ。そうだ、確か事件発生当時は、捜査二課長。なるほど、さっきアリスが教えてくれたように」

「そう、愛予県警では、捜二課長と公安課長はキャリアポストよ。だから当時の捜二課長は東京人事の東岳志《たけし》警視で、当時の公安課長は白居秀和警視だった、というわけ。もちろん警察本部の所属長どうしで、東京からきたキャリアの仲間。東課長はフランス留学帰りの国際派で、白居課長は課長職二度目のバリバリの現場派。お互いに補い合って、親交があるどころか、親友ともいえる間柄《あいだがら》だったそうよ。毎晩酒を酌《く》み交わす——はおかしいか、東警務部長、確かノンアルコール派だから」

「副社長のデータまで頭に入ってるの？」

「副社長には興味ないわよ。事件の発見者として、この上なく興味があるだけ。ええと、それで——そうそう、東北人なのに飲めないって、供述調書で読んだんで憶えてるの。確か、青森の御出身よ。だから、江戸っ子の白居課長とは、そうね——毎晩酒ならぬ煙草《たばこ》を吹き掛けあう、かな。そんな盟友だったとか。

　さっき上甲課長と城石管理官が、『復讐戦』云々《うんぬん》って言ってたのも、そうした、被害者と副社長の因縁というか、深い関係があってのことじゃないかしら？」

「なるほど、それで上甲課長は、こう読んだ。

　今の副社長が当時の直参《じきさん》の部下を集めて、そう捜査二課時代の忠臣を集めて、白居警視の仇討《あだう》ちをしようとしてる——」

「話の流れと、事案の経緯から考えれば、そうなるんだけど……でもあの上甲課長にしては、妙に歯切れが悪かった。そこにはもっと、複雑な事情があるのかも知れない。いずれにせよ、二〇〇〇年当時の東警視と白居警視に、深い絆《きずな》があったのは確かよ」

「これまた警察にありがちな『実は同期』とか？」

「幸か不幸か、そこまで陳腐《ちんぷ》じゃないわ。白居警視はさっきいったように当時二八歳で、東警視というか今の副社長は、当時……確か三二歳だったはずよ。役人は一年違えば主人と奴隷《どれい》というから、今の副社長とマル害は、仲間というよりはむしろ絆の深い先輩後輩。そういうことになるし、それは調書にも出てたと思う。

どんな感じだったかな、例えば、ええと——そう『尊敬する先輩が、じき代議士令嬢と結婚する予定で、仕事の実績も上げているので、自分としても、そのような道を進みたいと思った』『それゆえ渡部美彌子さんとは、このまま交際を続けるわけにはゆかないと決意するに至った』、云々」

……そういえば。

白居公安課長の調書は、かなり赤裸々《せきらら》に、事実を——自分の恥を申し述べたものだった。おんな絡《がら》みのスキャンダルは、警察官の立身出世にとって致命的だから、刃傷《にんじょう》沙汰《ざた》にまでなった以上、もうすっかり諦《あきら》めがついていたのか。それにしても、赤裸々すぎるというか、『私はこんなに破廉恥《はれんち》な人間でした』ってトーンが、強かった気がする。取調べなり、査問《さもん》なりが苛烈《かれつ》だったんだろうか？　でも本人は、病院に搬ばれ、さあ手術って身だったしなあ——

——いずれにせよ。

供述によれば、白居警視は変心した。東京への栄転を機に、美彌子との関係を清算しようとした。

「ところが美彌子は、それにどうしても、納得できなかったんだね」

「そうね、年齢的なこともあれば、ちょうど姉が結婚式を挙げたあとだった事もあるけど——そこはもちろん〈痴情の縺れ〉。やっぱりどうしても、白居警視を諦められなかった。それが最大の動機よ」

「それで運命の四月二六日の夜、公安課長官舎に、まあ談判《だんぱん》に行って」

「たまさか剝《む》くことになった、林檎《りんご》に使ってた包丁で」

「白居公安課長のお腹をブスリと」

「刺してしまったというわけよ」

これで渡部美彌子の小説のいわば梗概《こうがい》は、かなりハッキリしてきた。すなわち——

何時《いつ》……………平成一二年（二〇〇〇年）四月二六日夜
何処《どこ》で……………愛予市内の愛予県警察公安課長官舎で
誰が……………渡部美彌子（当時二八歳・大学教員）が
何を……………白居秀和（当時二八歳・県警察幹部）を
どのように……包丁で刺した（殺意はなし・傷害）
何故《なぜ》……………痴情の縺れ（別れ話のこじれ）

というのが、小説の骨格になる。そしてもちろん、美彌子自身が語るべき部分をのぞいて、この小説のほとんどは、もう捜査書類となっている。そりゃそうだ。現場の検証も見分も、当時の捜査本部がとっくに終えている。白居警視の刺《さ》し創《きず》だって証拠化されているし（だからこそ『殺人』で立てるのは無理だと判断できた）、なんと、言い方は悪いけど死者の供述調書まである。ふつうの殺人事件なら死人に口無し、まさか死体から供述調書を巻くわけにはゆかないけど、この『死者』は、死ぬまでにそれなりの時間的余裕があった。意識レベルも、低くはなかった。そして、刺された本人として、事案の詳細から美彌子との関係にいたるまで、赤裸々な供述を遺《のこ》している。（人が死んでしまった事件としては、かなりめずらしい部類に入るだろう）
おまけに、なんといってもマル害は警察幹部。立場なり事情なり、まあ自分の置かれた状況からして、そして恥ずかしくも赤裸々な内容からして、まさか、虚偽を申し立てたとは思えない。白居警視の供述は、どんな裁判官だって、トップクラスの信用性を認めるものといえる。だから、小説のほとんどは完成してしまっている。

むしろ。

美彌子の小説は、脱稿《だっこう》間近――といった方がいい。

そうだ。

肝心の美彌子の供述調書が獲《え》られたなら。そしてそれが小説全体と矛盾なければ。いよいよ脱稿・完成なのだ。あとは検察官に送致し、起訴してもらい、そして裁判官に『この小説はホントだ』と確定してもらう。小説に感動した量に応じ、刑を確定してもらう。それで刑事の仕事は、ようやく終わる……

だから。

小説の最後の原稿、事件の最後のパズル――『渡部美彌子本人』と『その供述』が、どうしても、どうしても必要なのだ。ところがその原稿を回収できるタイムリミット、あと二箇月強。

よってこの十年間、繰り返されてきた言葉――

美彌子は、いずこ。

「アリス、美彌子を最後に見た人間って、誰になるの？」

「あたしの知るかぎり、だから胴元の愛予署が知るかぎり、白居公安課長よ。

そしてこの十年間、類似情報はたくさんあったけど……〈本人がここにいた!!〉

〈本人がここから逃げた!!〉ってな情報は、一切、見事に、あざやかなほど無いわ。

それはあの、小野湖至と一緒。そう、あなたがお涙頂戴《ちょうだい》な、すっごい小説を書いてきた、あの小野湖至と一緒よ。まさに『天に上《のぼ》ったか、地に潜《もぐ》ったか』って奴」

「警察本部のほうは、愛予署以上の情報、持ってるのかな？」

「城石管理官のＰＴ？」

「それもあるし、この十年間でもいいけど」

「署にも隠してること、あるのかも知れない。それは否定できない。でも、仮にあったとして、それは絶対に〈飛ばれましたゴメンナサイ〉って情報以外ではありえないわ。警察庁からガンガンに怒られた記録ね。

　それはそうよ。

だって情報が入れば、今回みたいにすぐさま裏付けに行くんだから。当たり籤《くじ》か外れ籤かは、絶対に分かる。そして当たり籤の情報があったのなら、今、あたしたちがスナック『ルージュ』へ行くと思う？」

「そりゃそうだ。ぜんぶ外れ籤だったからこそ、まだ捜さなきゃいけない……

じゃあ、美彌子が白居警視の官舎から逃亡して以来、オフィシャルには、誰も美彌子の脚《あし》どり、つかんでないんだ？」

「愛予署の知るかぎりではね。

だから、東警視の――今の副社長の臨場《りんじょう》が、あと三〇分、いえ一五分はやければ。美彌子は確保できたかも知れない。ううん、そもそも刃傷沙汰そのものを制止できたかも知れないわ。それも因果ね……」

なるほど、副社長がムキになるのも、解る気がする」

「えっそうすると、さっきチラッといってたけど、第一臨場は、今の副社長本人でいいの？」

「うーん、ここ、表現が難しいんだけど……

警察でいう第一臨場なら、そりゃもう愛予署の強行係だし、警察本部の捜査一課よ。検視官とか機動鑑識とかをふくめてね。

ただ、一般用語として、最初に現場入りしたのが誰か――っていったら。

それ、実は今の副社長なのよ」

「どうしてまた」

「言ったでしょ？ 今の副社長——当時の東警視と、マル害の白居警視は、キャリアの先輩後輩。で、愛予県警の場合、キャリアの課長の官舎は、実はお隣さんどうしなの。つまり現場の、公安課長官舎の隣が、捜査二課長官舎。これは、今でもそうよ」

「一戸建て？」

「そう。格別に豪奢《ごうしゃ》とはいわないけど、小綺麗《こぎれい》な二階建ての戸建てよ、どっちとも」

「じゃあ、当時の東警視はその夜、お隣の後輩の家に行ったんだ」

「そうなるわね。そしてそこで、悶絶《もんぜつ》している白居警視を発見した」

「家の鍵《かぎ》は？」

「掛かってなかった」

「……ちょっと解らないな。

どうして東警視はその夜、白居警視の家へ？ まさか、悲鳴とか格闘音とかが聴こえたわけじゃないよね。一戸建てどうしなんだから」

「もちろんそうよ。いくら愛予県警が小規模県の貧乏所帯だからって、東京人事のキャリアに、隣の会話がつつぬけのボロ家をあてがうはずもないわ。

だから、これもマル害の、そう白居課長の供述によれば——

その晩、美彌子と会ってから、東捜査二課長とも会う予定だった。それは、タテマエとしては、今度異動する東京のポストについて諸々《もろもろ》教えてもらうため。白居警視が異動直前だったって話は、憶えてるわね？」

「うん、もちろん。だって、だからこそ美彌子との別れ話に発展するわけで」

「そこが、白居警視のホンネとも関係してくる。

　タテマエとしては、『キャリアの先輩から、次の仕事に役立つことをレクチャーしてもらう』って感じだけど、白居警視のホンネは、『美彌子の次に客を入れることで、美彌子を早々に追い出す』ってあたりにあったのよ。これももちろん、マル害自身の供述」

「なるほど、これからまた客が来ると。ケツカッチンだと」

「そうすれば、美彌子と派手にトラブったとして、ひと晩中ってことにはならない。仕切り直しもできる。しかも、東警視とは深い絆があるから、美彌子を見られても、そう、たとえトラブってるところを見られても、問題はない。美彌子としても、第三者が来てしまったら、とりあえずクールダウンするしかないし、常識的にいえば、退散するしかない。

　――まあこんな身勝手な、小賢《こざか》しい理由で、白居警視は東警視を呼んでたってわけ。

　ちなみにこれは、もちろんだけど、東警視の供述とも一致してるわ」

「すると当然、東警視に来てもらうタイミングなんかも」

「まあ打ち合わせずみというか、時間指定で」

「でも、その東警視が来る前に」

「そう、美彌子の激情が予想以上に盛り上がっちゃって」

「クールダウンだの、退散するだの以前に、包丁ブスリ」

「そしておそらく動揺し、興奮した美彌子は、すぐさま公安課長官舎を出」

「だから鍵の掛かってない玄関から、東警視が予定どおり来たときは」

「マル害はもうお腹をかかえて悶絶してた——これが事件の端緒《たんちょ》、第一報になる。より正確に言えば、事件の端緒は発見者の東警視が自ら入れた、一一〇番ね。けれどミツグ」

「ん？」

「あたし、アンタに美彌子事件のレクチャーをしに来たんでもなければ、密室でのドライブをたのしみに来たわけでもないわよ」

「ていうと？」

「愛予市駅交番。とっくに通過したわ」

「あっいけね!!」

——一〇分後。愛予市駅の小脇《こわき》にある、愛予市駅PB。

　僕らは、交番の小さな駐車場に、捜査車両を乗りつけた。そのまま交番に入る。さいわい、お客様はいない。

「すみませーん、刑事一課でーす」

「ほいほい——ってなんだ、ミッグかあ」

「どうも、お久しぶりです係長。御無沙汰してしまいました。申し訳ありません」

『係長』といえばウチの小西警部補と一緒だけど、交番では、交番所長とかブロック長になる。要はハコ長だ。ただし、三交替だから、ふつうハコ長は三人いる。

（しかも、今日は当たりだ、よかった）

　というのも、今日の係長は、僕が愛予駅西口PBで働いていた頃、ほんとうに親切にしてくれた人だったからだ。よく飲みにも連れていってくれたし、恥ずかし過ぎて西口PB仲間に訊けない初歩的なイロハは、たいていこの人に訊きに行った。もう五〇歳、いや五五歳だろうか。ウチの上甲課長や、あの検視官、そして城石管理官と同世代だ。もっといえば、刑事部長といった役員とも、年齢は遠くない。

（こういうときって、元々の人間関係がないと、いろいろと仕事がやりにくいんだよな……）

それはまず、〈交番勤務員と署員〉、〈外勤と専務〉という壁があるから。交番で勤務する年配の人は、まあその……警察内のメインストリームじゃないのだ。警察で大きな顔ができるのは、やっぱり専務。

（そのことは、おたがい解ってるから、どうしても人間関係が疎遠《そえん》になるか、微妙になる）

たまに専務の人間が交番に異動しても、そう、次のポストまでの腰掛けで制服を着ることになっても、心の底では『所詮《しょせん》ガイキンは……』『おまわりさんは仕方ねえな……』『小学生みたいな仕事、しやがって……』と思ってしまう。それが専務員の大多数だ。そんなガイキン差別の愚痴《ぐち》は、警察ではありふれている。それは、僕もよく知っている。何故と言って、つい先月まで、僕はバカにされる側だったからだ。

ところが。

愛予市駅ＰＢの今日のハコ長は、あまりにあっけらかんと言った。

「ミツグ、よかったなあ、刑事に入れて」

「あ、ありがとうございます!!」

「そうやってスーツ着てるの、なんか、新鮮だよ。ミツグ、西口ＰＢではほんと頑晴《がんば》ってたからなあ。やっぱり土居のオヤジには、見る眼がある。

これからは、俺が御指導いただく番だな。どうかよろしく頼むぜ、原田刑事」

でもこの係長は、アリスとは言葉を交わそうとしなかった。

アリスも、あえて会話しようとしなかった。

それは……

もうすっかり刑事のアリスとしては、『また暇《ヒマ》そうね』『ここ仕事あるの？』『何で誰も立番《りつばん》してないの？』みたいなこと、思っているんだろうし、逆に交番の係長としては、『コイツ、交番を早々に卒業してった上、刑事ヅラして俺の部下をイジメやがる』みたいなこと、思っているんだろう。確かに、アリスの〈御指導〉は、厳しいというかえげつないことで定評がある。それは僕にも断言できる。何故と言って、もう話したけれど、僕自身が附箋《ふせん》だらけエンピツだらけにされる側だったからだ。情容赦《なさけようしゃ》ない、遠慮会釈《えんりょえしゃく》ない口撃とともに。

そんなこんなで、僕はあわてて、ハコ長に頭を下げた。

「とんでもないです係長。これからもいろいろ教えてください。

それでですね係長、実はさっそく、お願いがあるんですが」

「ああ、言ってみな」

「実は、ちょっと絨毯爆撃《じゅうたんばくげき》で、聞き込みに行かなきゃいけない仕事があって。

地域はかぎられてるんで、聞き込み前に、ちょっと巡連簿《じゅんれんぼ》、拝見したいんです」

「もちろんいいぜ。もっとも、どれだけ御期待に応《こた》えられるか、分からんけどな。地番はどのあたりだ？　俺の受持区だと、ちょっと恥ずかしいな」

「ええとですね――ちょっとザクッとしてるんですが――」

ちょっとしたやりとりの後で、ハコ長はすぐ、赤茶の簿冊《ぼさつ》を幾つか、カウンタに出してくれた。巡連簿だ。僕がザクッとしたエリアしか言わなかったので、何冊か出してくれたけど、もちろん見たいのは一冊だし、もっといえば、そのなかの一枚でしかない。

（もし、『愛予市末広町《すえひろちょう》五丁目、スナック・ルージュのカードあります？』なんて訊いたら、アリスに蹴《け》り殺されるからな……上甲課長の命令も、『渡部美彌子のワの字も出すな』だったし。ならスナック・ルージュのルの字も、やっぱり出せない。けど、狙いは末広町五丁目が綴《つづ》られた巡連簿だけだ）

――巡連簿というのは、要は、家庭訪問の記録。

交番のおまわりさんは、受持ちの家庭や会社をすべて、家庭訪問するから（これは法令上の義務!!）理論的には、交番の縄張りのすべての建物は、把握されていることになる。もちろん、スナック『ルージュ』もだ。そして家庭訪問の結果は、巡回連絡カードとして整備し、巡回連絡簿に綴らないといけない。だから、理論的には、交番は、市役所とおなじような情報を、保管していることになる。

ここで僕が、理論的には、理論的にはと繰り返しているのは……

とりわけ刑事にとって残念なことに、この家庭訪問、実施率が極めて悪い。それはつまり、カードの整備率が、極めて悪いってことだ。だから今回みたいに交番に来て頼んでも、『巡回連絡未実施』の確率の方がたかいし、仮に実施されていたとして『十年前に一度きり』ってな感じの、とても残念な結果の方がおおい。

実施率が極めて悪いのは、ぶっちゃけ、交番勤務員は交番勤務員で、検挙実績を上げてゆかなければいけないからだ。またぶっちゃけ、検挙実績の方が客観的だから、家庭訪問の、そう五〇倍ほど評価がたかい。だから、とてもモデル的な数字だけど、なんとか五〇世帯の家庭訪問を終えるよりは、職質でシャブを一件挙げた方が、まあ儲《もう》かる。しかも、このケースでいえば、五〇の成功の水面下で、一〇〇世帯以上にアタックしているはずだ。というのも、不在世帯がおおい上、そもそもこんな家庭訪問、いまどき誰にも歓迎されないから……

そんなこんなで。

アリスと僕は、あたかも何かの聞き込みのため、地理を確認したり、訪問先を練《ね》っているふりをしながら——つまり、演技として簿冊をぱらぱら繰りながら——その実、『末広町五丁目』の部分だけを、気付かれないように確認した。

スナックルージュ、スナックルージュ……

（あっ、あった。だけど）

（予想どおり、未実施ね。外観観察結果しか記載されてない。結構なお仕事だわ）

（屋号と、地図と、地番と、建物の様子だけかあ。

まあ面接してないんじゃ無理ないけど）

（従業者を割り出しておいてくれ、とまでは言わないけど、せめて店主とは話をしておいてほしかったわね。地域実態把握は、警察のたからなのに……

ミツグ、撤退よ、時間の無駄）

「係長ありがとうございます、とても救《たす》かりました。また是非、よろしくお願いします!!」

「おう、役に立ったんなら俺も嬉《うれ》しいよ、ミツグ。

あと、上内な」

「……はい？」

「あんまりウチの若い奴ら、怒鳴りつけないでやってくれ。あれでいちおう、懸命に書類つくってる。若い専務の頭ごなしは、思わぬところに敵をつくるぜ？」

「あすみません刑事は口が悪くて。さあ原田巡査長行くわよ」

「りょ、了解」

……アリスは、交番でも優秀だった。同期の僕は、それをよく知っている。検挙実績が優秀だったのはもちろん、巡回連絡だって頑晴った。アリスの交番時代は、わずか一年半だったけど、そのあいだに受持区の対象の、実に八割以上は『攻略』していたはずだ。

（そんなアリスからすれば、さっきのハコ長の言葉も、今の巡回連絡の結果も、ちゃんちゃらおかしかったんだろう。それこそ、口を利《き》きたくもないほどに）

――僕は交番から、捜査車両を出発させた。運転しながら、アリスに訊いた。

「どこかに駐《と》めて、歩いた方がいいかな。対象、駅からそんなに遠くはない。徒歩一〇分未満」

「もちろん駐めるわ。実査《じっさ》は眼と脚でするものよ。ただ」

「ただ？」

「前進拠点を、できるだけ近くに置きたい。写真撮影もある」

「あっなるほど。

こっちから見えるけど、あっちからは見えにくいとこに駐めたいと」

「適切な距離の確保も、実査の基本よ。ここ温泉街でも愛予城でもＴＤＲでもないし」

アリスはスマホで地図検索をした。手頃なところにあるコインパーキングを、捜し当てる。

「ここがいいわ。ここに入れて」

「了解」

それは、愛予市駅のメインの商店街からは、ちょっと外れたエリアにあった。

——愛予市駅の商店街は、駅から南下するバス通りに沿って、まあ繁盛している。ただ、その一本筋の商店街を外れると、たちまち住宅街の雰囲気になってゆく。駅前らしく、賃貸のマンションやアパートが建ちならび、その一階部分や谷間に、商店が埋もれた感じになる。

（しかも、下町の雰囲気。よくいえば気どらない、庶民的なところ。

悪く言えば細々《こまごま》した、ちょっとゴチャッとしたところ）

新しいコンビニと、新しいドラッグストアが、人の流れをつくっている。まさか邸宅とか御屋敷はない。一戸建てもほとんどない。とても古典的な、いわば長屋と定食屋と飲み屋のエリア。スタバとかタリーズというよりは、マクドがあってもおかしくないけど、古典的過ぎてそれもない。

――そして、下町の将来は明るくないようだ。

僕らが目指す駐車場のような、コインパーキングがやたらある。道すがら眺《なが》めれば、パカッとした空間がとても寂しい。ピースを無くしてしまったパズルのような。しかも残っているピースは、潰《つぶ》れてしまった文房具屋に八百屋、かろうじて生きているらしいパン屋兼たばこ屋、そして、いったい何の店だったかも分からないシャッターの群れ……

（駅前の、一本筋の商店街は栄えてるけど。

ちょっと分け入ってしまえば、そうだな、単身者が寝起きしてまた仕事に出るだけの、そんな区域だな）

いびつな差し歯みたいに建っている、せいぜい五、六階建てのアパート・マンションも、かつての商店たちの跡に建てられていったんだろう。そう、パーキング同様に。

新しく開発されて。

（だから、住民層は、下町っぽいのに、新しいはずだ。駅から一〇分圏内なら、勤め人が好む。ほとんどが賃貸だろうから、年齢層も比較的若い。

つまり、入れ代わりも激しければ、おたがいの関係も希薄。ていうかほとんど他人）

――バカな指名手配犯ほど、田舎に逃げるという。

何故バカかというと、田舎はコミュニティのねちっこさが強く、新参者は目立ってしょうがないからだ。どうしても田舎というなら、それこそ寮付稼働先《りょうつきかどうさき》。流れ者がぶらっと来て、またぶらっと去ってゆくのがアタリマエの仕事先だから。

そして田舎にゆく必然性がないのなら、潜伏先は都会にかぎる。都会になればなるほど、他人への関心が低くなるし、イザというときすぐさま飛びやすいからだ。あの福田和子も、電車でのフットワークがとてもよかったとか。

そう考えると――

（栄えている商店街の近くの、穴場的な住宅街。しかも、駅が使えて交通至便）

なるほど、このエリアなら、指名手配犯が潜伏していてもおかしくはない。渡部美彌子の身になってみれば、郊外の住宅地なんかよりよっぽどいい。

ただし、都会は都会で『防犯カメラ』の網《あみ》の目がある。いや、そもそも僕が美彌子なら、まさに現場、まさに膝元《ひざもと》の愛予県に潜伏したりはしないけど……そりゃそうだ、恐すぎる。

（ただまあ、事実は小説より何とやら。

僕らはまさに、小野湖至の事案を経験してるし）

「じゃあミッグ、車を駐めたら、別行動よ。

まだ昼日中《ひるひなか》。二八歳のカップルが闊歩《かっぽ》するには、はやすぎる」

「おまけに、カップルが好んでデートするようなエリアでもない、か」

「こんな下町じゃあね。ただ、ドラッグストアもコンビニも至近にある。どんな人間がぶらついていても、不自然じゃない。これを要するに？」

「自分のキャラ設定をしっかりしておけば、自然なかたちで、『ルージュ』を何度でも観察できる」

「大当たり。それじゃ三〇分後に、この捜査車両で」

言うがはやいか、アリスは助手席から出ていった。彼女のキャラ設定は、何だろう？

――僕は、アリスとちょっと時間差をつけて車を出た。自分が観察すべきこと、押さえておくべきことを、急いで整理する。

そしていよいよ末広町五丁目を歩き始めたとき、ふと思った。

（もしこれが、ほんとうに当たり籤だったら。
対象が、ほんとうに渡部美彌子だったら）
アリスと僕が観察した結果は、確実に捜査書類になる。というか、しなきゃいけない。どう追及捜査をして、どう検挙に至ったか。その手続の、欠かせないピースだから。
（そして、その捜査書類は……
渡部美彌子の小説を完成させるための、欠かせない原稿にもなる）
いや、ただの原稿じゃない。もしホンモノなら。
（まさに最終章の、第一文だ）

第5場

「バカ、城石、そんな話が、あるか!!」

——僕らが愛予署に帰ってくると。

眠り熊のような上甲課長が、課長席で、警電の受話器を怒鳴りつけていた。

上甲課長は、いかにもな古株刑事で、ぶっきらぼうだけど、わめいたり怒声を発したりするタイプじゃない。普段はどっかり腰を据《す》えた、まさに親分だ。そう、ギルドの親方として、職人の大将として、デンとかまえている。練《ね》れた感じの、寡黙《かもく》な自信満々さがある。

(それが、こんなに大声を出してるなんて)

この一箇月弱、それこそ『観察』してきたかぎりでいえば、滅茶苦茶めずらしい。

(……あれだけ興奮する電話、ってことは、やっぱりマル美関係かな？　どう考えても、警電の相手は、捜一の城石管理官だからな)

その、上甲課長は。

警電を置いてからも、憤懣《ふんまん》やる方ない――というか、どうにも理解できん、という顔で、火を着けてないホープを噛み潰《つぶ》していた。けれど、ちょっとした黙想《もくそう》のあと、すぐに小西係長に声を掛ける。課長席に座ったまま、『オイ小西』と呼び掛けたから、強行係のシマの誰もが、その声を聴くことができた。

「おい、例の、ホラ、おまえがガラ持っとる消防士の、脅迫じゃがの」

「ああ奴《やっこ》さん。何かありました？」

「何や、捜一が、興味もっとる。

どうやら野郎、捜一も追わえとったタマらしい。それが、今分かった、ゆうとる」

「捜一が？　そりゃ寝耳に初耳ですけど……

　余罪っていうか、バッティングするネタでもあるんでしょうかね？」

「ほやけん、これから担当管理官が、来る。裏の資料室で、検討じゃ。

　まったく、気急《きぜわ》しゅうて、ワの字も出んわ」

「ははーん……小西係長了解。

　おい越智、アリス、原田。捜一の管理官サマがいらっしゃるくらいだ。

　い、い、い、い、い、い、い、い、い、い、
　頼んでた仕事は、急いで仕上げてくれよ。それ、検討ですぐ使わなきゃいけねえからな」

　了解です、と三人は言いながら、きっとそれぞれに理解していた。

　小西係長が扱っている脅迫事件は、小説でいえば、クライマックスを超えている。身柄も押さえてしまったし、取調べは順調だし、関係箇所にガサも打ち終えた。つまり必要な『原稿』は、ほとんどそろっている。そもそも、署が日々処理する傷害だの脅迫だの強制猥褻《わいせつ》だので、まさか捜査一課の管理官がお出ましになることはない。

（そして、『ワの字』というキーワード。そのニュアンスを察知した、小西係長の口調。

　どう考えても、渡部美彌子関係だ。そしてやってくる担当管理官ってのは、マル美

PTの城石管理官だ）

だから、小西係長は、命令を出した。城石管理官がまた愛予署入りする前に、僕らが今日基礎調査してきた内容を、急いでとりまとめておけ――という命令を。

（やっぱり、そこまで秘密にしなきゃいけないのか。刑事部屋の他の刑事たちにも、察知されないように）

どちらかといえば……いや歴然と、直球勝負が大好きな上甲課長。そう、この刑事部屋の大ボス。それが、こんなもってまわった小細工を、しなきゃいけないなんて。

（ただ、渡部美彌子検挙は、愛予署強行係の悲願。まして、いわゆる〈公訴時効完成切迫事件〉って奴。いや切迫なんてもんじゃない。タイムリミットはあと二箇月だ。

そして、僕らは方針を確認した――『マル美はホンモノだと思って臨む』と）

だとすれば。

いちばん恐いのは、マル美が飛ぶことだ。

そして、だとすれば。

いちばん大事なのは、PTが動き始めたことを、絶対に秘密にすることだ。

だから、刑事部屋にはひと学級がつくれるほどの刑事がいるのに、人海戦術の公開捜査というわけには、ゆかない。盗犯係も、鑑識係も、庶務係も動員できない。いや、

そもそも知られてはならない──

──僕は自分が担当してきた基礎調査の結果を、とりあえず捜査書類でなく、ワープロべた打ちで起こしていった。起こしてゆきながら、痛《いた》し痒《かゆ》しだな、と思った。もっともっと人手がほしいのに、人を集めれば集めるほど、情報漏洩《ろうえい》のリスクがたかまる。もちろん上甲課長も城石管理官も、そのメリットデメリットを天秤《てんびん》に掛けて、指揮官として、様々な決断をしている。それも、末端《まったん》の僕より、遥《はる》かに切実で、職業人生懸けの決断を──

それはそうだ。

美彌子が飛んだ暁《あかつき》には、真っ先に詰め腹を切る。それが上甲課長と城石管理官だから。いや、詰め腹云々は、上甲課長レベルになると、実はどうでもいいのかも知れない（いつでも切ったるわい、という意味でどうでもいい）。それより、『殺人者に、みすみす時効を完成させてしまう』ってのは、刑事にとって耐え難い恥辱。とりわけ上甲課長にとっては、自分で自分が許せないほどの恥だろう。というのも、上甲イズムでは、事件をやらない刑事は刑事じゃないから。これすなわち、犯人の有罪判決を勝ち獲《と》れない刑事は、刑事じゃないってこと──刑事という職人は、悪い奴を、キチンと罰してナンボだから。もっといえば、被害者から、その大切な権利を、全権委任されているからだ。

(このあたりのメンタリティは、例えば刑事と警備では、かなり違う――)

例としては、いま警備公安部門はそれこそ血眼《ちまなこ》になって、やっぱり命懸けで、オウム真理教特別手配被疑者を追っている。これも、自分の庭先から発見されたり、まして飛ばれたりしたら(実際に飛ばれた府県警察もあるんだけど……)切腹ものの超重要・超難関ミッションだ。そしてなるほど、人狩りという点では、渡部美彌子とまるで一緒。だけど、マル美PTなり上甲班なりが美彌子を地の果てまでも追うつもりなのは、繰り返しているとおり、『キチンと捜査書類をまとめ、キチンと起訴してもらい、キチンと有罪判決を勝ち獲る』ため。それが被害者と県民のためだと、そこは素朴に信じているからだ。

(もちろん警備部門に、このメンタリティがないとはいわない)

言わないが、しかしそれは、警備にとっては『それもできたら御《おん》の字《じ》』という感じでしかない。何故と言って、警備部門の最大の目的は、『国家百年の安寧《あんねい》』『社会百年の安泰《あんたい》』だから。それはすなわち、具体的には、諸々《もろもろ》のテロ組織・対日有害組織の壊滅、である(戦略目的)。だから、テロ組織等に最大級のダメージを与えたり、その実態解明のための死活的な情報を獲《え》る(戦術目的)。そのために身柄をとり、ガサを打ち、あるいは指名手配犯を検挙する（戦術）。ゆえに極論、身柄をとった被疑者――ようやく確保できた指名手配犯を『起訴してもらい』『有罪判決を勝ち獲る』（これは刑事の戦略目的）っていうのは、重ねていうけど極論、実現されなくともダメージは少ない……

ここに、例えばオウム真理教特別手配被疑者の追及ミッションと、僕らの渡部美彌子追及ミッションの、死活的な違いがある。もっといえば、ここに刑事が『公訴時効』『公訴時効の完成』にこだわる、死活的な理由がある。

何故と言って。

刑事の戦略目的が有罪判決の獲得である以上、公訴時効の完成こそが、まさに最大の負け戦になるから。ここで、いうまでもなく、公訴時効の完成とは、『起訴すらできなくなる』『だから裁判になんかならなくなる』ということだ――

（上甲イズムでいえば、『刑事裁判で勝てん刑事は、刑事じゃない』ってところだな）

――その夜。

昼間に来署したばかりの、城石管理官・二宮係長・河野巡査部長の捜一エリート組が、またもや警察本部からやってきた。刑事部屋に残っていた刑事もいるので、どこまでもしれっと、どこまでもルーティンワークの茶飲み話といった風情《ふぜい》で、奥の院の資料室に入る。もちろん、愛予署上甲班もだ。さすがに刑事が八人入ると、図書館みたいな奥の院も、やや手狭な感がある。

警察らしい、安手の折りたたみイスに総員が座ると、さっそく上甲課長がいった。

怒鳴りはしなかったが、どこか憤然《ふんぜん》としている。

「おい、城石、この話、冗談やったら殺すぞ」

「こんなこと冗談でいうわけないだろう」苦笑する城石管理官。「いちばんビックリしているのは、俺だぜ？」

「何があったんです」しれっと会話に入れるのは、ベテランの小西係長くらいだ。

「そりゃもちろん、マル美PTの関係でしょうけど」

「バカ、小西。ル、ル、ル、ル、ルージュに討ち入りする段取り、組み上げるに決まっとろうが」

「へえ、そりゃまた結構なこって……

ってええ⁉ ちょ、ちょっと待って下さいよ大将。ルージュってあの、マル美が稼《か》働《どう》してるっていうあのスナック『ルージュ』ですよね？」

「ほうじゃ」

「さっき俺達が、基礎調査始めたばっかりの」

「ほうじゃ」

「そこへ討ち入り？　大将、おれ全然、話見えねえんだけど。まさかイキナリ直当《じかあ》たりできるはずもねえし」

「おい、城石。ウチの連中に、聴かせてやれや。その嘘《うそ》っくさい棚《たな》ボタ話」

「非道《ひど》い言い様《よう》だなオイ。

まあ、確かに俺自身、話の展開についていけない所があるが」

――捜一の城石管理官は、確かに自分自身も狐《きつね》に摘《つ》まれたような表情で、自分が担当していた基礎調査の結果を、語り始めた。

なるほどそれは、驚愕《きょうがく》すべきものだった。

「上甲にはすぐさま、警電で第一報を入れたんだが。

実は昼の検討会のあと、警察本部でできることは警察本部で――ってことで、さっそくウチの保安課と公安課に当たってみた。もちろん、スナック『ルージュ』関係だ」

――若干の説明がいる。

保安課と公安課は、どちらも警察本部の所属だ。城石管理官がいる、捜査一課と一緒。もっといえば、公安課というのは、美彌子事件のマル害――白居秀和警視がかつて課長を務めていた所属でもある。

そして、捜査一課が強行犯を担当しているように。

保安課は、けっこう何でも屋だけど、とりわけ風営法《ふうえいほう》の関係を仕事にしている。

公安課は、もう触れたけど、インテリジェンスとテロ対策だ。

だから、この昼の検討会でも、これらに当たってみるという話が出た。もちろんスナックは、少なくともいわゆる深酒《シンサケ》、『深夜酒類提供飲食店営業』なので、風営法による規制を受ける。すなわち、我らがスナック『ルージュ』も、そうなる。ひょっとしたら、深酒以上の『接待飲食等営業』かも知れないが。いずれにせよ、カンタンにいえば、ルージュを監督しているのが、風営法をもっている保安課なのだ。

公安課については、あまり説明が要らない。その任務から解《わか》るように、オウムローラー、寮付稼働先ローラーなどを、いま死ぬ気でやっているところ。何をどうやっているかは、それこそ秘密のヴェールの先にあるけど、昼間の検討会では、とにかく『ルージュ』の情報はないか、当たってみようという話になっていた。

もちろん、警察本部の所属だから、愛予署ごときが『ねえ、ちょっとこんな話ないかな？』とアプローチするわけにはゆかない。また、部門ごとというか、ギルドごとの壁も、仁義もある。

そんなわけで、両課にアプローチするのは、警察本部の警視の、城石管理官の仕事になったわけだ。その城石管理官が、まるで親知らずが痛むような顔で、続ける――

「公安課の方は、駄目だった。まさに、慳《けん》も母衣《ほろ》って奴だ」

「まあ、予想の範囲内ではあるわな」

「警備公安の方々だからな……いや、そう言ってしまうとこちらの署の土居署長に悪いな。ああいう、分け距《へだ》てのない、ざっくばらんな方もおられるんだが」

「あのハゲポンは、ざっくばらんやない。ざっくばらんな皮を被《かぶ》った狸親父《たぬきおやじ》じゃ」

「そう言うなよ。お前だって結構、可愛《かわい》がってもらってるはずだ。つまり、放し飼いの好き放題にさせてもらってるはずだ――そこはさすがに警備公安のドン、地元組次期トップだな。懐《ふところ》がひろい。

　その土居サンが、警察本部の警備を仕切ってくれていたら、また話は違ったんだろうが……ところがどうして。今の警備部の参事官、誰だか知ってるか？」

「知らん。興味ない」

「言うとは思ったが……

清家《せいけ》サンだよ。清家警視。この名字に心当たり、無いか？」

「知らん――

と言いたい所やが、これぱっかりはそうもいかん。

そうか、あのインテリヤクザ清家。奴が、いま警備公安のナンバー・ツーか」

──警察本部の参事官というのは、部長の幕僚《ばくりょう》で、実際のところは部のナンバー・ツーだ。例えば刑事部門なら、刑事部長の次に刑事部参事官がいる。そういうポスト。愛予県は小規模県だから、たいていは警視だけど、もちろん所属長警視より一段上。というのも、部長と課長のあいだのポストだから。年季の入った警視、といったところか。

（そして話の流れからすると、その噂《うわさ》の清家警視が、警備部参事官で、かなり偉い）

城石管理官が、その警備部参事官の話を続ける──

「あの人が警備公安の大幹部であるかぎり、刑事部門との協力は絶対に無い」

「ほうやろな……これも因果やな」

「清家斉《ひとし》。今は、警察本部警備部参事官だが……

十年前の美彌子事件当時の、公安課の次長だからなあ」

「美彌子の傷害致死。

マル害が、当時の白居公安課長。あのインテリヤクザ清家は、その女房役やった。

そして十年前も今も、警備公安の鉄の団結は、固い」

「清家さんは、なにせ五〇歳前で公安課の次長だからな。地元組としては、超特急だ。まあだからこそ、東京からのお若い課長に、お仕えする機会が与えられるんだが。キャリアの女房役は、エース級でないと、それこそ何が起こるか分からんからな……

いや、この場合、まさに『何か起こってしまった』わけだが」

「お仕えしとるその課長が、痴情《ちじょう》の縺《もつ》れで刺されてもうたけんの」

「その頃は、まだ清家サン、飛ぶ鳥を落とす勢いだったんだがなあ。だからブイブイ言わせていたし、結果も出していたし、何のかんの言って慕《した》われていたよ。そこはエース。キチンとした指揮官だった。白居公安課長とも、いいコンビだったからな。まだ拗《ねじ》れても、僻《ひが》んでもいなかった。そのままゆけば、将来の愛予署長、将来の刑事部長間違いなし――とまで言われていた」

「ところが、まさかまさかの、キャリアの不祥事、女絡《がら》み」

「お仕えしていた女房役は、何をしていたんだって話になり――

五〇歳からかなりの足踏みを余儀《よぎ》なくされ、小規模署の署長を一回やったきり、とうとう警視正になれず、この三月に定年退職ってわけさ。

さてここで。

もし美彌子事件がなかったら。せめてそれが傷害致死でなかったら。全国指名手配なんて打たなかったら。『被害者の公安課長が処罰を望んでいない』ということで、事件化そのものを見送っていたら……」

「今頃はここの署長、清家やったかも知れんの」

「そうだ。土居サンと清家サンは、火花バチバチ飛ばしていたライバルだったからな。年齢と拝命《はいめい》は、どっちも清家サンの方が上。警部昇任も警視昇任も、清家サンの方がはやかった。

だから、狸親父の土居サンが勝つか。インテリヤクザの清家サンが逃げ切るか。それが十年前の、警備部の政治だった……そして家康型の土居サンが、餅《もち》を食えたわけさ」

「当然、清家としては、美彌子の事件化に踏み切った刑事部門を、憎んどるわな」

「事件化するのは当然なんだが……

こんなもの、まさか隠せるもんじゃないし、隠すべきものでもない。それに傷害致死は、まさに刑事の仕事だ。警備部門にあれこれ言われる筋合いはないし、マル害の白居公安課長には悪いが、その、刺された側にも落ち度が、まあ大きい。だから刑事部門としては、怨《うら》まれる理由が何も無い。

ただ。

東京からのエリートを懸命に支えて、一緒に警備部門を盛り立ててきた清家サンとしては……そして自身もエリートで、役員たる警視正当確、いよいよ愛予署長・刑事部長も夢ではなかった清家サンとしては……」

「出世切符をびりびりに破ったのは、いや違《ちご》とるな、特急列車を線路ごと爆破しよったのは、刑事のクソ野郎どもじゃ、死んでも許さんぞ――思とるやろな」

「そんなわけで。

刑事部門と、清家サン。十年前、美彌子事件の処理をめぐって戦争したし、その戦争は、終わっていなかったようだ。少なくとも、清家サンが公安課次長から警備部参事官になっても、そう、あの人のなかでは終わっていない。

だからさっき、警備の連中に捜《さぐ》りを入れたときも、言われたよ。『自分は刑事部門に何の怨みもないが、いま刑事部門に協力したら、清家参事官に殺される』ってな。

数少ない友達ぜんぶ、口を揃《そろ》えてそう言った」

「清家に直当たりはしたんか？」

「喫煙所で電子たばこ吹かしているのを現認したが……そう、最近流行《はや》りのアイポスとかいうアレだ……一瞬視線が合っただけで、ガンガンに睨《にら》みつけられてなあ。その、怨念《おんねん》のこもった眼光のえげつなさといったら……」

「電子たばこか。また日和《ひよ》りよって――ん？ あのおっさん、確か肺ガンで死にそうなほどの缶ピース党だったんと違うか？

御大層なダンヒルのライター、自慢めかしてキラキラさせとったやないか」

「ああ、ピースとダンヒル。羽振りのよかった頃の、清家サンのトレードマークだったなあ。

ただ、なんでも、奥さんが躯《からだ》、悪くしてたそうでな。それでキッパリ、煙も少ない火もいらない電子たばこ党に転向《てんこう》したらしい。警備の連中なんかは、『それなら参事官室で吸ってもいいのに、ヤクザの地回《じまわ》りよろしく喫煙所通いを止めないから始末が悪い』『時々ホンモノの煙草を強請《ゆす》っては、ダンヒルで美味《うま》そうに吸いやがる』『絶対にテメエで煙のたばこ、買わねえんだよな、落ちぶれたなあ』――なんていっていたな」

「警察の喫煙所は、情報屋の取引所やけんの。上に入り浸《びた》られたら敵《かな》わんな」

「しかも、こっちは所属長未満のヒラ警視。あっちは六〇歳の、参事官警視だ。だからまあ、眼光に負けてな。それこそシャブ隠してる被疑者よろしく、俄《にわか》に反転して逃走を開始してしまった。面目ない」

「お前が美彌子PTの専従管理官やってことは、清家の側も当然、知っとるはずやけんの。

まあ、お前が締め殺されたりしたら愛予署に捜本が立ってしまう。しょうもない仕事、増やすこともなかろう」

「……というわけで、三月に清家サンが退職するまでは、美彌子関係のどんな情報だって、俺達には教えちゃくれないさ。土居サンの名前を借りても、駄目だったくらいだ」

「──まあ、警備公安が頼りにならんことは解っとる。それに、十年前の因果話《いんがばなし》も聴き飽きた。そろそろスナック『ルージュ』の嘘っくさい棚《たな》ボタ話、せえ」

「もちろんそのつもりだが、残念ながら、もうちょっとだけその因果話、続けさせてもらうぞ。というのも、続きの方は、慳《けん》も母衣《ほろ》どころか、開けてビックリ玉手箱だからな──

上甲よ、おまえ、今の保安課長が誰か、知っているよな？」

「……水野サンやろが」

「まさしく。俺とお前が、西城《さいじょう》署で一緒にお仕えした、水野警視だ。水野副署長」

「水野サンは、カラッとした、ええ副やったな」

「まあ上甲刑事一課長に、さんざん気合い、入れられていたけどな」

「儂《わし》、あの人は、嫌いやない。ええ意味で、事件バカやけん。裏表がない」

「今の警察本部の所属長のなかでは、とりわけ人格者だしな。しかも、もちろん生安ギルドの人だが――」

保安課は、部門としては、生活安全ギルドになる。刑事とは、ちょっと違う。

「――捜査二課にも、レンタルで勤務したことがあるんだ」

「それは初耳やな。まさか、美彌子事件当時と違うやろな」

「さすがに違う。発生前だ。美彌子事件の前に、栄転している。ただ、今の副社長にはお仕えしていた。東警務部長だ。その意味では、水野サンも、美彌子の因果話に、ちょっとは関係してくる……」

（そうか、東警務部長は十年前、捜査二課長だった。

いま話に出てる水野保安課長もまた、その東捜査二課長に、お仕えしたことがあるんだ）

「……まあ、そんな事情もあって、俺も聴きたいこと、聴きやすかったよ。俺は捜二畑だし、水野サンも捜二にいたことがあるし。だからまさか、邪険《じゃけん》にはされなかった。

それどころか、渡部美彌子ＰＴのこと、気に病んでおられたな」

「おまえ、渡部美彌子のワの字、出したんか」

「バカいうな。最初はもちろん出さなかったさ。『ちょっとPTの捜査上、愛予市駅近辺の営業、洗ってみる必要が出てきたんで、提供していただけるデータがあったら出してくれませんか』――ってイリで話を進めたんだ。

もちろん、こころよく出してくれたよ。しかも、『俺は警備公安とは違うからな。ああいう警察の北朝鮮みたいな連中とは、一緒に酒も飲みたくない。俺のテリトリーからは、完全に追い出してる。だから安心して、言いたいこと言って、訊きたいこと訊いてくれ』とまで言ってくれた」

「あのひともマア、変わらんの」

「だから、ごっそり出してくれたよ。台帳関係も、パソコンのデータもな。それこそ腐るほど。もっとも、欲しかったのはただひとつ、『末広町五丁目のスナック・ルージュ』の情報だけだったんだが」

（このあたり、僕らが交番でやったやり方と、一緒だな）

しかも、交番の巡回連絡とは訳が違う。保安課は、飲む・打つ・買うのいわば元締めだ。法令上、当然保管しているデータはある。確実にある。それは、交通部門が運転免許に関係するデータを保管しているのと変わらない。つまり、理論上も実際上も、データがないということはない。ただ、どこまでのデータがあるのかは、門外漢《もんがいかん》の僕ら刑事にとっては、未知数だ。

「ところがな、上甲。保安課長室でその台帳を見たとき、ビックリしたのなんのって」

「もったいぶるな」

「ポストイットの附箋《ふせん》で、手書きコメントが貼ってあったんだよ――

　当県警察職員の同級生、ってな」

「それは、店主が、やな？」

「そうだ。経営者でもあり、営業者でもあるが。

だから俺は当然、水野保安課長に訊いたよ。

　この附箋の着いてるスナックですが、今度考えている、一斉スナックローラーの情報収集先として活用したいんですと。職員の同級生なら、協力獲《え》られやすいんでと。で、もし縄張り荒らしにならなかったら、この同級生の『警察職員』って誰か、教えてくれませんかと。

　そしたら水野サン――ああ、副のころから全然変わってなかったなあ――カラッとしれっというんだよ。そんなに遠慮するこたねえ、そりゃ俺だって。俺自身だって。

絶句したな、思わず。

というか絶句しながら、ソファから飛び上がりそうになったよ」

「そしたら城石管理官」さすがに小西係長も、面喰らったようだ。「ターゲットの『スナック・ルージュ』。その店主は、水野保安課長の同級生さんだと」

「ああそうだ。小学校、中学校、高校の同級生で、腐れ縁だそうだ」

「ママさんと？」

「そう、スナックのママと。店主でも、風俗営業者でもいいが。ママは栗木《くりき》裕美《ひろみ》、五五歳。警察本部の所属長の同級生だから、そのくらいの歳《とし》にはなるわな。そして雇われじゃなく、自分の店」

「ほしたら、城石よ」上甲課長は、剛毅《ごうき》なホープの煙を吐いた。「水野サンは、そこ、同級生の店やけん、よう行っとるゆうわけか？」

「行っている」城石管理官がちょっと嫌な顔をした。禁煙派なのかも。「だから、データ以上のことも聴けた。ただ、ここ一年は顔を出していない。

というのも、保安課長に就任したからだ。

保安課長が飲みに行って悪いってことはないが、さすがに飲む・打つ・買うの元締めだからな……まして同級生がやっている店となれば。あの水野サンにかぎってそれはないが、癒着《ゆちゃく》だのみかじめ料だのお目零《めこぼ》しだの、妙な噂《うわさ》も立ちかねない。だから、あえて『ルージュ』は避けるようになったそうだ、次に異動になるまでな。ただ、ここまで風が吹いてきたなら、俺は勝負を掛けるべきだと思った。水野サンは捜二もやっていたから刑事に理解がある。まして上甲、俺達の元の上司だ」

「あの人は、裏も表もない。あの人はな」

「……だから水野サンに頼んだよ。

事情は言えない、事情は言えないが、どうしてもこの『ルージュ』のことを知りたいと。救《たす》けると思って、御存知のこと、ぜんぶ教えてくれと」

「そら当然や」けれど上甲課長は、苦い顔をした。「吹いとる風が、どうにも不気味ではあるが」

「そうしますと城石管理官」小西係長は、腕組みをしながら。「管理官を詰めるような真似《まね》して恐縮ですけど、保安課のデータから、店舗の図面とかは――」

「もちろん確認できた。店舗の平面図も構造設備も、届出のとき、出させるからな。

二宮、図面出してくれ」

「了解です」

城石管理官は、捜一の直参、二宮係長に命じた。資料室の長机《ちょうき》の上に、店舗の見取り図が置かれる。

「上甲課長、小西係長。こちらが届出当時の図面です。カウンタが六席、ボックスが二。そんなに大きな店舗ではありません。平日の客入りなら、予測は立ちます」

「ほうやな」上甲課長は頷《うなず》いた。「急がんのやったら、もっと基礎調査したいとこやが。まあ大箱やない。見透しも、悪くない」

「この規模ですから、当初は、ママひとりで営業していたようです」

「当初ゆうたら？」

「はい上甲課長。

『ルージュ』は愛予市駅周辺でも老舗《しにせ》のようで、飲食店営業の許可は、十年以上前に出ています。それ以来、いわゆる女の細腕で、生き残っているとか」

「当初はひとり、ゆうことは、最近は違うんか」

「それは俺から説明しよう」城石管理官がまた会話を引きとった。「ここ三年は、若い子を入れている。ふたりだ。ママも、寄る年波に勝てなくなってきたらしい。

それが誰か、というのも、飽くまでデータとしてなら分かった。つまり従業者の氏名・生年月日・本籍・採用年月日は割れた。これは河野、お前が控えてきたな。出してくれ」

了解しました、と直参の河野巡査部長が、長机の上にA4のルーズリーフを出す。

「城石、店舗の構造もやけど、従業者も、そらコロコロ変わるやろが」

「それももちろん。許可は十年以上前だし、水野サンも、さっきの事情で最近のことは分からんからな。

だからまず見取り図からいうと、これには、大きな変更はないはずだ。というのも、構造設備を派手にいじるなら、これまた届出が必要になって、したがって保安課にデータが残るからな。つまり、店舗を改造したなら、データ更新が必ずある。ところが、その履歴はなかった」

「ゆうたら、派手な改造はしとらん、ゆうことやな？」

「まさしく。そりゃ、常識的な範囲での、家具の置き換えとかはあるかも知れんが」

「あと、従業者じゃ。一年行っとらんかったら、実態、分からんくなる」

「それもそのとおり。だから、いま割れている従業者が、さっき紙を渡した若い子ふたりってわけだ。ちなみにデータには出ないが、水野保安課長によれば、ふたりの源氏名は、メグミにアヤ。ママはそのまま、ひろみで店に出ている。

ところが、ここで……」

「……若い子、っていうのは」小西係長が、遠慮気味にセブンスターを吸った。「ちょっとアレですね、城石管理官」

「そうだな、小西係長。

まず、渡部美彌子は現在、三七歳だ。そりゃ五五歳のママからすれば若い子だが、一般論としては、ちょっとな……だから」

「このメグミとアヤが、追及対象のマル美かっていえば、そりゃ」

「予断は持てんが、常識的に考えて、違うだろうな。

そうすると、さっき上甲が言ったとおりで、従業者に変動があったことを想定しなけりゃならん。二号営業も深酒も、従業者の入れ換わりなんてめずらしくもないからな」

「ほやけん」上甲課長がもうもうとホープを焚《た》く。「もしマル美がここに稼働《かどう》しよる、ゆうことなら、ここ一年で新しく入ってきた、ゆうことになる」

「そうだ上甲。そうでなかったら、水野保安課長が現認《げんにん》しているはずだからな。そして、さすがにそこは警察官、しかも愛予県警の警察官だ。『オイ似てるぞ……!!』くらいのことは、気付くだろう。

だから、重ねて予断は持てんが、合理的な推測としては、『メグミとアヤ以外の』第三者がルージュで稼働している。稼働し始めたのは、ここ一年以内。そう考えるのが自然だ」

「どのみち」上甲課長は断じた。「入るしかないわい。どんだけ御託《ごたく》ならべても、事実は捏《こ》ねられん」

「俺もそう思う。だから急展開だが、さっそく決断が必要になる」

「ほうやな」

……ド素人《しろうと》に毛が生えたような僕には、盤面《ばんめん》の重大性がまだ解らなかった。けれど僕以外は、そうアリスもふくめ、誰もが緊張感をたかめている。そう、まさに王手を掛ける。そんな感じで。

「そこで二宮」城石管理官が命じた。「美彌子ＰＴが普段用意している『討ち入り戦術』について、説明を頼む」

「了解しました、管理官」

捜一の二宮警部補が立ち上がる。これまで、この検討はざっくばらんなものだったけど、俄《にわか》にその雰囲気は、ドラマで視《み》るような、捜査本部のそれになっていた。

「このような店舗における稼働を確認するときの討ち入り戦術・入店戦術にあっては、大きくふたつあります。

⑴ひとつは、完全秘匿《ひとく》。⑵もうひとつは、協力者確保。

まず完全秘匿について説明します。

これは対象店舗の誰にも――そうです、経営者・店長をふくめ、誰にも捜査の事実をあきらかにせず、もとより我々が警察官であることも開示せず、一般客のふりをして潜入捜査をするもの。

この場合、まず事前入店を行います。その目的は、マル美を目視《もくし》確認することです。その確認結果は、三パターンに分かれます。

ア．最も残念かつ安心な結果。すなわち、通報にあったような特徴をそなえたマル美などいなかった、という結果です。これは、そもそもマル美に該当する、そう新しいホステスなどいなかった――という場合もあるでしょうし、逆に、新しいホステスはいたけれど、それは渡部美彌子に似ても似つかなかった、という場合もある。はたまた、渡部美彌子に似てはいるけれど、まさか美彌子とはいえない、そう断言できるという場合もある――

いずれにせよ。

完全秘匿捜査のときの、入店による目視確認。その第一の結果は、〈渡部美彌子の稼働事実がない〉ことです。これが、(1)－ア」

「四回、いや三回は、飲みに行かなきゃならねえだろうな」

「そうなります、小西係長。

そしてこのとき、最後の詰めは、ママのひろみと、存在するならばマル美への直当《じかあ》たりとなる。直当たりの前に、行確《こうかく》が入ってくるかも知れませんが。いずれにせよ、それで『美彌子性』が否定され、捜査終結となる」

「なるほど、それで『最も残念かつ安心』てわけか。武勲《ぶくん》はゼロだが、切腹もなくなる」

「刑事としては死ぬほど悔しく、公務員としては、まあ、その。

さて完全秘匿のときの、第二の確認結果ですが――
イ．最も厄介《やっかい》かつ値の張る結果。すなわち、通報にあったようなマル美と思われる『新しいホステス』は確かに存在するが、そしてそれをママ等から確認できたが、どうしても本人を現認できない、という結果です」
「つまり、会えない」

「まさしく。この場合、会えるまで入店を続けますし、店舗周辺――あるいはママ等から聴き出した関係先周辺における視察・行確体制を、確立しなければなりません。そう、会えるまで網《あみ》を張り、会えるまで追い掛ける」

「もう飛んじまった――なんて死にたくなる結果も、あるよな？」

「そのとおりです小西係長。そのときは切腹」

「そして飛んでなくても、会えるまでってことは、出鱈目《でたらめ》なコストが掛かるってわけだ。

だから『最も厄介かつ値の張る』結果だと」

「どう考えても十二人、いやせめて八人は欲しい捜査になりますからね。

ただここには」

「管理官とウチの大将を入れて、ちょうど八人しかいねえ。実働員ってなら、六人だ。まさか、管理官や課長に行確やってもらう訳にはゆかねえ。それこそ、捜査一課も刑事一課も回らなくなる」

「ゆえに、できればこの(1)‐イは、実現してほしくないものです。

そして最後、完全秘匿捜査のときの、第三の確認結果――
ウ.最も嬉《うれ》しく、かつバタバタする結果。すなわち、いよいよマル美を目視確認でき、しかもそれが『極めて疑わしい』『非常に酷似《こくじ》している』あるいは『美彌子性がとても強い』、という結果です」
「すなわち、ビンゴ」

「ビンゴの可能性、ですね。それも、強い可能性。

この(1)-ウの、リーチが掛かった場合だと、すぐさま王手を掛け続ける必要があります。釈迦《しゃか》に説法《せっぽう》ですが、まずa．検体《けんたい》の確保。マル美の指紋ができるだけ明瞭《めいりょう》に付着した検体です。これをどうにか確保し、店外に搬出《はんしゅつ》し、すぐさま警察本部でも愛予署でも機動鑑識でもいいですが、いわゆる指紋対照——指紋の照合をする。それを睨《にら》みながらb．実母の動員。美彌子の実母です。この十年で、関係は構築ずみ。こういうことが起こったとき、何をしてもらうかも徹底ずみ。すなわち、実母に臨場してもらい、マル美の面割りをさせる」

「アタリマエのこと訊いて悪いが、指紋《モン》が最優先だな？」

「まさしく。このaとbでは、絶対にaが優先です。なんといっても、マル美に手の内をさらさずにすみますから。

ところが、実母に臨場してもらう——店に入ってもらうとなれば、それはもう、秘匿捜査でも何でもなくなる。こっちも身分を明かすことになる。言ってみれば、bだけでは捨て身の刺《さ》し違《ちが》え。bが真価を発揮するのは、aの補強になるときです」

「するとできれば、aだけで片付けたい」

「そうです。それこそaだけで王手詰みですから。

ただ徹底して本人確認をするという意味で、aでガチだとなっても、bはやります」

「――bだけでやる覚悟は？」

「あります。ただそれは、aがどうにも不可能なときの、捨て身の刺し違え。やるときはそれなりの状況と、それなりの決意が必要になります。最終的には、管理官と上甲課長の肚《はら》ひとつ」

「なら話を整理すると、

(1)完全秘匿捜査（客として入店）

ア　結果として、マル美は稼働していないと分かった。捜査終了

イ　結果として、マル美は稼働しているが、本人が所在不明。継続捜査

ウ　結果として、マル美は稼働しており、美彌子と疑われる。検体・母活用

ってことだな、二宮係長？」

「おっしゃるとおりです、小西係長。さらにいえば、ウのときのチャートとして、

ウ　美彌子と疑われ、検体により、指紋が一致したとき

Ⅰ　店内における身柄の確保・美彌子からの事情聴取

Ⅱ　任意による美彌子からの指紋採取

i　応諾《おうだく》すれば捜査書類化

ii 拒否すれば実母投入・身体検査令状請求――ということにもなります。というのも、既に検討したとおり、どうにかして手に入れた検体は、捜査書類には落とせませんので……

よってオープンな、物言いのつかない手続として、〈既に確信を持てている相手〉から、もう一度……いえ初めて、指紋を出させる必要があるわけです」

「そりゃボトルにしろグラスにしろ、黙って搬《はこ》び出して黙って指紋採取したなんてこと、オープンにはできんわな。ただそれは」

「そうです、不可避なんです。

完全秘匿捜査の場合、店舗側の誰の協力も獲られませんから、ホントの最初の照合は、ダマテンでやるしかない。まさか正面切って『あなたの指紋くれませんか？』『あなた渡部美彌子に似てるから、いま指紋採っていいですか？』なんてことはできない。

というのもそのとき、ホンモノの美彌子だったら、すぐさま逃亡を図ろうとするでしょうし、我々がどれだけ店舗外周を固めていたとしても、万々が一のことはありえます。しかも捜査手続としては、『ただ単に渡部美彌子に似ている』というだけの者を、強制的に、店舗内にとどめておくことはできません――家に帰る、旅に出るといえば、それは追い掛けはしますが、まさか身柄拘束はできない。その時点では、被疑者と断言できない段階ですから。

だからこそ、どんな手段を使っても、ダマテンで指紋を手に入れるわけです」

「だからその身体検査令状ってのは、もちろん指紋を強制的に採る意味もあるが――あれだな、盲腸の手術痕《こん》を視るためだな？」

「まさしく。ですから御札《おふだ》も、指紋をターゲットとするだけでなく、美彌子の下腹部あるいは上半身すべてを検査できるような御札を獲《と》ります。そしてさいわい、愛予署には上内巡査部長がいる。女子の身体検査の立会《りっかい》要件も、クリアできる――

もっとも小西係長。

これまで申し上げたチャートは、越智巡査部長が、もう打ち上げてくれています。

越智部長、配ってくれるか」

「了解です、二宮係長」

越智部長は、僕らが『ルージュ』の実査をしているうちに――もちろん他の仕事もしていたんだろうけど――マル美捜査のフローチャートを、もう打ち終えていたようだ。人数分コピーされたA４一枚紙を、ディーラーのように配ってゆく。もちろん、そのチャートには標題がなかったし、渡部美彌子とか、ルージュとかいった固有名詞は、すべて符号化されていた。警備公安でなくとも、これくらいの用心はする。警察で恐いもののひとつが、文書事故だ（バレる、落とす、盗まれる）――

「なるほど、⑴の完全秘匿捜査については、よく解った。

ただ二宮係長、もうひとつ、この⑵があるな……そう、協力者確保捜査」

「おっしゃるとおりです、小西係長。

これは完全秘匿の真逆。いわば、店舗と組んで罠《わな》をはるタイプ。

しかも――

これは城石管理官と上甲課長の御判断になりますが、実働員としては、むしろこちらの方が、今回は望ましく思えます。

いずれにせよ、説明します。詳細はチャートを御覧ください」

僕もチャートに眼を落とす。そこには確かに、罠ともいえるパターンが記載されていた。

⑵協力者確保捜査（ママの協力を確保。客としての入店は、要判断）

ア　ママからの聴取により、マル美の稼働なし。捜査終了

イ　ママからの聴取により、マル美の稼働あり、所在不明。継続捜査

ウ　ママからの聴取により、マル美の稼働あり。美彌子と疑われる

Ⅰ　ママの協力により検体確保・店外搬出
Ⅱ　検体により指紋が一致したときは、身柄確保
Ⅲ　任意同行又は通常逮捕の後、指紋採取

「続けます。

　この(2)のケースだと、そもそも店舗及び従業者の情報が事前に獲られます。当然、裏付けは必要になりますが。ただ今回は、特殊事情がある上——」

　もちろん、いま二宮係長がいった『特殊事情』というのは、ママこと栗木裕美が、我が社の保安課長の同級生だ——っていう事情だろう。すなわち、ママが皮算用《かわざんよう》してはいけないけど、かなりうってつけの協力者で、だから信頼できる（んじゃないか、その確率はたかいんじゃないか）ってことだ。そして信頼できるとなれば、裏付けをとるコストは格段に下がる。

「——さらに、ダマテンをやらずにすむというメリットがあります」

「それは、アレだな。黙ってボトルなりグラスなりを、まあ、失敬してくる必要がないと。

　もっといえば、最初から正攻法だから、最初から捜査書類に書けると」

「まさしくそうです、小西係長。正攻法でゆけます。ボトルなりグラスなりの、ママ

からの任意提出～領置というシンプルな流れですから。これは完全にオモテの捜査手続。だからそれで指紋照合をしたとき、採取報告書～指紋等確認通知書という流れも、残せる」

「そうすれば、いってみりゃあひと手数省ける。どうしてももう一度、任意でも強制でもいいが、採取する必要はなくなる――って訳だ。ママが出してくれた指紋に関する捜査手続が、完全に店舗の外で、完結するからな。

それで『ヒット』なら、もう間違いねえ。確信をもって店舗内に踏みこめる。そこで指紋出せだの令状獲るぞだの、ゴチャゴチャしたことしなくていい。お前の指紋は渡部美彌子と一致してるぞ――って言ってもいい。

どのみち踏みこんだときは、身柄の確保だけに専念できる」

「そして素直に任同に応じればよし。応じなくとも、それこそ十年間更新し続けてきた逮捕状を執行すれば終わり――絶対に誤認ではないわけですから。

それが、(2)の協力者確保捜査」

ここで、小西係長と二宮係長の検討を聴いていた上甲課長が、いきなり僕らを指名した。

「おい、上内、原田。

そろそろ出番じゃ。店舗の基礎調査の結果、報告せえ」

「了解です、上甲課長」

アリスが待ってました、といわんばかりに（このあたり、いかにも刑事だ）、プリントアウトした店舗の写真、店舗周辺の写真を長机に列《なら》べてゆく。

「ミツグ、住所からお願い」

「りょ、了解──

マル美が稼働しているとの通報があったスナック『ルージュ』でありますが」

僕は緊張した。なにせ、刑事三週間の身。それが、捜一の管理官とかに捜査結果を読み上げている。まるでドラマだ。大きなディスプレイもパソコンも、捜査本部の雛《ひな》壇《だん》もないけれど。

「──住所にあっては、愛予市末広町五丁目一四番一三号。

この立地ですが、愛予市駅から徒歩一〇分弱。南北にはしるメインの大商店街から、三本、東に行った通りになります。大商店街と並行にはしる、南北の通りですが、一方通行になっているほど狭く、商店街とは比較になりません。写真のとおり、雰囲気としては、裏通りです。該《ガイ》スナックはこの裏通りの、東側──地図で見たときの右側に建っています。

そして実はこの店舗、五階建て賃貸マンション『グランエスポワール愛予』の一階部分であります。その隣はやはり店舗で、中華料理店。その隣は現在、空き店舗。これが『グランエスポワール愛予』の一階部分になります。

電話番号にあっては――」

ここでアリスが、手際《てぎわ》よくホームページのプリントアウトを配ってくれた。ホームページといっても、『ルージュ』そのもののサイトじゃない。それは存在しなかった。ただ最近は、駅前のスナックともなれば、ちょっと検索しただけで一覧が出てくるし、それぞれの基本データは手に入る。便利な時代になったものだ。それが正確なら、だけど。

「――電話番号にあっては、市駅周辺スナックガイド複数によれば、プリントアウト記載のとおり。またそれによれば、座席数は、カウンタ六席にボックスが二。営業時間は、二二〇〇《フタフタマルマル》から〇四〇〇《マルヨンマルマル》。定休日にあっては、水曜日とのこと」

「明日やな」上甲課長がゴソリと言った。「ネットが正確なら、やけどな。ほんで？　原田、お前が自分で実査してきたことは、何ぞ。パソコン叩《たた》くなら、儂でもできる」

「は、はい課長。

該《ガイ》スナックが営業していること、及び、該スナックが概《おおむ》ね夜一〇時から営業していることについては、複数の証言が獲《え》られました。これは近隣のコンビニ等で、目的欺《もくてきぎ》騙《へん》の上聴取しました。いずれも、居酒屋等のあとで静かに飲み直すには、便利で安全な店とのこと。また該スナックがいわゆる老舗《しにせ》であり、ママのひろみ、これ実名は出ませんでしたが、とにかくママが地元では面倒見とつきあいのよい――いわば『評判のよい顔役』のひとりであることも、聴取できました。これについては」

「あたしが近隣のドラッグストア等で聴取した内容と」アリスがアシストを入れた。「矛盾ありません。なお従業者にあっては、深く聴取することができませんでしたが、複数いるいずれも『二〇代後半の、比較的若い女』とのこと」

「そして、該店舗の立地・構造等でありますが」僕が続ける。「周辺はむしろアパマンの方が商店より多いですが、視察した昼間帯にあっては、それなりの人通りがあります。愛予市駅へむかう歩行者や、先のコンビニ・ドラッグストア等を利用する歩行者がいるからです。つまり、駅へのバイパスになっている住宅街、というイメージです」

「むしろ、該スナック近傍《きんぼう》にかぎっていえば」アリスが相方《あいかた》のように続ける。「店舗の方が、アパマンのなかに浮いている感じとなっています。すなわち、店舗への出入りはよく視認《しにん》できますし、逆に、店舗周辺のおかしな動きも、むこうから視認されます。

それだけ見透しはいいです」

「このプリントアウトした写真の、こちら」僕はスナックの正面写真を示した。「これが該店舗であります。少し焼けた赤いひさしにレトロな書体で『ルージュ』とあり、近隣に同名の屋号《やごう》をもつ店舗は、スナック以外もふくめ、一切ありません。

この黒いドアが店舗入口。もちろん閉まっていました。なお賃貸マンション一階という地の利から、実際に裏口を確かめることもできました。おそらくバックヤードから出ると思《おぼ》しき裏口が一箇所。これ、こちらの写真になりますが、これと入口以外の開口部はありません。それは、隣の中華料理店及び空き店舗の構造と一緒でしたので、確実と考えます」

「なるほどの」

――上甲課長は、すぐ解ってくれたようだ。

まず、その住所のそのスナックが、僕らのターゲットである『ルージュ』に間違いないということ。そして、それを視察したり、そこから行確を開始する上で、周囲の環境がどうなっているかということ。また、具体的な討ち入りなり逃亡なりを想定したとき、店舗からの出入《しゅつにゅう》はどうなるのか、ということ。さらに、おっかなびっくり撮ってきた写真についても（アリスは平然と撮ってきただろうけど……）これまでのところ、満足してくれている。

「おい、上内、原田。周辺の建物とか、もっと説明せえ」

「了解です、上甲課長」アリスが満を持して答える。「該スナックの入っているマンションですが、むかって右隣は――つまり南ですが――コインパーキング。左隣はやはり賃貸マンション。真正面もマンション。左斜向《はすむ》かいは雑居ビルです。このビルにあっては、事務所といった類《たぐい》の、小さなオフィスが各フロアに入っており、詳細はこちら。なお右斜向かいは、やはりコインパーキングになっています」

「しかし、狭い道やな」

「先刻、ミツグからもありましたが、一方通行になっているほどで、普通車一台の通行がやっとです。道に車両を駐《と》める余地は、まったくありませんし――」

「――仮に駐めるとすれば、とりわけ多いタクシーの通行を、妨げてしまうことになります」僕も続ける。「この道は、細くて歩行者のおおい道ですが、駅へ抜けるタクシーのメイン街道にもなっていて、その流れは止まりません。つねに、南から北へ車が流れている感じとなります。また該スナック近傍ですが、駐車場をそなえている店舗は、南北一〇〇mにわたって、ありません」

「コインパーキングは、それなりにあるんやな」

「はい。『グランエスポワール愛子』のすぐ右隣がそうですし、それ以外にも、地図のここ、北四〇mのところにあります。なお、その通りでなくてもよいなら、道を折れたところに、地図のここ、北五〇mのところにあります。ただ後者にあっては、通りから外れてしまいますので、『グランエスポワール愛子』の視認は、利《き》きません」

「コインパーキングの利用実態は？」

「いずれも、昼間帯において観察するかぎりでは、必ず空きがあります。というのも、ここは歩行者にとっても、車両にとっても、目的地ではないので。しかも、潰《つぶ》れた商業施設の跡地につくられたパーキングと思《おぼ》しく、かなりのひろさがあります。

　愛予市駅と大商店街そのものにも、公営駐車場なり地下駐車場なりがありますので、このメイン街道から外れたエリアには、大きな需要はないと考えられます」

「近隣のアパマン。空き状況はどうや」

「こちらにまとめたとおりですが」アリスがまた一枚紙を差し出す。「該スナック左隣のマンションにも、真正面のマンションにも、それぞれ空室があります。三階と、六階です。取扱い不動産業については記載のとおり。架電したところ、すぐ鍵《かぎ》により見学可能とのことでしたので、空室であることは確実です。また──」

「──それぞれのマンションですが」知らず知らず、アリスと呼吸が合っている。

「階段への出入りは自由です。そして二階から上、すべてにおいて、該スナックを視認することが可能。もっとも、左隣の賃貸マンションにあっては、角度的に、該スナックそのものを視認するのが困難です。ところが、裏口を視るならこちらの方が有利となります」

「原田、裏口からは、どこへ出られるんぞ」

「はい課長。該スナックの裏口からは、実は問題の狭い通り──つまり入口のある通りにしか出られません。おそらくバックヤードにあるこの裏口は、極めて狭いコンクリの裏庭を通じて、また表通りに出るしかない。それだけの出入口です」

「マンション一階に、三店舗ある、ゆうとったな」

「はい課長」

「ほしたらその裏口から表通りには、ほうやの、ビルの左右から出られるんと違うか？」

「いえ課長、確認しました。

該スナック・中華料理店・空き店舗の三軒は、コンクリの裏庭でつながっていますが、すなわち裏口から出ればおなじ裏庭に出るわけですが、実は、空き店舗側は袋小路になっています。開口部は、まさに『ルージュ』の脇《わき》のみ。ですので、どの店舗の裏口から出ても、外に脱出できるのは『ルージュ』脇の一箇所からだけです。それはもちろん、『ルージュ』の裏口から空き店舗側へ、あるいはその他へは抜けられない、ということを意味します」

「ほうか」

アッサリ頷いた上甲課長は、しかし、どこか嬉しそうだった。

(よかった……

アリスが実査の帰り道、リハーサルっていうか、報告しなきゃいけないこと、キチンと詰めてくれなかったら、グダグダの、通《とお》り一遍《いっぺん》の茶飲み話しかできないところだった)

実際、捜査車両のなかでアリスに詰められて、また確認し直しに行ったポイントも、かなりある。なるほど、刑事ってのは『バカみたいに観察する』ものだ。越智部長のいったとおりだ――

「あと、原田、儂の記憶によれば無いが、近くにハコはあるんか」

「ハコ――あっPBですね。いえありません。最も至近の交番は、愛予市駅PBで、先刻申し上げたとおり徒歩一〇分弱。該スナックとはかなり離れています。拠点としてもカメラとしても、無意味です」

「上内、防カメは？」

「該スナック近傍だと、コンビニ、ドラッグストア、コインパーキングに設置されています。それ以外の、例えば商店街設置といったものは、ありません。コンビニ等の防カメにあっては、映像の確保に難はありませんが、角度に問題があります。どれも、該スナックを上手《うま》く射程には入れられません。通行人の確認、という意味でなら、有意義です」

「だいたい、解った」上甲課長は、もそりとホープに火を着ける。「かなり、やりやすい」

「上甲」城石管理官がいった。「あとは、決断だ。それも、シンプルな」

「ほうやの」

（決断……

そうか、チャートのところで検討したこと。そしてそこで、ふたつの選択肢が示されたこと。

すなわち、(1)完全秘匿捜査か、(2)協力者確保捜査かだ)

僕の頭が会話に追い着いたとき、城石管理官の言葉が、それを裏書きした。

「要は、『ルージュ』のママ──ひろみが信頼できるかどうか。それだけだからな」

「城石、おまえ、水野サンの携帯番号、知っとるか?」

「いや知らない。もちろん保安課に聴けば分かるだろうし、すぐ教えてくれるだろうが」

「警察本部なら、まだ、誰かおろうがな。聴いてくれや」

「……水野保安課長に、会ってくるのか? なら俺が行ってこようか?」

「いや」

上甲課長は、不敵に微笑《ほほえ》んだ。

「儂が観察して、決める。若い奴らに、負けとられんからの」

「じゃあ、結果によっては──」

「結果によっては、明日、ひろみママに会うてこようわい。

ゆうたら明日は、定休日やけんの。

い、い、い、い、い、い、い、
そんとき討ち入りは、明後日じゃ。解散」

第6場

ちょうど一日が過ぎた、翌日の夜。

小西係長は、僕に、ひろみママの調書を読ませてくれた。

これを読むと、捜査書類が、とりわけ供述調書が、小説だとよく解《わか》る。いや、小説より親切かもしれない。とにかく一読しただけで、裁判官、検察官、あるいは裁判員に、パッと解ってもらえるリーダビリティが必要だからだ。この点、例えば録音テープより優れているだろう。何故《なぜ》と言って、これは刑事が物語を理解した上で、プレゼンとして、キチンと整えたものだから。まあ、整えすぎると最後は捏造《ねつぞう》になってしまうけど、ただの文字起こしでは、文脈も前後関係もリーダビリティもへちまもない。

供述してくれた内容を、どれだけ曲げず、かつ、ストーリーとしてビビッドなものにするか。その組み立て方を、インタビューをしている最中、もう頭の中で考える。それを相手の言葉と自分のプロットで、もう一度組み上げる。

いってみれば、刑事は、ナマの供述を、捜査手続が求める仕方に翻訳《ほんやく》する。あるいは、裁判官が望む仕方に翻訳する。そんな、市民と法曹《ほうそう》の『橋渡し』の職人だ――

供　述　調　書

住　居　愛予県愛予市都辺町紺屋５４３　第４紺屋ハイツ４階４０３号室

（電話　○○○―○○○―○○○○）

職　業　スナック店主　　（電話　同　上）

氏　名　ひろみこと　栗　木　裕　美

昭和３０年１月１６日生（５５　歳）

上記の者は、平成２２年２月２４日　愛予県愛予市石手寺南町１丁目１番地６喫茶室岡崎珈琲店　において、本職に対し、任意次のとおり供述した。

１　私は、平成１０年４月から現在のマンションに住み、そのころから

　　愛予市末広町５丁目１４番１３号　スナック「ルージュ」

のママをしています。

２　ただいま、刑事さんから、私が経営する「ルージュ」のホステスについてお尋ねがありました。また、私の同級生で、警察本部に勤めている水野さんからも、ありのままをお話しするよう、電話で言われております。ですので、包み隠さずお話しいたします。

３　私が「ルージュ」を始めましたのは、申し上げたとおり平成の１０年ですが、それから平成の１９年までは、１人で店をやっておりました。というのも、「ルージュ」は、それほど大きな店ではありませんし、愛予市駅の商店街からは、ちょっと離れた所にあり、いつもたくさんのお客で賑《にぎ》わうというわけではないからです。「ルージュ」は、どちらかといえば、いくらかの常連さんが静かにお酒を飲む店で、常連さんも、市役所の方とか、消防署の方とか、公務員の方が多いような店です。そんなわけで、先ほど申

し上げた水野さんも、私とは「タケちゃん」「ひろみ」と呼び合う仲ではございますが、安心して通ってくださっておりました。

4　私が「ルージュ」にホステスを入れ始めたのは、平成１９年の春です。そのころ、私は腰を悪くしまして、また、もともとお酒には強くなかったということもあり、急に体を壊しておりました。「ルージュ」は混み合う店ではありませんが、カラオケもございますし、お酒の種類も、それからつまみ、小料理のたぐいも、どちらかといえば多く用意しております。ですので、接客は、簡単とは言えません。そこへきて、体も壊してしまったので、この際、求人をしようと思ったのです。

5　このときの求人には、すぐに応募がありまして、さっそく、ホステスとして２人を雇うことにしました。うち１人は、劇団で女優をしている

　　メグミこと　　姉尾優子

で、もう１人は、ＳＥとかいう、パソコン関係の仕事をしている

　　アヤこと　　安西美保

です。もちろん、法律の定めがありますので、それぞれ、年齢などを確認しております。メグミはいま２８歳で、アヤは２６歳です。それぞれの住所・電話番号なども、もちろん従業者名簿に控えております。

6　ですので、平成１９年の春から、私は、メグミとアヤの２人を雇って、この３人で「ルージュ」をやっておりました。ところが、平成２１年の春、あれは２月だと思いますが、アヤに、お仕事の部署の異動がありまして、それまでのようには、出勤できないこととなったのです。そこで、もう１人、ホステスを入れようと思い、お店の外に求人の貼《は》り紙をしたほか、愛予市駅近くのスナックを紹介してくれているネットでも、求人のお知らせ

をしました。

　その求人に応じて、平成２１年の４月に、店にやってきたのが、３人目のホステスとなった

　　晩子《あきこ》こと　　村上加奈江《むらかみかなえ》

なのでございます。

７　今、刑事さんから、うちの晩子が、指名手配犯の「渡部美彌子」なのではないか、というお話を聞き、正直、びっくりしております。というのも、まず、暁子はとても働き者で、これまで無遅刻、無欠勤ですし、ちょっとした魚なら自分で捌《さば》けてしまうほど料理上手で、お客との会話もとても上手く、いってみれば、理想的な従業者だったからです。もちろん、指名手配犯だということを思わせるような、おかしな話や、行動をすることはありませんでした。それは、全く記憶にございません。

　ただ、タケちゃんからの電話で、「渡部美彌子」のお話を聞き、まさかと思って、あわててインターネットで写真や特徴を調べたところ、「ひょっとしたらそうではないか」とも思えてしまいました。刑事さんとお会いする前、あわててパソコンで調べたほど、全く気付いてはいなかったのですが、言われてみれば、暁子は、「渡部美彌子」に、似ていなくもありません。その特徴ということで、ポスターなどに書かれていることにも、ほぼ当てはまる気が、してまいりました。

このとき本職は、愛予県愛予警察署及び愛予県警察本部刑事部捜査第一課作成に係る渡部美彌子の手配ポスター３葉を供述人に呈示した。

　このポスターには、何枚かの写真と、似顔絵と、コンピュータの絵がありますが、この顔の雰囲気は、確かに、うちの暁子の雰囲気に、近うござ

います。

8　具体的に申し上げますと、暁子は、このポスターにあるような細長い、瘠《や》せ気味の顔をしております。そして、顎《あご》が尖《とが》り気味です。ポスターの注意書きに、瞳の色が薄いとありますが、暁子の目も確かに、青みがかった、灰色のような感じのする、外国人のような目でございます。ただ、暁子は、このポスターの顔より、もう少し鼻筋が通っておりますし、このポスターの目と違って、二重瞼《ふたえまぶた》です。そして、もっと切れ長の目をしております。また、このポスターの輪郭より、少しだけ、ふっくらした感じもします。ふっくらした感じというのは、太っているということではなく、優しげな、もっと柔らかい線をしているという意味です。

　また、ポスターの注意書きには、「身長１５５センチ、小柄で痩身《そうしん》」とありますが、うちの暁子も、背は小さい方です。はっきりした数字は分かりませんが、私が１６０センチで、その私より目線が低いので、きっと、１５５センチ前後だと思います。体つきも華奢《きゃしゃ》で、女優をやっておりますメグミと比べますと、時に大人と子供のような感じを受けたりもしました。

このとき本職は、供述人と次のとおり問答した。

問　ポスターの写真と注意書きを全部見た上で、暁子こと村上加奈江は、「渡部美彌子」と似ていると思うか。

答　瓜《うり》二つとはいえませんが、やっぱり、似ている部分が、かなり多いと思いました。

9　それでは暁子が、平成２１年の４月に、店にやって来た経緯からお話しします。

　求人をした理由は、先に申し上げたとおりですが、応募してきたのは、暁子が初めてでございました。４月の下旬、末近くです。当店の営業時間は、午後１０時から午前４時ですが、その開店前、たぶん午後９時前後に、暁子は、店のドアを開けました。そして、準備をしていた私が「１０時からなんよ」と言うと、「すみません、表の貼り紙を見ました。面接をしていただけないでしょうか」と、とても丁寧な言葉で言って、生まれのよさそうなお辞儀をしました。愛予のような田舎くさい訛《なま》りも、もちろん他の方言もない、綺麗《きれい》な標準語でした。それが、暁子と私の出会いでございます。

さすがに、その夜すぐに話すことはできませんでしたので、次の定休日に、店で採用の面接をいたしました。暁子はもちろん村上加奈江という名を名乗り、履歴書を持ってきました。その履歴書は、まだ店に保管してあると思います。

その面接で暁子が言うには、暁子はもともと、京都の老舗《しにせ》旅館の跡継ぎ娘で、幼い頃から、厳しい躾《しつけ》を受けてきたそうでございます。なるほど、その立ち居振る舞いは、いかにも生まれのよい感じがしましたし、身振り手振りが、なんといいますか、とても美しく、知的なのでございます。また、そうした生まれから、接客、料理などに、経験が深いとも申しました。それは、実際に働いてもらうようになってからの、暁子の仕事ぶりで、証明されております。お酒の話にも詳しいですし、料理など、私より立派なものを作ります。

その暁子が、京都から、はるばる愛予までやってきたのは、京都でトラブルがあったからだと申しました。そのトラブルというのは、なんでも、実家との不和と、職場での異性関係だそうでございます。

暁子が言うには、そもそも暁子は、いろいろな修行を積んだけれども、どうしても社会で働いてみたいという気持ちが強く、家出同然の形で、京都のお役所勤めを始めたらしいのです。公務員だった、と申しておりました。まずそのことで、実家とは、なるべく関わり合いになりたくないし、だから帰る家もないのだ、というのが口癖です。今でも、京都の言葉は話しませんし、京都のことも、話したがりません。

ところが、それだけでなく、その京都のお役所でも、なにやら東京から来た偉いお役人さんと深い関係になり、いってみれば、散々遊ばれた挙げ句に捨てられたと、そう本人は申しております。自分は、真剣に、結婚まで考えていたけれど、相手の偉いお役人さんは、よい縁談が持ち上がったことで気が変わり、とうとう、結婚まで決めてしまったとか。それで、とても悲しい思いをしたし、とても京都にはいられなくなってしまったので、時々、仕事関係で出張に来たことがある愛予に、とうとう逃げてきたんだと申しておりました。

暁子は、お役人だったこともあってか、生まれがよいこともあってか、とても知的な子ですし、常識があるので、お客との会話にもソツがありません。いえ、とても話すのが上手なので、まるで学校の先生のような、そんな印象すら受けます。ですので、出会った当時は、まさか「渡部美彌子」のことなど露《つゆ》ほども思わず、

ああ、気持ちのええ子が来てくれた

メグミやアヤの、ええ見本になってくれるかも知れん

とりあえず働いてもろて、特に問題がなかったら、先々、この店を譲ってもええなあ

とまで、思ったほどです。それほど暁子は常識があり、賢く、品がありま

した。

ですので、「ならいつから来られるん？」と訊きました。すると、「すぐにでも働けます。御都合に合わせます」と言うので、さっそく翌日から、店に入ってもらったのです。メグミとアヤが、２０代の若い子なので、反りが合うかなあとも心配しましたが、２人ともすぐに暁子に懐《なつ》きました。しかも、接客から料理から会話まで、引き出しの多い暁子から、学ぶところがたくさんあったようです。暁子も、若い子を教えるのが好きなようでした。そんなわけで、店にはすぐ馴染《なじ》みましたし、お客ウケも、初日から上々でした。暁子は、メグミとアヤには分からない、お勤め人の御苦労だとか、あとはその、やっぱり自分の経験からでしょうか、男と女の機微などに、とても通じているからです。ですので、最初は「なんやママ、またオバサン入れたのお」と軽口を叩いていた常連さんたちも、言い方はともかく、すっかり暁子に手懐《てなず》けられた感じになりました。

どんな苦労をしたのかは解りませんが、並大抵の人生ではなかったろうと思います。暁子は、人生の襞《ひだ》みたいなものに、とても通じた子でございます。

こうして、店の子にもお客にも気に入られ、もちろん私も嬉しく思いましたので、それからずっと、今日に至るまで、「ルージュ」で働いてもらっているのです。

10　この、暁子の身元でございますが、もちろん身の上話や履歴書以外でも、確認をいたしました。というのも、「ルージュ」は、県警のタケちゃんというか、水野さんに来てもらうような店です。先ほど申しましたように、常連さんには、お堅い公務員さんが多うございます。しかも、細々とやっておりますので、そうした方々の信頼を失っては、この店はやってゆけません。

というわけで、メグミとアヤのときと同じく、身分証を求めました。暁子は、運転免許を持っていないそうで、健康保険証を出しました。役場の、国民健康保険です。氏名、住所、生年月日、交付年月日、有効期限といったものに、全く問題がありませんでしたので、安心して、それ以上のものは求めませんでした。携帯電話の番号も、すぐに出しましたし、実際にそれで本人とやりとりをしております。

このとき本職は、供述人と次のとおり問答した。

問　健康保険証には、「村上加奈江」という実名と、その住所が記載されていたのか。

答　記載されておりました。また、私はその住所に行ったことはありませんが、メグミとアヤは、しばしば遊びに訪れているはずです。メグミとアヤは、その話をよくしますので、私は、その住所に暁子が住んでいることを、疑ったことがございません。

問　携帯電話での連絡に、支障があったり、異常があったことはないか。

答　ございません。連絡がとれなかったことがございません。番号も、保険証と一緒に出してもらったときから、ずっと一緒です。

11　これまでお話ししたとおり、私としては、暁子を気に入っておりますし、信頼しております。「ルージュ」にとって、欠かせない子だと考えております。

ただ、刑事さんにもう一度ポスターを見せてもらい、顔写真や、注意書きを見てみますと、とても信じられませんが、「まさか」という気持ちも、出てまいりました。

万一、暁子が「渡部美彌子」だった場合、店に影響があるのはもちろんですが、それよりも、本人が可哀想《かわいそう》です。いつまでも、１０年も逃げ隠れするのは、本人が一番可哀想だと思います。そして、本当に本当なら、罪を償ってほしいと思います。帰る場所は、私がずっと用意するつもりです。罪を償って、綺麗になった暁子と、また一緒に店をやりたいと思います。私はそれだけ、暁子のことが好きです。

また、暁子が「渡部美彌子」でない場合は、店として安心ですし、これだけ似ているのですから、本人にも「あんた、知っとる、指名手配されよる渡部美彌子ゆうひとに、ソックリなんよ」と教えてあげた方が、よいと思うのです。時効寸前というのなら、警察の方も必死で捜すでしょうし、そのとき暁子が、「お前、美彌子やろ」と、捕まったりしてしまっては、それも可哀想な話です。それに、見当外れな疑いだったら、一刻も早く晴らしてしまった方が、暁子のためです。

12　ですので、暁子の疑いを晴らすため、刑事さんに協力したいと思います。私にできることでしたら、何でも言ってください。

今、直接、本人に確かめれば一番早いと思いますが、刑事さんのおっしゃるとおり、万が一本人だったら、すぐ逃げてしまうということは、よく解ります。また、やっぱり間違いだったとき、いきなり刑事さんが出てきて捕まえたりしたら、本人のショックが、とても大きいと思います。私でもビックリしますし、それが嫌な思い出になって、店に居づらくなるかも知れません。それは、私にもメグミにもアヤにも、そしてもちろん暁子にとっても、不幸なことでございます。

ですから、最初は、私が責任を持って、刑事さんと協力して、確かめたいと思います。

以上のように、私は、暁子のことが大好きですし、だから心配でなりません。刑事さん、どうか暁子のことを、悪いようにはしないでください。渡部美彌子であってもなくても、手厳しいことは御容赦ください。私は、そのために、お力になりたいと思っております。そのあたりをお酌《く》み取りの上、何分よろしくお願いいたします。

栗木裕美 ㊞

以上のとおり録取して読み聞かせたところ、誤りのないことを申し立て署名押印した。

前同日

愛予県愛予警察署

司法警察員 警部 上甲 正 ㊞

㊞

第7場

『あら、誰かと思えばコニタンやないの、ひさしぶりやねえ!!』

『おう、ひろみママ、また愛予に帰ってきたぞ』

『もう、座って座って――三年ぶり？　四年ぶり？』

『四年になるかなあ。東京でのお勤め。

こっちも憶《おぼ》えてるよな？　同僚の河野』

『もちろんや。

メグミは会うたこと、あったかねえ？　暁子はたぶん、ないはずやけど。

愛予銀行の小西さんと河野さんや。東京に転勤になるまえは、よう来てくれたんよ』

――木曜日。スナック・ルージュの定休日の、その翌日。

つまり、上甲課長が、ガッチリとママの協力を確保したその翌日だ。

ママが〈暁子〉の検体を提供してくれると約束してくれた以上、もう入店をためらう理由は無い。しかも〈渡部美彌子〉は、時効完成二箇月前の指名手配犯で、逃亡犯。

白黒見極めるのは、はやければはやいほどよい。

と、いうわけで。

捜査一課城石PT第四班と、愛予署上甲班の共同オペレーションが、すぐ立案された。

次の〈暁子〉の出勤日に、勝負を掛ける――と。

といっても、店舗側が協力してくれるので、作戦自体は、とてもシンプルだ。

作戦の要《かなめ》は、ママがどうにかして確保してくれる『グラス』『ボトル』『マイク』『灰皿』その他を受けとり、愛予署に搬送し、指紋を照合すること。同時に、それがヒットなら、すぐさま〈暁子＝美彌子〉に、任意同行を掛けることだ。話によれば、〈暁子〉は店では、銀がピカピカしたライター、私物の高価そうなライターを必ず使うそうだから、それもどうにか回収できないかと検討したけれど、さすがに店の備品と私物とでは、ハードルが違いすぎる。やはり、ママの確保する検体に期待するしかない。

もちろん、討ち入りの日に、〈暁子〉が出勤していなければ、話にならない。

通常は、ここで、〈暁子〉の行確など、その勤務パターン・行動パターンの徹底した洗い出しが必要になる。これは、かなりの日数を要する。

だけど。
ひろみママが協力してくれるなら、そしてそれが〈暁子〉に抜けないのなら、コストは『会話数分』にまで省力化できる。その意味でも、討ち入り店舗内に協力者がいる――しかもその協力者が経営者だってのは、刑事にとっては、恐ろしく有難いことだ。まあ、ママが信用できるかをキッチリ見極めて、その心情にまで立ち入っていわば『完オチ』させてきた上甲課長が、いちばんすごいんだけど。
――そのママと上甲課長の会話によれば、〈暁子〉はまさに翌日（つまり今日）、出勤するという。すなわち今日木曜日は、営業開始時間の午後一〇時から、メグミと暁子が店に出る日だというのだ。
これでオペレーションの決行日も、決まった。
オペレーションにおける班編成と任務付与も、サクサク決められた。すなわち、
現場指揮班……上甲警部、原田巡査長（愛予署）
入店対策班……小西警部補（愛予署）、河野巡査部長（捜一）
外周警戒班……二宮警部補（捜一）、越智巡査部長（愛予署）
検体搬送班……上内巡査部長（愛予署）
上甲課長自ら現場に出るので、捜一の城石管理官が、愛予署で総合指揮をとりつつ、

必要なら捜一・鑑識といったところと調整をする。

そして、現場の人数がかぎられているので、それぞれの任務付与は、状況に応じて刻々変わる。すなわち、

一、午後九時から、二宮警部補と越智巡査部長で、〈暁子〉のルージュ入りを確認する（ママから聴取した通勤ルートにおける待ち受け・目視確認・送り込み）

二、〈暁子〉の確実なルージュ入りを待って、営業開始後、小西警部補・河野巡査部長が、客として入店する（更なる見極めと、動静監視、逃走防止）

三、二宮警部補と越智巡査部長は、そのまま、店舗が存在する道の南北を押さえつつ外周警戒に移行（袋小路にする）

四、上甲警部、上内巡査部長、原田巡査長は、店舗の直近における監視に当たり、外周に動きがあったときは、二宮警部補・越智巡査部長と臨機に合流して対応（逃走防止）

五、小西警部補・河野巡査部長は、検体が確保できるまで、客として飲食を続けるが、概《おおむ》ね午前一時をもってその役割を二宮警部補・越智巡査部長に引き継ぎ、退店する（入店対策班と外周警戒班の交代）

六、検体が確保できた段階で、そのとき入店している者が、検体を店外に搬出し、上内巡査部長に手渡す
七、上内巡査部長は、検体を引き継いだら、直ちに愛予署に搬送する（指紋照合）
八、照合結果、〈暁子＝美彌子〉となれば、入店している者以外で店舗出入口を固め、可能であれば他の客が退店したタイミングで、任意同行又は逮捕状執行

といった作戦になっている。

——現在、午後一〇時三〇分過ぎ。

すなわち、小西係長とママの軽妙な会話があった、一〇分後。

もっといえば、二宮係長と越智部長からそれぞれ「マル美はマル対に酷似《こくじ》、現在のところ消極材料ナシ」と、イヤホンの無線に入電があった九〇分後だ。さっきいったとおり、外周警戒班でもあるふたりは、暁子ことマル美を通勤経路で（愛予市駅から徒歩）待ち受け、尾行しつつじっくり観察し——僕だったら数秒でバレるはず——マル美を店まで『送りとどけた』ところ。

……そう、僕には尾行・張り込みといった刑事のスキルが、まだない。ド素人《しろうと》だ。

だから、僕は上甲課長と一緒に、店舗直近、コインパーキングに駐めたワゴンにいた。

そして、上甲課長と一緒に、複数のモニタに眼を凝らし、イヤホンへ入電する無線に耳を傾けている。

――このワゴンは、現地指揮車だ。捜一の、城石管理官がホイッと出してくれた。外から見れば、何の変哲《へんてつ》もないワゴン。窓はスモークだけど、どこの工務店のものでも、どこの配送業者のものでもおかしくない。それほど外見は、陳腐《ちんぷ》だ。

ただ、車内は陳腐どころじゃない。

まさに小オペレーション・ルームといった感じ。パソコンにモニタにディスプレイ。一般の端末も、警察専用の端末もある。あとハードディスクやレコーダのような電子機器に、録音・録画機器、無線装備、充電装備。スマホ時代なのに、移動式警察電話もあればＦＡＸもある。そうしたコワモテな機器以外にも、すぐに捜査書類が書けるアタッシェケース、ＧＰＳ関係の装備、ちょっとした着換え、そしてちょっとした湯茶の類《たぐい》までそろっていた。ドラマに出てくる捜査本部と、ドラマに出てくるオペレーション・ルームを掛け合わせて、かなりコンパクトにした感じ。もちろん窓の外は、この上なくクリアに視《み》られる。

――今、このミニ捜査本部に乗っているのは、上甲課長と、アリスと、僕だ。

小西係長＝河野部長のペアは、まさに『ルージュ』に入店している。

二宮係長＝越智部長のペアは、それぞれ『ルージュ』の北側・南側で警戒中。

（もし万が一、ありえないとは思うけど、いきなりマル美が店舗から逃走するようなことになれば……）

この店舗直近のワゴンから、アリスと僕がすぐ出て、マル美の尾行あるいは確保にむかうことになるだろう。そしてアリスには、もうひとつ重要な役割がある。たとえマル美が店を出るようなことがなくても、〈検体〉が店外に出たらすぐ、これまた近くに駐輪してあるバイクで、それを愛予署に搬送するのだ。そして、城石管理官と照合手続に入る。

ただ現在のところ、マル美にも、検体にも動きはない。

――上甲課長は、むしろ人狩りの緊張感をじっくり味わうように、剛毅《ごうき》なホープを焚《た》いている。もちろんその瞳は、眠り熊みたいではあるけれど、確実に、ディスプレイの映像を解析しているだろう。そう、①小西係長のアタッシェから送信される映像と、②河野部長のメガネから送信される映像と、③ママの協力で店舗内に設置できたカメラからの映像だ。もちろんどれも、〈暁子＝マル美〉を、多かれ少なかれ、ずっととらえている。

「上甲課長」アリスが場を和ませるように言った。「捜査車両内、禁煙ですよ」

「……煙草《たばこ》を吸わん刑事は、刑事やない」

「それ全然違うと思います。はい灰皿」

仏頂面《ぶっちょうづら》をした上甲課長が、それでもホープを採《も》み潰《つぶ》し、代わりにアリスがパスした紙コップを受けとる。超ブラックな、コーヒーだ。

「……バカ、小西。美味《うま》そうに煙草、吸いよって」

上甲課長は怨《うら》めしそうに、『ルージュ』の映像を見遣《みや》った。課長の、こうしたちょっと子供っぽいところは、いかにも刑事で、いかにも憎めない。

そしてディスプレイを視ると、なるほど、小西係長がさっそく〈暁子＝マル美〉に煙草の火を着けてもらっているところだった。

〈女性らしい、銀の、すらりとした円筒のライター。どう考えてもマル美の、例の私物だ。

店のライターを使ってくれれば、カンタンに借りちゃえそうだけど、そうそう上手くはゆかないな……。

それにライターだけでは弱い。小さすぎるから。やっぱりグラスとかボトルがベス

トだ）

そして、グラスとかボトルについては、実は、上甲課長が事前工作をしている。

ピカピカに磨いた奴を、マル美に触らせるように――

それを気取られず、小西係長か河野部長に回収させるように――

その小西係長と河野部長は、ボックス席に陣どっている。今日は飲むぞ、といった感じで――そう、いかにもな長期戦の感じで。久々に東京から愛予に帰ってきた設定だから、不自然じゃない。ふたりの演技も、まあ、さすがは刑事というか、芸達者だ。

時折、かなり際どい会話も投げている……

『小西さんは、小西何さん言いはるの？』

『ああ、サトルだ』

『あんまり愛予弁、出ないのね』

『そういえば暁子、あんたもな。

さっきからキレイな標準語話すけど――ああ、ちょっとだけ関西弁が出てるなあ。

あっちの出かい？』

『あらバレちゃった？

あんまりいい思い出がないもんだから、できるだけ隠してはいるんだけど――』

『大阪？　京都？　兵庫？』
『言われへんわぁ。絶対言えへん。
私、もう愛予に骨を埋《うず》める覚悟しているもの。ねえママ？』
『……ずっと一緒に店、やってくれるんやもんな？』
『せや。メグミとも一緒に、ここ、愛予いちのええ店にすんねや』
そしてママの段取りか、ボックスについてくれているのはまさにマル美……
あとは、常連客と思《おぼ》しきスーツ姿が、カウンタに三人。こちらは、ママとメグミが
接客している。なるほど、ママの供述と、水野保安課長の話どおり、落ち着いた客だ。
捜査書類なら『一見して公務員風』と書きたくなる。そして、それはありがたい。と
いうのも、とても穏やかに飲んでいるからだ。その意味で、この『ルージュ』は理想
的な狩り場といえた。何故と言って、もう少し下卑たスナックなら、カラオケ合戦、
マラカス合戦、タンバリン合戦、チークダンス合戦になって、音を拾うのも映像を確
認するのも、かなり面倒だったろうから……
(幸運、というべきなんだろうか、このおあつらえむきの舞台は。
愛予県警察の十年間の執念に、神様が微笑んでくれたってことかもな)
――すると、上甲課長がボソリといった。

「おい、上内、原田。どう視る？」

「……この、画面のマル美ですね？」

僕は上甲課長の視線を追いながら、ひとつのディスプレイを凝視した。ちょうどいい角度だ。真正面から、マル美の顔貌《がんぼう》をとらえている。これは、河野巡査部長のメガネから発信されている画像――

「渡部美彌子だと」僕は慎重に言った。「考えても矛盾ないです。よく似てる」

「どこらへんぞ」

「顎《あご》です」上甲課長は、もちろん解って訊いているはずだ。「手配写真よりちょっと丸い感じもしますが、確かに尖ってる。何というか、角度も似てる」

ここでアリスが、ノートパソコンを持ってきた。

すぐさま、過去の手配写真の数々と、似顔絵、ＣＧの類《たぐい》がウィンドウに浮かぶ。アリスは画面を、課長と僕にむけた。僕はさりげないアシストに感謝しつつ、それを見ながら言った。

「あとは、顔のラインです。頬《ほお》のライン。ママがいうところの『瘦《や》せ気味の顔』。これも、現実のマル美の方がちょっと丸いですが……

十年の月日を考えれば、誤差の範囲かなあと考えます」

「あと、さすがは捜一の刑事ね、河野部長」アリスはディスプレイの方を見ながら。「要所要所で、キチンと瞳をとらえてくれてる。もちろん小西係長も、だけど――すなわち、現場の照度が暗いことを差っ引いても、マル美の瞳の色は薄い。かなり薄い」

「そうだね。手配写真ほどハッキリとは見えないけど、黒々としてないことは間違いない」

「ただ」上甲課長がホープを噛《か》んだ。「嫌な材料も、あるわな」

「……鼻筋と、二重瞼《ふたえまぶた》ですね」アリスが頷《うなず》く。「でも上甲課長。これは逆に、整形手術のイロハのイです。印象を変えるなら、まずここですし、しかもカンタン。シンプルな切開手術で上《うわ》目蓋《まぶた》の脂肪をとったり、あと、鼻の奥にプロテーゼを入れることでどうとでも」

「ほうやの」上甲課長はつぶやいた。「一〇日いらんし、一〇〇万いらんわな。ただ、顎を尖らせるのはよう聴くが、丸くするのは聴かん。できんことは、なかろうが」

「でも他方で、身長すら一致します」

アリスは端末を叩いた。

すぐ、小西係長たちが入店したときの動画が出る。続いて、マル美がボックス席にやって来たときの流れも。適宜《てきぎ》なところで、アリスが一時停止を掛ける。

「小西係長との身長差。それから課長が調書に巻かれたとおり、ひろみママとの身長差。ヒールのたかさを割り引いたら――マル美はそう、ここです、この画像のとおり」

「ほうやの、一六〇cmはない」

「一五五cmプラスマイナス二cm。断定してもいいです」

「ほうやの」

「……課長、何か御心配でも？」

「逃亡生活は、身長がたかい方が不利や。背丈を縮めることは、できんからな。ただ、身長がひくい奴は、どうとでもなる。背丈を伸ばすのに、苦労はない。ところが」

「……マル美はその小細工すらしていない」

「逃亡一〇年目。油断が出たんか、気にせん性格なんか」

「いずれにしても、基本方針どおり、当たり籤《くじ》だと考えるべきかと」

「いよいよ、ゲナゲナじゃ。何や、気色悪い予感、するわい。

おまけに、あの会話。どがいなっとんぞ」

アリスと僕は、思わずたがいを見詰め合った。

というのも、これまで奇妙な会話は、拾えてないはずだから。

「気色悪いの……おい、上内、原田。

このマル美、一筋縄ではゆかんかも知れん。いつでも飛び出せるよう、気合い入れとけ」

了解です、と僕らの声がそろったとき。

店舗内の音声を拾っているマイクが、いよいよ、クライマックスを告げた。

『おっと、煙草が切れてしまった。小西先輩、ちょっと中座します。

メグミちゃん、ここらへんで煙草が買えるのはどこだい？』

『ああ河野さん、それなら駅の方に歩いてすぐの、ファミーユマートよ。あたし買ってこようか？ 銘柄は何？』

『いやいや、メグミちゃんも暁子さんも、小西先輩のお気に入りのタイプだから。顎で使ったりしたら、あとで新規預金のノルマ、倍にされちゃうよ、あはは――

てなわけで小西先輩、ちょっとだけ失礼します』

『俺の煙草、吸ったらいいじゃないかよ、遠慮するなよ』

『ていうかその先輩も、あと二、三本しか無いじゃないですか。セブンスターでよかったですよね？ 一緒に買ってきましょう』

『鞄まで持っていくのか？ まさか飲み代、俺におっ被《かぶ》せてトンズラしようってんじゃねえだろうな？』

『実を言うと、大事な書類、会社に送るの忘れてたんです――FAXで入れとかないと。だからコンビニ』

『けっ、仕事熱心なこった。もう少し飲み潰してやらねえと駄目だな――おい暁子、カラオケだカラオケ。デュエットだぞ。リモコン動かしてくれ。機械は分からねえ』

『はいはい。何にする？』

――現時刻、一一一〇《ヒトヒトヒトマル》。入店オペレーション開始後、五〇分だ。

（おそろしく順調、な気がする……

ひろみママの協力があるから、当然なのかも知れないけど）

小西係長〟河野部長のペアは、あきらかに、検体の確保に成功した。それはふたりの、あからさまな会話のサインからも分かったし――何より、このミニ捜本ワゴンのモニタ多数がとらえている。

すなわち。

小西係長は暁子＝マル美の死角で、モニタ越しには平然として見える様子のママから、大ぶりのグラスを回収していた。また、河野部長も、暁子がバックヤードに中座したその刹那《せつな》、小ぶりなビール瓶をたちまち回収している。僕が見損ねた分だって、あるだろう。

もちろんこれらは、事前にひろみママに頼みこんで、仕掛けをし終えているもの。つまり『サラピンで』『ピカピカに磨き終えた』ものだ。グラスは店にあるものと一緒のものを、わざわざ新品で用意している。ビール瓶は入荷したまま触れていなかったものを、徹底的に拭《ふ》きまくった。そしてひろみママの給仕のときも、もちろんふたりの刑事が触れるときも、何気に細心の注意を払って、マル美以外の指紋が、極力残らないようにしている。ちなみに、仕掛けグラスなり仕掛けボトルなりがワンセットでないことは、いうまでもない。状況を何度でもリセットし、何度でも仕掛け直せるよう、罠《わな》のストックは、それこそ何セットも何セットも用意してあった。

もちろん、ママと刑事ふたりの指紋はカンタンに識別できるから、ある程度は残っても問題ない。回収するときの自然性を担保する観点から、それはやむをえない（まさか白手袋《シロテ》をして飲むわけにはゆかない‼)。むしろ問題なのは、『できるだけメグミに触れさせないこと』と『マル美にベッタリと触らせること』の方だ。ただこのあたり、さすがは強行のベテラン刑事と、捜一のエリート刑事。おそろしく自然な流れを作出していた――

例えば。

暁子が小西係長にビールを注ぐときは、河野部長がメグミに火を求めたり、『メグミ、俺、水割りがいいな』などと言いながら、メグミをビール瓶から遠ざけたりする。はたまた、暁子だけが使ったグラスを手品みたいに隠してしまうのはもちろん、小西係長は自分からも『おっカラオケ俺の番だ‼』とか『おっと、トイレ行くのにグラスは要らねえよな、アハハ』とあからさまな仕掛けをしつつ、自分が持ったまま立ち上がったグラスを――もちろん指紋が着くのは最小限にしているグラスを――バトンみたいに暁子に手渡して、握らざるをえない状況を作出していた。

そしてそもそも、ひろみママの配慮で、小西係長のボックス席に就いているのは、基本、暁子である。店が小箱なので、メグミを排除する小技が必要な局面はあったけど、そしてふたりの刑事は確実にそれをやっていたけど、それは検体をなるべく多く確保するため。そして、それだけだ。そうした小技を使わなかったところで、メグミを排除することは、全然難しくはなかったろう。

——すると、ミニ捜本ワゴンのなかで、幕僚のアリスが確認の声出しをする。

「河野部長、いま店外に離脱します、なお鞄《かばん》携行」

「ん」

上甲課長が短く答える。もちろん、〈上内、バイク便の準備せえよ〉という意味だ。

その閊《うな》りが終わって数秒後、当の河野巡査部長が、僕らのワゴンに乗車してくる。

無論、駆けこんでくるようなことはしない。目立たないこと。『ルージュ』の近隣に波風立てないこと。それはこのオペレーションの基本だ——

「上甲課長、検体確保です」

「ん」

「河野部長お疲れ様です。確認して回収しますね」

「ああ上内部長、頼む。

あとこれ、このボールペンだが」

「マル美の肉声ですね？」

「そうだ。こちらの録画でも採れているはずだが、マル美直近で採った奴も活《い》かせる。城石管理官に、検体と一緒に渡してくれ」

「上内巡査部長了解です」

アリスは警察官御用達《ごようたし》・白手袋《シロテ》を嵌《は》めると、河野部長が銀行員として携行していた、何の変哲《へんてつ》もないアタッシェケースを開けた。警察が用意する『何の変哲もないもの』に、タネや仕掛けがないはずがない。これまた偽装アタッシェだ。

すなわち、大人しい外観の割りに、内のりが恐ろしく大きい。市販のアタッシェなら、グラスひとつ割らずに入れるのは難しいだろうけど、この偽装アタッシェなら、ビール瓶どころかワインボトル――いやひょっとしたらタンバリンだのマラカスだの、ウイスキーボトルだのが入れられるかも知れない。そして証拠品搬送用なので、指紋認証や暗証番号でロックしてしまうこともできれば、操作ひとつで緩衝材《かんしょうざい》を充塡《じゅうてん》させることもできた。もっとも、今回はこれで検体を搬送するわけじゃないし、河野部長は銀行員としてまた入店し直すのだから、そこまでのことはしない。

――アリスがその偽装アタッシェを開けると。

中身はグラスが三、小ぶりのビール瓶が二、そしてワインボトルが一。

（よくもまあ、これだけ人目を盗んで入れられるもんだ。

しかもグラスについては、証拠品保全用の、ポリ袋にまで入れてる）

さすがに瓶の方は、目立ちすぎるからだろう、剝《む》き出しのままだった。ただそれだって、マル美の目を盗んで鞄に仕舞うのは、なかなかできることじゃない。僕だったら、あからさまに挙動不審《きょどうふしん》な振る舞いをしてしまうだろう……

そう思っているうちに、アリスは、いよいよ銀の大きなトランクへ、六の検体を移し換える。もちろんこのワゴンに、マル美の目はない。急ぐ必要があるだけだ。だからアリスは、それぞれをまた証拠品収納ポリ袋に入れ換え、確実に梱包《こんぽう》し、素早くラベルを記載しながら、すぐさま銀のトランクを閉じ終えた。河野部長がワゴン入りしてから、まさか三分は経《た》っていない。

「上甲課長、河野部長。

上内巡査部長、愛予署に検体を搬送します」

「ん」上甲課長が閊った。「事故防止な」

「はい課長」アリスがちょっと笑った。「交通事故防止に特段の留意をします」

「では上甲課長」河野部長が軽く室内の敬礼をした。「河野部長、現場に復帰します」

「ん。

あとは、貼《は》り付いとれ。逃がすな」

「河野巡査部長了解」

アリスが、そして河野部長が、ちょっと出をズラしてワゴンを去った。まさに、コンビニへでも行くように。そして、まったく気負いがない。飄々《ひょうひょう》たるもんだ。

（これで、検体搬送班のアリスが動き出す。城石管理官が待つ愛予署までは、なにせバイクだ、一〇分強でゆくだろう。

そして入店対策班の河野部長は、小西係長と『飲み直し』だ。ふたりは営業時間前半の担当。前半三時間が終われば、二宮係長＝越智部長ペアと入れ換わる。それが〇《マル》一〇〇《ヒトマルマル》）

……アリスは、年齢性別はともかく、もう絡鋼《すじがね》入りの刑事といっていい。

なら、検体六からの指紋採取に、三〇分を掛けることはない。

そして採取した指紋を、端末装置で読み取る。必要なテンプレを入力し、ある種のデジタルリマスタリングを行い、愛予県指紋自動識別システムに送信する。確かこのシステムは、警察本部・警察庁とイントラネットでリンクしている。こんな急場は経験がないから分からないけど、これも、データ照合に三〇分も一時間も掛かるはずない。なにせネットだ。

（と、すると。

かなりの確率で、勝負は前半組、小西＝河野班の入店中につくはずだ。

すなわち午前一時までには――そう、あと二時間もしないうちに結果は出ている）

――僕は、ミニ捜本ワゴンのモニタ群に瞳《め》をやった。いよいよアリスが出発してしまったので、オペレータ兼伝令は、僕だけになる。

（さっそくアリス、すごいスピードで飛ばしてるな、無理ないけど）

アリスのバイクの位置情報は、GPSで、ほぼリアルタイムで捕捉《ほそく》できる。もちろん、アリスも無線を飛ばして報告してくるだろうけど、現在位置も、交通障害の有無も、そしていよいよ愛予署に現着したかどうかも、いながらにして確認できる。すごい時代だ。

『おう河野、長グソだったな、お前の番だぞ、御自慢の喉《のど》』

『小西さん、堪忍《かんにん》してくださいよ、俺、歌はからっきしなんですから――はい煙草』

『クソFAXとやらは、送れたのか？』

『御陰様で、バッチリです。これで明日、城石さんに激怒されずにすみます』

『おっとそうだ、この鯖《さば》食ってみな。さすが旬《しゅん》だぜ、絶品だぜ』

『うわあ、こりゃすごいや。脂《あぶら》の乗り方が絶妙で。鯖自身も、かなりいい』

『おい暁子、やっぱ絶讃だぜ。俺、暁子と結婚したくなっちゃったよ』

『そりゃ不倫ですよ。ていうかこの鯖、暁子さんのお手製なんですか？』

『お手製だなんて、そんないいもんじゃないですけど――』

『何言ってんだ。ひろみママが褒めてたぜ。見立ても、捌《さば》きも、三枚におろしたのも暁子だって。料理、上手《うま》いんだなあ』

『小さい頃、親にかなり仕込まれたんです』

『関西の』

『またそんなこと言いはって。私、もう愛予の人間やけん。過去は顧《ふりかえ》らんのよ』

……気が付くと、ホープの匂《にお》いが強くなっている。

僕は思わず、ワゴンにデン、と座っている上甲課長を見た。お目付役のアリスがいなくなったので、紫煙《しえん》を焚《た》き放題だ。

(いや、そんなことより――)

僕が何気に送った視線を、上甲課長は不思議なかたちで受け止めた。そのまま、僕らの瞳がしばらく重なり合う。すると、上甲課長がわずかに瞳を細めて言った。

「因果な商売や、思うやろ」

「と、というと」

「顔に書いてあるわ」

(ど、どうして解ったんだろう?)

……確かに僕は、言葉はともかく、刑事の在り方について、ちょっと物思いに耽《ふけ》ってしまっていた。ここしばらく、とりわけ河野部長が再入店してから、現場がかなり落ち着いてきたことも、その理由だったろう。

そう、このオペレーション最初の山場、『検体の確保』はクリアできたのだ。答案は、出せたのだ。だからあとは採点結果を待つだけなのだ。

そして熟練の小西係長と河野部長が、暁子を逃がすはずもない。

何のどんな手違いか、マル美がいきなり店外へ逃走し始めたとして（繰り返すけどその可能性は零《ゼロ》に近い。というのも、どう考えてもマル美が小西係長たちを怪しんでいるとは判断できないからだ）――店外を南北から封鎖している二宮係長と越智部長がすぐ確保できる。もちろん店内からは、小西係長たちが飛び出すだろう。僕もすぐ駆けつけられる（上甲課長も、だけど）。

まして現場は小さなスナック。常識的にも、そして実際にも、こんな飲み屋に駐車場はない。またマル美は電車通勤・バス通勤である。よって自動車どころか、自転車一台使えない。だから、確率として零に近い〈逃亡〉シナリオは、必ず徒歩の手段による。常識的にそれしかない。

なら、いきなりマル美が店外に逃走したとして（ありえないのだが）、ベテラン刑事×五とド素人刑事×一との五〇m走となり、絶対にマル美は確保できる。しかもそのとき、逃走した事実そのものが、マル美＝渡部美彌子であることを裏書きする。つまり、答案の採点が、むしろはやくなる——

——いずれにしても。

僕らは検体という答案を出した。あとは城石管理官の指揮の下、その採点が行われるのを、マル美を見守りながら、じっと待つだけだ。そういう意味で『ルージュ』はいま落ち着いている。だから、思わず物思いに耽ってしまった……

〈暁子〉にしてみたら、飛んだ騙《だま》し討ちだなあ、と。

〈暁子〉が美彌子じゃなかったら、笑い話にできるのかなあ、と。

ひろみママは、今、どんな気持ちなのかなあ、と。

これが全くのハズレだったら、ベテランの刑事はどう思うのかなあ、と——

……それらをぜんぶ見透したように、上甲課長がボソリといった。

「直当《じかあ》たりできんのやから、搦《から》め手でいくしかないわな」

「はい」

「捜査手続として違法はないけん、疾《やま》しい事もない」

「はい」

「ただ。

小西も河野も、それは思う所、あるやろ。

まさか、『刑事やけん、嘘吐《うそつ》くのが商売や』――なんて思とるはず、ないわな」

「それは、そうです。まして上甲課長が巻いてきた、ひろみママの調書のことを思えば」

「ほやけん」

上甲課長は、まるで照れ隠しのように、ライターの火を掌《てのひら》で隠した。顔もわずかに隠れる。

「最後には『あんたには負けたわ』、いうて、笑《わろ》うてもらえる。賽《さい》の目が丁半《ちょうはん》、どう出ようと。暁子がマル美やっても、マル美と違《ちご》ても。ひろみママにも、暁子にも。ひょっとしたら、メグミにも。

ほうじゃ。

被疑者にも、参考人にも。他のどんな関係者にも。

最後には『あんたには負けたわ』、いうて、笑うてもらえる。

儂《わし》は、それが刑事の最後の一線で、最後のプライドや、思とる。

儂の同期の、ほうじゃの、職質《しょくしつ》の達人がゆうとったわ。

被疑者とも、参考人とも、関係者とも、『仏の心』。もちろん他の警察官とも、『仏の心』。

汚い手使いよって、死ぬまで忘れんで、一生呪《のろ》ったるわ……言われんですむ心。いや、そら結構。呪いたかったら、呪えばええ。それは勝手じゃ……

ほやけど。

そんな呪いを、二〇年か三〇年か知らんが、刑事人生でずっと背負ってゆく。ほしたら、その刑事は鬼になる。それは鬼刑事やない、鬼畜や。修羅やな。そうならんように、ひとつひとつの仕事を、笑って顧《ふりかえ》られるよう、積み上げる——

「飛んでもない無駄足やったとしても、だったとしても……笑って顧られるように……」

「飛んでもない無駄足やったとしても、じゃ」

「いや、言い方が悪かった。

刑事の仕事に——刑事の観察に無駄足はない。それもまた、自分が、その仕事を笑って顧られるかどうかの話や。『ここまで詰めたから悔いは無い』『あれだけ真剣だったから、笑い話にできる』。

そらそうや。いい加減な行確、いい加減な見分、いい加減な調べ、いい加減な調書——それは笑い飛ばすどころか、恥そのものやけんの。そして恥は、隠しとうなる。自分で自分が許せんからや。すると、刑事の心には澱《おり》が……垢《あか》がたまってゆく」

「垢」

「ゴンゾウの垢や。『この程度でええ』ゆう垢でもあれば、『そんなに詰めても意味が無い』ゆう垢。すると刑事は、今度は鬼やのうて、サラリーマンになるわな。税金泥棒でもええけど。すると瞳《め》が曇り、腕がなまり、歩かんくなり……楽をしようとする。

刑事が楽をしようとする、ゆうんは、インチキをやりだす、ゆうことや。

最初は汚い手段から始めて、最後には違法な捜査までやる。そのあいだ捜査書類も証拠も改竄《かいざん》する、ゆうことや。こうなると、ひとつの事件を締めくくるとき、まさか被疑者にも参考人にも関係者にも、ホントのことは言えん。ホントのことが言えんから」

「あっ、なるほど、最後に『あんたには負けたわ』と――」

「――笑うてなんかもらえんわなあ。

いかん。儂としたことが。

上内がいなくなったのが嬉《うれ》しゅうて、能書きを垂れすぎた」

それもまた言い訳のように、上甲課長はホープの煙を吐いた。煙に巻く。そんな感じで。

「まあ、刑事が一〇〇人おれば、一〇〇の刑事哲学がある。刑事はこれでいて、自分語り、好きやけんの。

ほやけん、儂が言ったのは、儂の刑事哲学じゃ。お前がどう思うかは、知らん。

ただ、これだけはいえる。

刑事の観察も、捜査手続も、人を騙して、泣かすためにあるんと違う。

ホントの話、キチンと詰めて、出演者総員で納得して、最後に笑うためにある。

それを儂の同期のように『仏の心』ゆうか、あるいは……ほうやの、『刑事の本懐《ほんかい》』ゆうかどうかはともかく。

『刑事さんには負けました』『あんたにゃ敵《かな》わんな』ゆうてもろて、笑って一件書類を閉じられる。それが、出演者総員の人生を引っ掻《か》き回しまさぐる、因果な商売の仁義や」

「解りました、上甲課長」

「……バカ、原田。そんなにカンタンに解る奴があるか。

とりあえず小西と河野のやり方、よう見て、よう盗んどけ。次に役立つように、じゃ」

「次？」

僕はビックリして訊《き》き返した。

「そ、それじゃあ、上甲課長はマル美が——この〈暁子〉がマル対じゃないと。渡部美彌子なんかじゃないと」

「そうやない」上甲課長は断言した。「まだ、観察しきっとらん。それだけじゃ」

（……ハッキリ言わないけど、なんとなく解る。

上甲課長は、違和感を感じている。それはこれまでの言葉の端々にも出ていた。そして今、何気にモニタ群を睨《にら》んでいる、その眼にも微《かす》かに現れている。少なくとも、僕の観察ではそう見える）

——そのとき。

店舗内を映している複数の画面に、動きがあった。

（客が、退店する）

もちろん、小西〃河野の入店対策班じゃない。その時刻じゃない。

今動きを見せたのは、カウンタでずっと飲んでいた、常連客と思しきスーツ姿だ。

三人とも、会計を済ませて退店するところ。

流れで、三人を接客していたメグミが、店外に出ようとする。常連客とあってか、ボックスにいた暁子も、ソツなく自然に小西係長たちから離れ、ドアの方へ赴《む》かった。

すぐさま、河野部長の秘匿《ひとく》無線機から入電がある——

［河野から現本《げんぽん》］

［げ、現地本部ですどうぞ］

アリスがワゴンから抜けた今、ミニ捜査本部の幕僚《ばくりょう》というか伝令というか小間使いは、僕ひとりだ。あわてて無線を受ける。

［マル美にあっては、店外に出る。酔客《すいきゃく》三人の送り出し。留意されたい、どうぞ］

［マル美店外に出る、現地本部了解。モニタでも確認ですどうぞ］

そこへ当然、外周警戒班から、臨戦態勢をとった報《しら》せが入る。

［マル美店外に出る、越智、傍受《ぼうじゅ》了解。街路南側から警戒に当たる］

［二宮、おなじく傍受了解――

マル美、いま店外に出た。客三、及びメグミと同行。見送りの模様。

街路北側から警戒に当たる］

［マル美外へ出た。現地本部も確認です］僕はあわててオペレータのテンプレをこなそうと力んだ。［越智部長は店舗南から、二宮係長は店舗北から警戒。現地本部了解。現地本部も突発に備える。どうぞ］

［店舗外の状況了解］入店対策班の河野部長が締める。［なお現本にあっては、マル美の動静を逐次《ちくじ》送られたい。以上河野］

僕がド素人なので、捜一の河野部長が、言わずもがなのアドバイスをしてくれた。なるほど、小西＝河野の入店対策班は、まさか暁子を追って外へはゆけない。ワゴンのようなモニタもない。店の外の様子は、無線の情報から頭に描くしかないわけだ。警察の基本のひとつが無線っていうのは、ホントだ。

――僕は無線機を繰《あやつ》りながら、モニタをガン見する。

（確かに、二宮係長の無線どおりだ。

いまさっき、カウンタの客三人と一緒に、マル美とメグミがドアを出た）

客が酔っているから、いささかの立ち話になる。まあ、管《くだ》を巻いているっていってもいい。それをマル美とメグミが、若干の営業トークを交えつつ、駅方面へ送りだそうとしている。

（まあ、スナックでありがちなシーンではあるな）

店舗外にも、もちろんカメラが仕掛けてある。複数仕掛けてある。店舗対岸からのカメラは――時折、一方通行をするする抜けてゆくタクシーに視野をさえぎられるけど――五人の姿をクリアに映し出していた。もちろん店舗側からのカメラは、何にさえぎられる事もなく、退店客とホステスたちの一幕劇を、淡々と映し出している。

――やがて、酔っ払い三人が疲れたか、寒くなったか、飽きてきたか。

それじゃ、またくるよ云々《うんぬん》と言いながら、まあ酔客らしいお触りその他のボディランゲージも示しながら、いよいよマル美とメグミから離れ、ぶらぶらと愛予市駅方面へ歩き出す。もちろん、ありがとうございました、またよろしくね云々と、ホステスたちがお辞儀をしたり、手を振ったり――これまた、ありがちなシーンが展開される。

［二宮から現本］

［現本ですどうぞ］

［酔客三人、マル美らと分離。市駅方向へ退去。どうぞ］

［酔客とマル美分離。現地本部了解ですどうぞ］

［越智から現本に送る。メグミにあってはドアから入店。マル美、これに続きつつあり］

［メグミ入店、マル美入店方向。現地本部了解ですどうぞ］

［河野から現本に送る。メグミ店内にて現認《げんにん》］

［メグミ店内現認。現地本部了解ですどうぞ］

……正直、僕はすっかり油断《ちんぷ》していた。

シーンが、あまりにも陳腐だったからだ。もっといえば、あまりにも陳腐だと思っていたから、観察を怠《おこた》ったのだ。

だから、、
もちろん観察を怠っていなかった上甲課長が、罵声《ばせい》といえるほどの音量で、自分の無線を使った。無線文法を無視するほど急いで。熊が、爪《つめ》で獲物を薙《な》ぎ払うそのいきおいで。
[二宮、タクシー押さええ!! 次にファミーユマート通過するタクシーじゃ!! 緑!!、、、、、、、、、、、マル美が乗りよった]
[——二宮了解!!]
[越智合流します!!]
[入店班向かいます!!]
僕は焦《あせ》った。あわててモニタをガン視する。
(ま、マル美がいない。どこにもいない。さっきまで捕捉《ほそく》してたモニタのどこにもいない——!!)
「バカ、原田。マル美タクシー止めよった。すぐ二宮らと合流せえ」
「た、タクシー」
「はよせえ!!」

僕は上甲課長に蹴《け》り出されるようにしてワゴンを出た。一方通行の細い道に出、そのまま『ルージュ』を横目にファミーユマートへと駆け出す——

（マル美がタクシーに乗った？　どういうことだ？）

〈暁子〉はそれこそ勤務時間内だ。そしてまさに、小西係長たちをボックス席で接客している最中。誰がどう考えても、メグミに続いて店のドアをくぐる。そしてボックス席に帰る。それが思い込みだというなら確かにそうだけど、でも、まさか。

（どうして着の身着のままで、いきなりタクシーに乗る必要がある？）

——僕はファミーユマート前に着いた。

そこにはもう、二宮係長＂越智部長の外周警戒班も、そして小西係長＂河野部長の入店対策班もそろっていた。ということは、つまり……

「クソッ」小西係長が道路標識を蹴った。「まさか、こう出てくるとはな!!」

「すみません小西係長」二宮係長が頭を下げる。「あと一歩のところで、追いつけませんでした。私もまさか、このタイミングでタクシーとは」

「小西係長、今、上甲の大将が無線で——」

越智部長の息は、まだわずかに荒かった。それはそうだ。いちばん遠くから走って来たのは、店舗南側を受け持っていた越智部長だから。

「――大将の方で、画像を確認して、番号特定して、タクシーの追跡を始めるとのこと」

「そうなるわな。けど、厳しいな……

このタイミングで、手荷物ひとつ持たずに逃走したってこたあ、俺としては恥ずかしいが、あのアマ、もう気付《ヅ》いてたってこった。

無論タクシーの位置なり、ドライブレコーダなりはすぐ手に入るが、しかし……」

「上甲の大将が追い着いた頃には」越智部長が渋面《じゅうめん》をつくる。「蛻《もぬけ》の殻《から》、でしょうね。予断はいけないんでしょうが」

「そりゃ気付《ヅ》いてるってんなら、最初のタクシーは現場離脱専用さ。顔も残るしな。乗り継ぐにしろ、バス使うにしろ電車にしろ、まさかワンメータ以上は走らねえ」

「小西係長。城石管理官に即報《そくほう》しました」と河野部長。「すぐ土居署長にお願いして、緊急配備を掛けていただくと。愛予署総動員レベルで」

「管理官にもオヤジにも、合わせる顔がねえやな……

ただ検体の照合結果はまだだ。被疑者・渡部美彌子で緊配はかけられねえよな？」

「最悪のタイミングというか、何というか……

だからダマテンですが、『ひったくり犯』ということで動員すると。責任は自分がとると」

「──愚痴ってても仕方ねえ。それに今や、ひったくりでも何でもいいが、緊急配備となりゃあ、捕り物の責任は愛予署にある。交番《ハコ》やPCの連中が頑晴《がんば》ってくれりゃあ、マル美をそれこそワンメータ圏内で、確保してくれるかも知れねえ。

いずれにせよ、愛予署《ウチ》の責任だ──そこで。

捜一の二宮係長と河野部長は、『ルージュ』で待機しつつ、ひろみママと、それからメグミの供述を聴いてやっちゃあくれねえか。署の人間が仕切って、下働きみたいなことさせて申し訳ないんだが……とりわけメグミからは、今夜のこと、俺達が入店してからのマル美のこと、じっくり聴取しなきゃなんねえからな」

「もちろん了解です、小西係長。いま現場の指揮権は、先任の小西係長にあります」

「すまん。

それで越智、原田。お前らは俺と一緒に愛予署に上がる。土居のオヤジに急いで事案の概要、報告しなきゃなんねえ。なら城石管理官との合流も必要だし、むろん検体のこともある。それに、交番なり上甲の大将なりから入電があれば、俺達が即、駆けつけなきゃなんねえ。なら城に帰らねえと、何もできねえ」

了解です。

声をそろえた越智部長と僕。けれどどうしてもその響きは、ガックリしたものだった。

いや。

それをいうなら、小西係長のべらんめえ調が、べらんめえ調だけに、よりいっそう沈鬱《ちんうつ》だった。その僕らの隣を、そう一方通行の道を、タクシーが何台か通り過ぎてゆく――

そうしたタクシーを見るのが悔しくて、つらくて。

僕は思わず腰を九〇度以上折った。そして、必死に謝った。

「すみません小西係長!! すみません先輩方……現地本部でモニタ見てた僕が、僕自身が気付いていれば。すぐに無線を吹いてたら。あと一〇秒、いえ、あと五秒はやく、マル美がタクシーに乗ったと無線に流せたら。マル美が乗ったタクシー、確保できたかも知れないのに……止められたかも知れないのに!! ほんとうにすみません!!」

すると、小西係長は――いや、そこにいた刑事たち総員が、唖然《あぜん》とした顔をして。

奇妙な暇《ま》が空く。

やがて、コンビニの灰皿に吸い殻を投げた小西係長が、その描いた軌跡そのままに、飄々《ひょうひょう》といった。

「傷つくぜ」

「えっ」

「バカ、原田」

小西係長は、上甲課長の真似《まね》をした。それは強い苦笑だった。

「一億年早えんだよ。

刑事三週間のお前にそこまで言われちゃあ、残りの俺達全員、スナック『ルージュ』の前で切腹もんだぜ？　刑事の責任の感じ方ってのはな、まさか階級なんかにゃ比例しねえが、まあデカい顔してデカ面《づら》してきた、その態度と年数に比例するんだ。

そこまで泣きそうなツラ、お前にさせちゃあ、何のために係長だの指導部長だのやってんのか、解んなくなるぜ。初《しょ》っ端《ぱな》からみっともねえ背中、見せちまったなあ――ってな」

「そ、そんな」

「いいか原田、だから、泣いてる暇《ヒマ》があったら憶《おぼ》えとけ。

俺達が嚙《か》み締めなきゃいけねえ事実はな。

捜一も署もひっくるめて、十二の眼《マナコ》ひっさげて、なにひとつ観察できてなかったたってことさ。そう、あのアマが何故《なぜ》気付《づ》いたのか、何時《いつ》気付《づ》いたのか、これっぽっちも見極められなかったってことさ――

そして。

俺達が嚙み締めなきゃいけねえ対象はな。

見事、俺達を出し抜きに出し抜いた、あのアマの喉元ってことさ――

それが解ったら、胸をはれ。負け戦こそ胸をはれ。

何故なら」

「何故なら――？」

「眼《め》を上げるために決まってるだろ？

まさかお前、これから署にゆく帰り道で、あのアマ捜さねえつもりか？　お前が誰で、お前の仕事、もう忘れちまったのか？」

「……僕は刑事で、しかも、絶対にあの女を検挙する刑事です。すみませんでした」

「頼むぜ後継者」

ぱん、と僕の背を叩《たた》く小西係長。

そしてすぐ身を翻《ひるがえ》しながら、ポツリ、とつぶやく。信じられない、といった風につぶやく――

その口調の厳しさ、重さ。

それはまさに『傷ついた』猟犬のものだった。だからもちろん、独白だった。

「絶対に気ッ付かれたはず、ねえんだ。この仕事懸けたっていい、絶対だ。百歩譲って、俺がマヌケだったとして、あの上甲の大将が、それを見逃すはずもねえ……」


（下巻に続く）

古野まほろ著

新任巡査（上・下）

上原頼音《ライト》、22歳。職業、今日から警察官。新任巡査の目を通して警察組織と、組織で働く人間の哀感を描いた究極のお仕事ミステリー。

古野まほろ著

R.E.D. 警察庁 特殊防犯対策官室

総理直轄の特殊捜査班、女性6人の精鋭チームが謎のテロリスト〈勿忘草《ワスレナグサ》〉を追う。元警察キャリアによる警察ミステリの新機軸。

古野まほろ著

R.E.D. 警察庁 特殊防犯対策官室 ACT II

巨大外資企業の少女人身売買ネットワークを潜入捜査で殲滅せよ。元警察キャリアのみが描けるリアルな警察捜査サスペンス、第二幕。

古野まほろ著

R.E.D. 警察庁 特殊防犯対策官室 ACT III

完全秘匿の強制介入で、フランスに巣くう日本人少女人身売買ネットワークを一夜で殲滅せよ。究極の警察捜査サスペンス、第三幕。

古野まほろ著

オニキス

—公爵令嬢刑事 西有栖宮綾子—

皇室と英王室の血をひく監察官・西有栖宮《にしありすのみや》綾子が警察組織の不祥事を有り余る財力《カネ》と権力《チカラ》で解決！ 全く新しい警察ミステリ、開幕。

シェイクスピア
福田恆存訳

リチャード三世

あらゆる権謀術数を駆使して王位を狙う魔性の君主リチャード——薔薇戦争を背景に偽善と偽悪をこえた近代的悪人像を確立した史劇。

新《しん》任《にん》刑《けい》事《じ》

上巻

新潮文庫　ふ-52-53

令和二年四月一日発行

著者　古《ふる》野《の》まほろ

発行者　佐藤隆信

発行所　株式会社 新潮社

郵便番号 一六二―八七一一
東京都新宿区矢来町七一
電話 編集部(〇三)三二六六―五四四〇
読者係(〇三)三二六六―五一一一
https://www.shinchosha.co.jp

価格はカバーに表示してあります。

乱丁・落丁本は、ご面倒ですが小社読者係宛ご送付ください。送料小社負担にてお取替えいたします。

印刷・株式会社光邦　製本・株式会社大進堂

ISBN978-4-10-100473-0 C0193